中国小小说名家档案

善良的回报

邢庆杰◎著

吉林出版集团股份有限公司

总 策 划：尚振山
策划编辑：东　方
责任编辑：张晓华　韩　笑
封面设计：三棵树
版式设计：麒麟书香

图书在版编目（CIP）数据

善良的回报/邢庆杰著. —长春：吉林出版集团
股份有限公司，2010.4
（中国小小说名家档案）

ISBN 978 - 7 - 5463 - 2876 - 8

Ⅰ.①善…　Ⅱ.①邢…　Ⅲ.①小小说 - 作品集 -
中国 - 当代　Ⅳ.①I247.8

中国版本图书馆 CIP 数据核字〔2010〕第 069689 号

书　　名：善良的回报
著　　者：邢庆杰
开　　本：710 mm×1092 mm　1/16
印　　张：15.5
版　　次：2010 年 5 月第 1 版
印　　次：2017 年 6 月第 2 次印刷
出　　版：吉林出版集团股份有限公司
发　　行：北京吉版图书有限责任公司
地　　址：北京市西城区椿树园 15-18 号底商 A222
　　　　　邮编：100052
电　　话：总编办：010-63109269
　　　　　发行部：010-63104979
印　　刷：北京一鑫印务有限责任公司
书　　号：ISBN 978 - 7 - 5463 - 2876 - 8
定　　价：30.00 元

一种文体和一个作家群体的崛起

——《中国小小说名家档案》序

最近几年，由于工作的关系，我开始接触并关注小小说文体和小小说作家作品。在我的印象中，小小说是一种非常古老的文体，它的源起可以追溯到《山海经》《世说新语》《搜神记》等古代典籍。可我又觉得，小小说更是一种年轻的文体，它从上世纪80年代发轫，历经90年代的探索、新世纪的发展，再到近几年的渐趋成熟，这个过程正好与我国改革开放的30年同步。我觉得这是一个非常有意义和非常有意思的文化现象，而且这种现象昭示着小说繁荣的又一个独特景观正在向我们走来。

首先，小小说是一种顺应历史潮流、符合读者需要、很有大众亲和力的文体。它篇幅短小，制式灵活，内容上贴近现实、贴近生活、贴近群众，有着非常鲜明的时代气息，所以为广大读者喜闻乐见。因此，历经20年已枝繁叶茂的小小说，也被国内外文学评论家当做"话题"和"现象"列为研究课题。

其次，小小说有着自己不可替代的艺术魅力。小小说最大的特点是"小"，因此有人称之为"螺丝壳里做道场"，也有人称之为"戴着镣铐的舞蹈"，这些说法都集中体现了小小说的艺术特点，在于以滴水见太阳，以平常映照博大，以最小的篇幅容纳最大的思想，给阅读者认识社会、认识自然、认识他人、认识自我提供另一种可能。

还有非常重要的一点，小小说文体之所以能够迅速崛起，离不开文坛有识之士的推波助澜，离不开广大报刊的倡导规范，离不开编辑家的悉心栽培和评论家的批评关注，也离不开成千上万作家们的辛勤耕耘和至少两代读者的喜爱与支持。正因为有方方面面的共同努力形成"合力"，小小说才得以在夹缝中求生存、在逆境中谋发展。

特别是 2005 年以来，小小说领域举办了很多有影响力的活动，出版了不少"两个效益"俱佳的图书，也推出了一批有代表性的作家和标志性的作品。今年 3 月初，中国作家协会出台了最新修订的《鲁迅文学奖评奖条例》，正式明确小小说文体将以文集的形式纳入第五届鲁迅文学奖短篇小说奖的评奖。而且更有一件值得我们为小小说兴旺发展前景期待的事：在迅速崛起的新媒体业态中，小小说已开始在"手机阅读"的洪潮中担当着极为重要的"源头活水"，这一点的未来景况也许我们谁也无法想象出来。总之，小小说的前景充满了光耀。

在这样的历史背景下，《中国小小说名家档案》的出版就显得别有意义。这套书阵容强大，内容丰富，风格多样，由 100 个当代小小说作家一人一册的单行本组成，不愧为一个以"打造文体、推崇作家、推出精品"为宗旨的小小说系统工程。我相信它的出版对于激励小小说作家的创作，推动小小说创作的进步；对于促进小小说文体的推广和传播，引导小小说作家、作品走向市场；对于丰富广大文学读者特别是青少年读者的人文精神世界，提升文学素养，提高写作能力；对于进一步繁荣社会主义文化市场，弘扬社会主义先进文化有着不可估量的积极作用。

最后，希望通过广大作家、编辑家、评论家和出版家的不断努力，中国文坛能出更多的小小说名家、大家，出更多的小小说经典作品，出更多受市场欢迎的小小说作品集。让我们一起期待一种文体和一个作家群体的崛起！

中国作家协会党组成员、书记处书记
中国作家协会副主席
中国作家出版集团管委会主任

目　录

▋ 作品荟萃

《卖油翁》新编 …………………………………… （1）

屠蛇记 …………………………………………… （4）

要　账 …………………………………………… （7）

善良的回报 ……………………………………… （10）

才女刘玫 ………………………………………… （12）

送你一枝"爱情鸟" ……………………………… （15）

送你一缕阳光 …………………………………… （17）

一个叫月的女孩 ………………………………… （19）

具丘山记 ………………………………………… （22）

蛇杀记 …………………………………………… （25）

暗访记 …………………………………………… （27）

电话里的歌声 …………………………………… （30）

母爱的震撼 ……………………………………… （33）

玉米的馨香 ……………………………………… （35）

晚　点 …………………………………………… （37）

债　钱 …………………………………………… （40）

应　聘 …………………………………………… （43）

失 衡 ……………………………………………… (46)

体 面 ……………………………………………… (49)

胡一刀的爱情故事 ……………………………… (52)

黑色的蝴蝶 ……………………………………… (56)

村女小玉 ………………………………………… (59)

乡友马劲松 ……………………………………… (62)

天上掉下大馅饼 ………………………………… (65)

铺 邻 ……………………………………………… (68)

新逼婚记 ………………………………………… (71)

真假皮夹克 ……………………………………… (74)

牡丹卡 …………………………………………… (77)

抛车记 …………………………………………… (80)

老 乡 ……………………………………………… (83)

无名英雄 ………………………………………… (87)

玩 笑 ……………………………………………… (89)

蒋负责 …………………………………………… (91)

喝一斤 …………………………………………… (95)

神 秤 ……………………………………………… (98)

竹 香 ……………………………………………… (100)

选 择 ……………………………………………… (103)

杀人理由 ………………………………………… (106)

老姜之死 ………………………………………… (109)

文友韩大利 ……………………………………… (111)

人间烟火 ………………………………………… (114)

小车司机胡迷瞪 ………………………………… (116)

逃 命 ……………………………………………… (120)

私 了 ……………………………………………… (122)

爬行表演 ………………………………………… (126)

匿名者 …………………………………………… (128)

黑 卡 …………………………………… (131)

爱情圈套 ………………………………… (134)

高 招 …………………………………… (137)

闲 事 …………………………………… (139)

午夜惊魂 ………………………………… (142)

出租屋的故事 …………………………… (144)

惩 罚 …………………………………… (147)

我的中考 ………………………………… (149)

卧 底 …………………………………… (152)

剃头店 …………………………………… (156)

青楼女子碧玉 …………………………… (159)

兄弟墓 …………………………………… (162)

百年魔咒 ………………………………… (165)

战地情节 ………………………………… (168)

祖传规矩 ………………………………… (172)

英雄之死 ………………………………… (175)

宿 仇 …………………………………… (178)

说 剑 …………………………………… (181)

掌 门 …………………………………… (184)

杀手之王 ………………………………… (186)

高 手 …………………………………… (189)

■ 作品评论

邢庆杰小小说的文学景观 …………… 杨晓敏　冯　辉 (192)

岂止是玉米的馨香 …………………………… 凌鼎年 (201)

《玉米的馨香》鉴赏 ………………………… 顾建新 (203)

邢庆杰和他的小说作品 ……………………… 张书森 (205)

扎实的姿势和超越的努力 …………………… 高　军 (208)

■ 创作心得

永不放弃心中的梦想 ················· 邢庆杰（211）

■ 创作年表

创作年表 ···································（220）

《卖油翁》新编

冬天无事，被村人称为"小精人"的赵小利睡到日上三竿才起床。他正想上茅厕，大门外传来了叫卖豆油的声音。

赵小利出了大门，见一高大的魁梧汉子推着独轮车，边走边吆喝，打油喽……打油喽……独轮车的两边放着俩油桶，恐怕每桶不下百十斤。汉子穿着极为破旧，身上的衣服补丁摞着补丁，四方大脸，表情略有些痴呆。

赵小利问，你的油多少钱一斤？

那汉子憨憨地答，一块五。

赵小利说，人家别人卖的可都是一块四。

那汉子又笑说，一块四就一块四。说着话，放下车把，把车停稳。

赵小利见汉子答应得爽快，暗暗后悔价给的高了。他见桶沿上挂着油壶子，就搭讪着问，你这一壶子多少？

那汉子将壶子摘下来说，一壶子四两，两壶子半斤。

赵小利以为自己听错了，往前探了探头又问，多少？

那汉子说，一壶子四两，两壶子半斤。

赵小利重新打量了一下那汉子，问，大兄弟，你是哪个村的？

汉子不好意思地搔了搔了后脑勺说，远了去了，东北乡刘胡庄的。

赵小利说，哟，这可三四十里呢。大兄弟怎么称呼？

汉子说，俺原本叫刘大青，俺村里人都说俺傻，都叫俺刘傻青，反正你进村一说找傻青都认识。说完，就摸着后脑勺"嘿嘿"的傻笑。

赵小利回家拿来了塑料油桶，说，看你这么远也不容易的，就打五斤吧。

那叫刘傻青的汉子就给他整整打了二十壶。赵小利迅速地从心里算了算，一壶子四两，两壶子是八两，二十壶子就是八斤，他正好多给了三斤油。付完钱，赵小利回到家里，赶紧拿出秤来称了称，果然，整整八斤，秤杆还撅得老高。

中午，赵小利让老婆用新打的油炒了个菜，嘿，这油还真是不折不扣，香着呢。

不到半天，赵小利打油占便宜和"一壶子四两两壶子半斤"的故事就传遍了整个村子。

村里有好事的女人便三三两两地涌到赵小利的家里。每来几个人，赵小利都会声情并茂地讲傻子卖油的故事，听得人直咋舌，都说，这个人，还真是个傻青。有人还拿起赵小利盛油的塑料桶子左看右看地研究那油。赵小利便极得意地叼着烟，坐在椅子上吞云吐雾。后来，不知谁突然说了一句，不知那个傻青还来不来？

这一下，引起了众人的兴趣，都攒足了劲，等那傻青来了后多买点儿。最后，众人一致决定，不管谁看到那个傻青来卖油，都不准自己吃独食，得挨家送信。

村人们望眼欲穿地等了半个多月，那个汉子真的又推着独轮车来了。

最先看到他的是支书的女人王香香，王香香一看见他，就觉得很像赵小利说的那个人，王香香就问，哎，卖油的，你的油是一壶子四两两壶子半斤吗？

那汉子放下车把，不好意思地摸了摸后脑勺说，是的是的，一壶子四两两壶子半斤，都卖了好几年了。

王香香大喜，一边风一样跑回家拿了个大油桶，一边嘱咐男人从大喇叭上给广播一下，就说卖油的来了。

不消一刻，小小的独轮车旁就围满了打油的人。

那叫刘傻青的汉子可忙坏了，不断地打油、收钱、找钱，大冬天的，竟忙出了一脸的汗。

两大桶油，足足有两百斤，就在一袋烟的工夫全部打完了。还有一些没打到油的，不甘心地围在独轮车旁问那汉子，还来不？

那汉子就憨憨地笑，一边擦汗一边说，来，来，不来油卖干啥去。

汉子在众人恋恋不舍的目光中推着他的独轮车走了。

中午，家家户户的房顶上都飘起炊烟的时候，打了油的人们都涌上了街头，聚到了刚才打油的地方。人们中午都用新打的油炒了菜，却一点儿香味也没有。她们打的，是几毛钱一斤的菜籽油还兑了一半的水，这个当可上大了。

人们忿忿地怒骂了一通那挨千刀的汉子后，有人忽然说，赵小利怎么没出来？

又有人说，好像打油的时候也没见到他。

人们又都涌到了赵小利的家里。

赵小利仍然叼着烟吞云吐雾，等众人说完了骂完了之后，他才不紧不慢地说，这一次，我一斤也没打。

王香香问，你怎么不打？

赵小利说，我总琢磨着不对劲儿，我还想起了那句俗话：南京到北京，买的不如卖的精啊。

众人一听，又纷纷指责他：你怎么早不说，眼看着我们这些乡亲上当？

赵小利冷笑了一声说，早说？早说你们谁肯听我的？你们能放弃到手的便宜吗？

众人哑然。少顷，尽散。

屠蛇记

小时候，我最怕的动物，是蛇。

我十岁那年的夏天，是个上午，我背着筐去挖野菜。因为村里家家户户养着猪，每家都有人挖野菜，村子周围的野菜早就被人挖光了，所以要到离村子远一些的地方去挖。村子西边约五里的地方，有一大片盐碱地，不长庄稼，就作了坟地。这里虽然不长庄稼，却是盛产野菜的好地方，各种各样的野菜一撮一撮地分布在坟与坟的空隙里。尤其是坟的半腰上，野菜又多又大，且颜色墨绿，带着营养丰富的劲头儿。我在这里很快就挖满了一筐野菜，有马生菜、灰灰菜、篷篷菜、猪耳朵、趴箍墩、野苜蓿等。我砍了几根草滕子，将这些野菜仔细地捆好，结结实实地打好筐，用绳杀紧，准备歇一下就走。这时，天已近中午，日头很毒。我坐在一棵白杨树的荫凉下，一边休息一边用树枝逗着"米羊"玩。正玩得投入，一声干涩的鸣叫使我回过神来。这是什么叫呢？我还从来没听到过这种叫声。我惊慌地抬眼四望，周围只有静静的庄稼和小山似的坟头一个挨着一个，除了我之外，目光所及之处没有一个人影。我有些害怕地站了起来，并随手抄起了身旁的镰刀。这时，那个奇怪的叫声又出现了，它空旷、干涩，像被阳光吸干了水分。在这无人的、寂静的田野里，说不出的神秘和恐怖。难道是鬼？我紧张地循着声音四下里寻找，见不远处一座老坟旁的死榆树上，孤单单地落着一只老鸹。难道声音是它的？"呱呱"，那个声音又响了起来，离我很近，就在我的脚下。我提心吊胆地低头一看，顿时长长地松了一口气。是一只小小的青蛙，只有大枣那么大。原来青蛙还有这种怪叫声呀。我蹲下来，想逗它玩玩。但青蛙好像无暇理会我，自顾慢慢地往前一跳一跳的，每一下都只跳出它的半个身子那么远，是那么的勉强和不情愿。每次跳起落下后却又将两个前趾伸到身前，用力向前撑着，像在拒绝着什么。我摆弄过很多青蛙，还没见过这么奇怪的。我忽然觉得后背一阵发凉，头发都要竖起来了。我紧张得四处观望，终于发现了那条蛇。

这是一条足有五尺长的青花蛇，有擀面杖那么粗，它就在我身前不到两米的地方，高高地翘着三角形的脑袋，大张着嘴，长长的红信子吐出半尺多长，两只冷酷的小眼睛正虎视眈眈地盯着那只可怜的小青蛙。当时，我的第一反应是一边跳起来一边用左手拼命地揉搓头发。这是我每次见到蛇后必做的动作。跳起来是预防被蛇缠住脚，揉搓头发则是为了不让蛇数清我的头发。传说，蛇会数人的头发。蛇在受到人的冒犯或袭击后，会在瞬间将人的头发数量点清，到晚上再去找这个人将他勒死在睡梦中。那是我有限的经历中见过的最大的一条蛇。我跳过了，也揉搓过头发了，忽然想到这一切都是徒劳的。因为刚才我在这里已经坐了很久，蛇也在这里待了很久了，它一定是早将我的头发数清楚了，我完了。我绝望了，死亡的阴影像一团乌云笼罩在我的头上。我呆呆地站在那里，忘记了逃跑，忘记了呼救。这时，那只小青蛙已经快蹦到大蛇的口边了。惊恐万分又茫然无措的我，忽然意识到了右手握着的镰刀，我发疯一般将它挥了起来。也许，是巨大的恐惧和绝望给了我超常的力量；也许，是我还很幼稚的思维以为自己必死无疑了，要做最后的垂死挣扎。我的动作疯狂、杂乱、迅速而有力，我将镰刀舞动得"呼呼"生风，锋利的刀刃不断落在蛇身上，瞬间将那条大蛇砍成了七八截。蛇死了，它的尸体散落在白花花的盐碱地上，有两截还在慢慢蠕动着。我已经汗如雨下，在一片浓重的血腥气息中，瘫在了地上，心还"怦怦"跳得山响。

我歇了片刻后，感觉右腿有些痛。用手一摸，摸了一手的血。刚才杀蛇时，不小心砍中了自己的右腿，裤子已被血水浸透了。我强忍住痛，开始思考怎么解决蛇的问题。起初，我想把它扔到水里，但我经常在附近的河里游泳，如果把它扔进去，以后天再热我也不敢下水了。埋了它？它本来就是在土洞里生活的，在地下会不会更快地活过来？

我全身已经没有一丝丝力气，绵软地靠在一棵大树上，用求救的目光遥望着远处的村庄。此时，已经中午了，家家户户的房顶上都飘着袅袅的炊烟，整个村子都笼罩在炊烟中了。我忽然从炊烟中得到了启发。我开始抓紧捡地上的干草和枯枝，片刻就捡了一大堆。我掏出随身携带的火柴（那时农村的儿童都爱偷偷带火柴，以便于在田野里烧吃蚂蚱、玉米等），先将干草点着，再放上了枯枝。火很快就旺起来了，我用镰刀挑着，将蛇一段段地投入了火中。不一会儿，一股奇异的香味儿就在周围弥漫开来。我长出了一口气，自言自语地说，这回我看你再怎么连再怎么接……这时，火势也弱了下来。我一只手捂住鼻子，用镰刀拨拉了一下火堆，见蛇段已被烧成了又短又细的黑焦碳。我仔细地瞅了瞅，判断它是否还可以自己连接起来。忽然，我觉得头顶上有一阵风掠过，忙直起腰，见是一只老鸹在火堆上方盘旋。见我直起腰，老鸹不甘心地落在一棵干枯的榆树上，冲我"呱呱"的叫了两声。

我装模作样地往村子的方向走。我没有背那筐野菜，因为我还得回来。我走出大约两里路后，又悄悄地返了回来。隔老远，我就看见三四只老鸹在已经熄灭的火堆里啄食着什么。我一直等到那几只老鸹离开，又把火堆仔仔细细地查看了一遍，确信已经没有一段蛇肉时，才放心地离开。

自此，我不再怕蛇。

要　账

太阳才一竿子高，柴庄的老柴就骑上他那辆扔到哪里都放心的破车子上路了。临出门，女人拽着车子叮嘱他，回来时别忘了捎瓶"久效磷"，这棉花再不打药就被虫子吃光了。他嘴里应着，不耐烦地推开女人的手，就上了车子。老柴去的村子叫后马屯。后马屯的老马欠老柴五百块钱，已欠了三四年。老柴下决心今天一定把这笔钱要回来。老柴一边骑着车子一边编织着见了老马后要说的话。老柴是个一说谎就脸红的人，所以老柴决定实话实说，就说娃考上了初中要交学费，就说自个儿和女人已借遍了村子没借到钱，请老马无论如何发发慈悲把钱还了。想到这里老柴就觉得今天这事很有把握。其实老柴昨天已去了一趟，和老马约好了今天去拿钱，老马也是爽爽快快地答应了的。

七八里路，老柴还没怎么着急赶就到了。老马的家就在村头上，院子是用秫秸围成的，没大门，老柴就熟门熟路地骑了进去。进了院老柴心里就忽悠了一家伙，屋门竟是上了锁的。老柴心里就有些生气，这个老马，咋又打听不住了呢？

天色还早，老柴就支好自行车，坐在北屋的门台上吸烟。老柴想反正是跑了和尚跑不了庙，我早晚都等着你。老柴一边抽着烟，一边暗暗计算他来这里要钱的次数。第一次来老马说卖了猪后一定还。第二次老马说他的猪半夜让狗日的给绑架了，下来庄稼卖了粮食一定给你。第三次老柴一进门老马就哭了，老马说老柴你今天一定要钱的话就把我的头割下来当猪头卖了吧，我的粮食交了公粮就剩下这点了。说着话老马顺手从屋子角上拎过半口袋麦子……算着算着老柴就记不清来过多少次了。日头暖洋洋地晒在身上，老柴就有些犯困。

老柴刚想迷糊过去，老马急三火四地从外面跑了进来，进门就咋乎，哟！大哥来了！瞧你，怎么不进屋？老柴刚想说你锁着门我怎么进去的话，就见老马抓住锁，咔吧一拽打开了门，老马笑嘻嘻地说咱这锁是糊弄洋鬼子的玩艺儿。说着话极热情地把老柴往屋里让。

进了屋，老柴在冲门一把旧椅子上刚坐下，老马就开始问好，问老柴的爹老柴的娘老柴的老婆老柴的孩子都好吗？老柴一迭声地说着好，心说老马这人还是不错的，就有些不好意思起来。可老柴很警惕，及时地收起了那份不好意思，想谈钱的事。他刚张了张嘴，老马便使大劲"咳"了一声，老马说你看这事，怎么忘了给大哥拿烟，就手忙脚乱地拉抽屉开橱子，忙了半天却一根烟也没找到。老柴只好拿出自己的烟，递了一根给老马，老马极恭敬地用双手接过，放在鼻子下面闻了又闻，才小心翼翼地点着，吝啬地吸了一小口。一根烟抽到半截，老柴刚想说话，老马已先开了口。老马说大哥今天来一定是为那笔钱的事吧。老柴心说这还用说吗，昨天说好了的。老马的脸上顿时愁云密布，老马说刚才我出去就为这事，你猜我去给谁借钱了？老柴说我猜不到。老马说我给狗日的陈虎借钱了。老柴一惊，说你不是和陈虎翻脸了吗？老马说是呀，我实在没了别的法子才进了他家的门，可你猜这狗日的怎么说？老柴摇了摇头。老马一拍大腿说这狗日的说只要我给他跪下磕仨头，五百元立马拿出来。老柴又一惊，问，你磕了吗？老马说你猜呢？老柴说这头万万不能磕。老马说谁说不是呢？可我一寻思大哥您今天来拿钱，不磕头拿什么给您？我就磕了。老柴"忽"地站起来，惊问，你竟真磕了？老马说真磕了。老柴一急竟不知说什么好，围屋子转了个圈说你呀你呀，就再也说不出话来。老马说大哥你也别瞧不起我，这还不是为了还您的钱。老柴忽然就觉得挺内疚，老柴说，老马，真难为你了。老马说只要能还大哥的钱，磕几个头也没什么，可那狗日的又反悔了，说磕得不响，钱不借了。老柴气急道，他这不是不讲理吗？老马说这狗日的就是不讲理了，我和他讲理，他三拳两脚就把我打了出来，你看看你看看。说着老马就指着脸让老柴看。老柴一看老马的脸上真有一块青紫的伤痕，心越发软了。老柴说，老马兄弟，这全怪大哥，大哥对不起你了。老马听说，竟趴在桌子上呜呜哭了起来。

老柴见天已近晌，老马又哭个不停，就起身告辞。老马却"噌"的一声蹿起来，用袖子擦了擦脸上的泪痕说，大哥走就是瞧不起人，我老马穷是穷一点，饭还是要管的。老柴见他这样说，就觉得走也不是留也不是了。老马却已忙活着翻腾那只脏兮兮的菜橱子，翻了半天没翻出什么，就一把拽住老柴道，走，咱去饭馆吃，我请你。老柴说你没钱怎请客？老马说这年头请客还用钱？谁不是赊着？说着话拽着老柴就走。

饭馆在村子中央的街面上，不大，只三张饭桌。两人在靠墙角的一张桌前坐下来，老马就张罗着点菜。老柴不断地说简单点简单点，老马还是点了四个菜。酒是当地生产的"禹王亭佳酿"，味道很纯正。两人一杯接一杯地对饮起来。老马不断地给老柴斟酒倒茶，老柴越觉得老马这人除了穷点，其他都好，就说了一些安慰体贴的话。两人越谈越投机，一瓶酒很快见了底。于是又要了一瓶，喝到一半，老马就撑不住眼皮，一边让着老柴"喝喝喝"，一边打起盹儿来。老柴也有了醉意，觉得再喝就回不去了，便放下酒杯说，老马，我喝足了，咱走吧。老马便摇摇晃晃地站了起来。

两人刚出了饭馆的门，老板就追了出来。老板抓往老马说，你还没算账呢。老马斜了老板一眼，醉态十足地说，记上账吧，赊着。老板一瞪眼说，你以前赊的还没还呢，这次不赊了。老马一用力甩开老板的手说，老子没钱，不赊又怎样？老板说你们没钱还喝什么酒？听见吵闹，就有人围上来看热闹。老柴见越围人越多，觉得这样下去怪丢人的，就一手掏出口袋里女人让买"久效磷"的三十元钱，塞给饭馆的老板，另一只手拽了老马就走。

老柴将老马送回家，安顿他睡下，就骑上自己的破车子上了路。风一迎，老柴就觉得胸腔间有一股火直往上撞，渐渐地双眼迷糊起来。终于打了个盹儿，连人带车闯进沟里。冰凉的水一激，老柴清醒了些，他爬起来，看着满身的泥水，心想，老马这五百块钱是万万要不得了。

善良的回报

一切都发生在无意之间。

那一天，刘晓杰和司机驱车去乡下探望母亲。回来的路上，下起了瓢泼大雨。雨水很密，车子只能缓慢地在雨水中穿行。在一个拐弯的地方，刘晓杰看见前方十几米的地方，有一个瘦小的身影正扛着一辆自行车艰难地行走在泥泞的路上，他的另一只肩膀上，还背着一个帆布书包。看得出，这是一个十几岁的小学生，车子压在他的肩上，显得过于沉重了，他的步子走得歪歪斜斜，随时都有倒在泥水中的可能。刘晓杰的内心被一种痛深深地触动了。他对司机说，停车。

车子在孩子的面前停下时，那孩子看他们的目光有些惶恐，因为他怎么也无法预料接下来要发生的事情。司机打开后备箱，将沾满泥泞的自行车塞进了一多半，用盖子挤住。然后，就把他让到了车上。在整个过程中，孩子始终是被动的，因为他无法明白刘晓杰的动机。在送他回家的途中，他只是根据刘晓杰的询问回答了几句很简洁的话。这是一个胆怯的孩子。

刘晓杰看到孩子在雨水中行走的刹那间，想起了自己的过去。他是从农村山区拼搏出来的，在他上小学和中学的时候，曾无数次被大雨困在前不着村后不着店的路上。乡下的土路，一沾雨水，就非常地泥泞，常常把自行车的挡泥圈塞满。起初，还可以用一个小棍子去捅，走走停停地向前行进。时间长了，路越来越泥泞，费半天劲捅一次挡泥圈，只走几步又塞满了，只能扛着车子走了。七八里路，他得走两个小时，累得腰酸腿痛，肩膀也常常磨出了血。回到家，衣服全部湿透了，分不清是汗水还是雨水。每次在雨中艰难跋涉的时候，他多么希望能有一辆牛车或是马车路过，把他的自行车搁到上边，但他的这个愿望始终没能实现。因为亲身经历过，他深切地感受到一个孩子在雨水中的泥泞路上挣扎时的孤苦和无望。

　　车子停在孩子的门口时，雨停了。孩子的父母正在大门口张望。孩子在一家人诧异的目光中从"广本"上走了下来。司机把他的自行车弄下来，调头要走。孩子的父亲突然拦住了车子，这个又矮又瘦的乡下汉子说，你们不能就这样走了！刘晓杰说，我们还有事情，就不打扰了。乡下汉子说，有事也要先讲清楚，你们把俺的孩子撞成什么样子了？刘晓杰知道他误会了，就笑着说，我们没有撞着你的孩子，刚才下雨，我担心把孩子淋坏了，就让他上了车。那汉子也笑了，笑得有些诡秘，他说，你当俺乡下人就好糊弄？你没撞了俺孩子，哪会无缘无故地送俺孩子回家？俺孩子又不是乡长。刘晓杰有些烦了，但他还是很耐心地说，你问问你的孩子不就明白了吗？那汉子才转身问孩子，他们撞没撞到你？孩子摇了摇头。那汉子又鼓励孩子说，别害怕，这是在咱的家门口，没人敢欺负你！孩子还是摇了摇头。那汉子便有些急了，冲刘晓杰说，你们是不是吓唬俺孩子了，他不敢说。刘晓杰说，你这人怎么这么难缠？你看一看你的孩子不就明白了！那汉子就把孩子从头到脚摸了一遍，还解开他的上衣和裤子仔细地检查了一遍，确认没有受伤后，又记下了车号，才悻悻地说，你先走吧，要是俺孩子有什么事情，俺会按着车号找你的。

　　出了村子，刘晓杰看了看仪表盘上的表，送这个孩子，整整耽误了半个小时的时间。司机说，刘总，这年头好人难做，以后这种事情还是少管。他没有说话，他觉得实在是无所谓的事情。

　　前面的路中央停了几辆车。他的车子也只好停了下来。下了车，他看到前面人声鼎沸，他回城的必经之路已经一片狼藉。经过询问，他才知道，由于连降大雨，半个多小时前，这段路一侧的山坡忽然下滑，把两公里多长的路给埋上了，有几辆路过的车也给埋在了里面。刘晓杰心中一凛，如果不是去送那个孩子，如果不是那个孩子父亲的纠缠，自己在山体滑坡的那个时间里正好行走在这段路的某一个点上，那自己此时肯定被活埋在泥石流的下面了。

　　他没有想到，自己一时的善良，竟然救了自己和司机两条命。

才女刘玫

正想午休，手机响了。

一个非常陌生的女人的声音传了过来，我是刘玫。

刘玫？我的面前顿时出现了一个高挑个儿、留着短发的圆脸姑娘，笑时眼睛眯成一条缝儿，两排洁白的牙齿半露着。

我已经十多年没有她的消息了。

认识她，是在我老家所在乡的乡政府。那是 1989 年，我在乡政府当专职新闻报道员，兼乡广播站的编辑。刘玫原是村里的幼儿教师，后来因普通话好，被推荐兼任了乡里的广播员。

刘玫当幼儿教师有一份工资，当广播员虽然每周只录制一次节目，可每月也能领四十元的工资。同时，她的稿子写得比较多，稿费也不少。这样，她一个月的总收入大约在一百二十元左右，比乡政府的一般干部还高一些。但刘玫非常简朴，穿得和一般农村姑娘没什么两样。那时候，村村都有广播，她的名字经常出现在广播里，这一来二去，她就成了我们全乡有名的才女了，上门求亲的都挤破了门框。据说我们乡长的儿子也托人去过，同样碰了一鼻子灰。

每月的二十号，是我们报道组的例会。无非是通报上一个月的上稿情况，对上稿多的表扬几句。同时，发放上月的稿费及奖金。在开会之前，每人还发一本印着"新闻报道组"的方格稿纸。开会的时候，刘玫每次都把她的那本子稿纸翻来翻去地摆弄。有一次会后，她极严肃地把她的那本稿纸递给我说，你数一数吧，这本稿纸差两张。我一愣，大大咧咧地说，差两张就差两张吧，稿纸又不是我印的。她将稿纸扔在我的桌子上说，说得轻巧，差两张就能少写一篇稿子哩，给我换一本！我强忍住笑说，谁要娶了你呀，可算把日子过好了。

我们经常独处一室录制节目，又都是单身，很多人以为我们俩会有故事发生，可我们最终什么都没有发生。

1992年夏天，全国遭受了建国以来最大的特大干旱。就在这一年，乡里发生了一件意外的事情，乡里有几名干部因此被处分了，我们的自办节目也因此停了，报道组也解散了，我呢，应聘去了市里的一家企业。

从此，我再也没见过刘玫。后来听人说她嫁到了北京。

我问，刘玫，这么多年没见了，你过得好吗？

电话里没有声音，我连续"喂"了很多声，才传过来压抑的抽泣声。

不用问了，她肯定生活得很不好，她原先是多么要强的一个姑娘呀。

过了片刻，刘玫才在电话里说，我一直在北京昌平的农村，还干村里的幼儿园老师。

我问，那你丈夫干什么工作呢？

刘玫叹了口气说，他是一个普通的农民，什么本事也没有，现在全家三口都靠我每月几百块钱的工资过日子。

我忍不住问，那时候，有那么多好条件的你不同意，你干嘛……

刘玫又深深地叹了口气说，我没办法呀！你还记得我们乡里发生的那件事情吗？

那年大旱，乡里有几个干部以领导村民抗旱的名义，驻在了一个村子里。但他们对抗旱的事情连问都不问，每天都猫在村支部书记的家里喝酒，经常从中午一直喝到晚上。不知哪个报道员知道了情况后，写了篇稿子，题目叫《大灾之年别喝了》，署名"难言"。稿子在地区党报很重要的位置发表了，很快，那几名干部都受到了不同程度的处分，最严重的一个被开除了公职，那个村支书也被撤了职。当时，我猜了半天也没猜出是谁写的。不过我一点儿也没有往刘玫身上想，不仅是因为她的性格，还因为那个支部书记，就是刘玫的亲哥哥。到今天我才从刘玫这里知道，那篇稿子竟然就是她写的。后来，被开除公职的那个干部打听到稿子是刘玫写的，扬言要找人弄死她，并多次往她家的大门上插过刀子。刘玫的父母担心女儿在当地早晚会被人暗算了，就托刘玫在北京昌平农村的一个远房姑

善良的回报

姑，在那个村里匆匆给她找了个对象，把她远远地嫁了出去……

我非常吃惊，刘玫，这个沉默的姑娘，那么的简朴，那么的小气，竟然在当时的当地做了那么惊天动地的一件事情！她那么高傲的一个姑娘，曾经的生活多么优越，却因一篇稿子把自己的亲哥哥拉下了支书的宝座，自己在异乡一个她并不爱的丈夫家里默默地度过了十多个春秋，把自己推向了清贫的生活境地……

刘玫说，我在《北京日报》副刊上读到了你的作品，不知为什么，特别想对你说说我憋在心里十多年的事儿，就通过报社查到了你的电话。

她明显比以前爱说话了，简直和我印象中的刘玫判若两人。谈兴浓的时候，我忽然想起当年不敢问的一个问题，刘玫，当时那么多条件好的追你，你干嘛都回绝了呢？

她的声音明显低了，她说，我在等一个人，可那个人太傻，一直没让我等到……不过，现在看来，那个人是聪明的，人家是有大出息的人了。

我又吃了一惊，不知说什么好了。

她在那边轻轻地说，挂了吧，有时间再打给你。

我放下手机，呆呆地在床上躺了很久。

送你一枝"爱情鸟"

女孩的"勿忘我"鲜花店开业的第一天，生意很清淡，只有一个男孩子在店里转了几圈，一副百无聊赖的样子。后来，男孩出乎意料地买了三枝"红玫瑰"，并要求女孩代送。女孩的花店只有女孩一个人，她又不想关门，就央那个男孩帮她看一会儿店，她尽快赶回来。男孩爽快地答应了。女孩在为男孩包扎完鲜花后，想到这是自己的第一笔生意，就从花篮里挑了一枝绿色的花卉插到红玫瑰里，对男孩说，你是我的第一笔生意，送你一枝"爱情鸟"。看男孩发愣，女孩解释说，这是一种南方的花草，叫"爱情鸟"。

女孩将鲜花送到男孩指定的地点，见到了那位叫"娟"的女孩。女孩娟接过鲜花后，看了看卡上的姓名，只淡淡地说了声"谢谢"，就将花随便放在一边，忙自己的事了。女孩提醒她说，要尽快把花插在花瓶里，否则花会枯萎的。娟说你不看我正忙着吗？女孩自讨了个没趣，神色黯然地回来了。

女孩很为那个男孩不值。但当她回到花店，碰到男孩热切的目光时，她不忍心刺激他了，她违心地说，娟接受了鲜花，很高兴，她说谢谢你。男孩的脸上就一片灿烂。

从此，每逢周末的傍晚，男孩总会准时来到"勿忘我"鲜花店，并且一成不变地买三枝红玫瑰，请女孩转送给那个叫娟的女孩子。女孩娟每次从女孩手里接过鲜花，脸上的表情总是淡淡的，有时还有些不耐烦。女孩想娟可能不喜欢那个男孩，女孩很为那个男孩不平。但每次回去见了男孩那热切的目光，女孩就再也无法将实话说出来，女孩不想伤害那个痴情的男孩。有时，女孩下决心要对男孩说实话，不要让他再在娟的身上多花费时间和钱。但这样的话女孩总说不出口。女孩想：也许时间长了女孩娟就会被这个男孩感动了，男孩总有一天会成功的。久而久之，这成了女孩子安慰自己的理由。

这样大约过了半年的时间。一个周末的早上，男孩子早早地来到了"勿忘我"鲜花店。男孩对女孩说，请你再最后为我送一次鲜花吧，今天是娟订婚的日子。女孩愣了，为这个令人遗憾的结局，更为了男孩的那份坦然和坚毅。

女孩又包扎了三枝红玫瑰，并将一枝"爱情鸟"插在了中间，这束鲜花红的红艳绝伦，绿的青翠欲滴，红红绿绿交相辉映，十分鲜艳。女孩说，这是最后一次为你送花了，送你一枝"爱情鸟"吧。

女孩正想出门时，天上忽然下起了大雨。男孩很不安，女孩说，不碍事的，我打的去。

女孩回来的时候，雨下得正大，女孩下了出租车，拼命往花店里跑，但还是淋了个精透。男孩没像往常那样转身离开，而是对女孩说，我、我还想要三枝红、红玫瑰。女孩诧异地望着他，一脸的不解。但女孩还是给他包扎了三枝红玫瑰，并又插入了一枝"爱情鸟"。男孩从女孩手中接过鲜花，放在鼻子下面嗅了嗅，然后双手递给女孩说，送给你。

女孩愣了一下，问，你知道三枝红玫瑰代表什么吗？

男孩说，知道。

女孩穷追不舍地问，代表什么？

男孩迎着女孩的目光说，I Love You。

女孩调皮地笑了笑说，我不懂外语的，你能用汉语再说一遍吗？

男孩大声说，我爱你！

女孩红着脸低下了头。但随即，她又抬起头来问，你不是对娟一往情深吗？怎么这么快就移情别恋了？

男孩一脸诡秘地说，其实，这个秘密也到了告诉你的时候，娟是我的姐姐。

什么？你给你的姐姐送鲜花？女孩不相信他的话。

男孩盯着女孩的眼睛说，不这样，我有什么理由来见你呢？

女孩恍然大悟，女孩就笑了，一张脸犹如店内的鲜花般灿烂地开放。

送你一缕阳光

那是 1985 年隆冬的一个凄冷的日子。我在凛冽的北风中徘徊在县城的新华书店门口。那一天没有太阳，天阴阴的，正如我那时的心情。

我终于咬着牙迈进了书店。其实我蓄谋已久，我看好了柜台里的一本书，就是那本著名的《钢铁是怎样炼成的》。放那本书的玻璃柜台正好碎下了一个角，而那个角正好在外面，恰容一只手伸进去。几天前，我在看到那个缺孔的一刹那间已经打定了某种主意，只是控制着，不肯付诸行动。当我乘店里人多，终于将一只颤抖的手伸进去的时候，尽管在心里反复念叨着"偷书不为窃也"的那句歪理名言，仍有一种犯罪感深深地浸透了我。幸好，没人发现，我将那本书快速地抽出来揣在了怀里，心狂跳不止。我见周围并没有人注意我，就装作若无其事的样子慢慢逃离了现场。

出了书店的门，一种大功告成的成就感使我几乎跳起来。但就在这时，一只大手不轻不重地拍上了我的肩头，刹那间，一种天要塌下来的感觉使我心如死灰。我跟那个人来到了一间办公室里。那是个三十多岁的男人，有些胖，戴着一副宽边眼镜，脸很白，头发乌黑且一丝不乱。"我、我很喜欢这本书，家、家里没、没……"我把那本书放在面前的写字台上，语无伦次地解释着。但后来我才发现那个人自始至终一句话也没有说，只是对我微笑着，是那种宽厚的微笑。等我不再解释了，他才对我说，这本书要放回去的，你自己再去买一本吧。说完，他递给我一张两元面值的人民币。我没有接，自小倔犟的我感到自尊心受到了莫大的伤害。我呆了一呆，忽然转身跑了出去。

顶着寒风，我在阴暗的路上匆匆走着，心情十分沮丧和惭愧。离书店很远了，忽然有一个骑自行车的人超过我后在我面前停了下来。我一看，正是抓我的那个人，心里一阵慌乱。那人支好自行车，将一本书递过来说，拿上吧，我已经为你付了钱。一时间，我不知所措，也不敢去接那本梦寐以求的书。那人将那本书拍到我的手心里，并顺势摸了摸我的头。我抬头看他，见他仍然微笑着，用充满宽容的目光看着我，乌黑的头发已经被风吹乱。一瞬间，我感到一股暖融融的东西从心底升腾起来，并在他的目光里感受到了一缕灿烂的阳光。我没有再犹豫，将那本书紧紧地抱在了胸前。那一年，我十四岁。

自此，每次走进书店，我总感觉有一缕阳光在温暖地照射着我，使我想起那双宽容的目光。不知从何时起，一向性情暴躁的我开始以宽容的目光对待事物了。我想，我是否也想成为别人心头的一缕阳光呢？

1999 年十月，我去上海参加一个笔会。在临离开的前一天，我和一位山东老乡搭伴去南京路附近的一家书店买书。那家书店叫"南方书店"，四层楼。逛了一个多小时，我选了十几本书，然后在门口交了款，就准备回下榻的宾馆。刚出了书店的门，就听门口的警铃尖利地响了起来。一个保安随即将正从门口经过的一个女孩拦住了。那个女孩约十七八岁，穿着一身旧运动服，一看就是在校学生。她红着脸从她的书包里拿出了一本书，交到保安的手里。这时，我已经走到她的面前，我对保安说，对不起，我们一起的，她忘了交钱。说着话，我将一张五十元的票子塞到那个保安的手里。也许是我手里提着一摞价格不菲的书的缘故，尽管他有些怀疑，但还是让我替那个女孩补交了书款，这件事就不了了之了。出了书店，那个女孩过来给我深深地鞠了一躬，一句话也没说，就红着脸匆匆忙忙地汇入了人流中。

回来的路上，老乡问我，你这叫啥？见义勇为还是英雄救美？我笑了笑，什么也没有说。

也许，那本书，能成为那个女孩心头的一缕阳光。

一个叫月的女孩

月和我是同乡。但我和月真正认识，是在离家几千里地之外的一次创作笔会上。参加那次笔会的大多数是南方人，像我和月这样的北方人本就不多，再加上我们又是一个城市来的，所以经人一介绍，我们就差点儿拥抱在一起。

月不是那种特别漂亮的女孩子，但她有一种非常清纯的气质，是那种乍一看不起眼，越看越中看的甜美。所以我看了她第一眼之后就老想再看第二眼、第三眼……

笔会安排了两天的旅游活动，这两天我就老和月在一起，当然了，她的背包、食品之类的东西也就责无旁贷地落在了我的肩头上。旅游完毕后，笔会也就结束了，我们又同乘一辆列车开始了回家的旅程。我们都是上铺，并且相邻，三十多个小时的时间基本都是在交谈中度过的。等到了我们所在的城市后，我们心照不宣地到一家宾馆开了一个标准间，然后就共同度过了一个销魂的夜晚。

此后，我和月经常幽会，感情一天比一天膨胀，后来竟然到了一日不见茶饭不思的地步。于是，很自然地，月搬出了她的单身宿舍，和我共同在市郊租了一间民房，我们就住在了一起。

故事进展到这个地方，我觉得有必要对我本人的家庭交待一下了。我是个已婚男人，妻子温柔贤惠，并且我们已经有了一个漂亮的女儿。但妻子在我老家所在的那座小城，所以月也有些乘虚而入的味道。如果事情照这样发展下去，也倒相安无事。但就在这时，妻子经过几年的努力，终于冲破种种羁绊，调到了我所在的城市。这是我以前梦寐以求的，但现在对我来说无疑是一个沉重的打击。因为这意味着我必须在妻子和月之间选择一个。月说过，她绝不甘心一直充当第三者的角色，她要完完全全地得到我。

我开始艰难地在两个女人之间周旋。有时我刚下了班，正准备回家，忽然月打来了传呼，要我陪她吃饭。我就只能给妻子打电话说单位里有应酬，回不去了。这种事一次两次可以，次数多了，妻子就开始怀疑，你单位的应酬就这么多？我只好编了一大堆理由让她相信单位里的一些事是离了我玩不转的。同时，对于月的约请，我也开始有间隔地进行回避。但这样维持了半年多的时间，我就有些吃不消了。因为我这人太有良心，和月在一起的时候，我总觉得对不起妻子，而和妻子在一起的时候呢，我又觉得月一个人孤零零地在市郊的那间小屋子里也够凄凉的。所以，我整天生活在内疚和自责、矛盾与煎熬中，身心疲惫极了。

首先发现我的痛苦的是善解人意的月。有一次我们亲热完后，她含着热泪对我说，不行咱就断了吧？我不想让你这么痛苦下去。我紧紧地抱着她光滑的身子说，月，那是不可能的，让我离开你，还不如让我死了好受。月就再也没提这个话题。

这之后，月好长时间没约我，我也乐得轻闲了几天。但几天过后，我不由自主地又思念起她来。于是，乘妻子回老家的空闲，我又悄悄地来到了我和月租赁的那间小屋子里。

那是个月光如水的晚上，我见里面有灯光，就轻轻地敲了敲门。里面顿时传出我所熟悉的声音，谁呀？我说，月，是我。里面顿时就没有声音了。我又敲了敲门，月在里面说，你再等一会儿。我就在月光下的门前等着月来给我开门。

过了好长一段时间，门慢慢地开启了一条缝，月探出头来，用一种我很陌生的声调问，你有事吗？

我说，我我、我没事。

没事你就走吧。月说完就有关门的意思。

我疑心顿起。我一把将门推开。

屋子里站着一个个子很高，也很帅气的男孩。那个男孩的相貌一下子就深深地印在了我的脑海中。

我一下懵了，拳头攥得"嘎吧嘎吧"直响。

但我最终冷静了下来，我转身走了。开始时我还以为月会追上我向我解释、哀求，但事实是我走出几十米后，就听到了背后的关门声，那"砰"的一声响，几乎将我击倒在几十米之外。

那天晚上，我失眠了。在经过一番艰难的自我调节和说服之后，我终于找到了一种解脱的快感。

从此之后，月就在我的生活里消失了。我一心一意地对待自己的妻子，我们的夫妻感情渐渐地更加深厚了。在享受幸福的家庭生活之余，我偶尔也会想起月，但那仅仅是闪电般的一瞬。

很久之后的一个中午，我下班回家，在路上和一个人正迎了个对面。我的心猛地痛了一下，那人正是那天晚上月屋里的男孩。

我忍不住问了一句我原本不该问的话，月好吗？

那男孩愣了一下，终于认出了我。他恨恨地瞪了我一眼说，你是说我姐吧，你可把她害惨了。

什么？你姐？我的头在瞬间大了一圈。

那男孩挥了挥拳头对我说，要不是我姐交待过，我今天非揍扁了你！告诉你吧，为了演那出戏，我在我姐的屋里整整等了你三个晚上，最后救了你，却害了她。

我的心一阵绞痛，急忙问，那你姐呢？

你去海南找吧！男孩说完这句话，就转身走了。

我在原地站了半晌。

具丘山记

笔者出生于山东禹城后邢村，村人不足二百。村子东傍"大禹治水"时疏通的九河之一——徒骇河，河的东岸就是县城。村西三华里处，有一土冢，名"具丘山"。相传，当年大禹治水时曾在此具丘为山，登此丘察看地形水势，留下了这个"高十仞、广倍之"的土冢，人称具丘山。

明代时，为纪念大禹的功德，当地官府在具丘山上修建了禹王庙。清康熙五十三年，知县曾九皋募资重修，并置办庙产、安置僧人。雍正二年，地方官吏重新改建，比之以前宏伟壮观，香火更盛。

笔者幼时，常和伙伴们一起去具丘山上玩耍。山虽不高大，但有密密的槐林，茂盛的花草，深不见底的洞穴。还经常见到有附近的村民堵着洞口，拿野蒿草在洞口点着了熏獾。一年秋，笔者亲见村人马四逮住了一只獾，那獾肥而油亮，经不住烟熏火燎，便从洞口蹿出，刚一出洞，就陷进了网里，被马四摁在了地上。据说，用獾肉炼的油可治烧伤烫伤，很灵。旁观一老者摇头叹息：作孽呀，祸害这具丘山上的灵物，要遭报应的呀！

不几日，马四在庄稼地里干活时，牛受了惊吓，把他踩了，一只腿落下了终身残疾。

其实，很早以前，具丘山上的灵物们是与当地居民和睦相处的。一只受了枪伤的狐狸，被乡村医生邹先生治好后，患有不育之症的邹先生，忽然在自家的门洞里捡到了一个大胖小子，这个故事我已经写进了短篇小说《像风一样消失》里，在此不再赘述。但我们村二木匠给狐狸修房子的事儿，还鲜为人知。

我们村是远近闻名的木匠村，家家户户都有木匠。二木匠，是跟自家大哥学的艺，大哥就叫了大木匠，他就是二木匠了。那还是刚解放不久，是个晚上，二木匠手里拿着锛，一个人走在回家的路上。木匠有个规矩，出门干活，晚上回来时，其他工具都可以放在东家家里，只有锛，必须拿回来。这个说道，到底是什么意思，没人解释得清。但有两种稍靠谱的说法：一说是锛的刃如果钝了，比较难磨，放在东家家里，怕东家乱用，崩了刃；二说是锛是木匠工具里刃最锋利、柄最长的，最适合防身。那时，出村干活是早出晚归，两头见不着太阳，又都是靠步行，所以，手里拿个锛，可以防身壮胆。

二木匠喝了点儿酒，步行从具丘山的南边经过，他醉眼朦胧中，忽见一老妇人，手提马灯，拦住了他。他吓了一跳，握紧了手里的锛，惊问，你干什么？那妇人笑道，别害怕，俺家里有点儿活，想劳师傅去辛苦一下，必有酬谢。二木匠随老妇穿过一片高粱地，来到了一宅院门前。妇人道，此门太过窄小，家人出入常挂破衣服，求师傅辛苦，把门改大一点儿。二木匠见此门只有框，没有门扇，边框犬牙交错，凹凸不平，想也是穷苦人家的，就用锛把门框的四面都刨下了一点儿，又全部刨平。妇人千恩万谢，并塞给他一个精致的锦盒。二木匠见天色已晚，不及细看，就急奔回家。第二天一早，二木匠打开那个锦盒，里面竟是十块大洋。他想，干这么点儿活，这工钱也太重了，不行，得给人家送回去。等他提着锛，顺着原路返回一看，他昨晚来的地方，竟然是具丘山，附近也没有宅院。正奇怪间，忽然发现具丘山半腰的一棵古槐下，有一个深不见底的洞口，而遮掩洞口的树根，全被削得整整齐齐，茬口全是新的。二木匠愣了一阵，将那钱撒在洞口，转身走了。

晚上，二木匠做了个梦，梦见那个老妇人冲他笑眯眯地说，师傅呀，咋就把钱退了哩？这是你应得的。二木匠说，这么多的钱，俺不敢要。老妇人说，那好吧，如果今后有了难处，就来这里找我，在树下点炷香，如果你看到树动了，就说出你的事儿来。

第二天一醒过来，二木匠以为这不过是个梦，而那晚上的遭遇，可能是自个儿喝多了出现的幻觉，也没当回事儿。

不久，二木匠结婚。恰巧，这天日子极好，本村有三户办婚礼。以前，酒席用的桌凳，都是在村里借，可三家喜事赶到了一块儿，村里的凳子根本就不够用的，等二木匠一家人借时，只借到办两席用的。可他要办的是十席，还差得远呢。怎么办呢？二木匠忽然想起了那个梦，别无良策，决定一试。当晚，他悄悄来到具丘山，按老妇人的嘱咐，在那棵古槐树下燃起了一炷香。香未燃下半寸，那棵槐树竟真的晃动了一下。二木匠又怕又喜，战战兢兢地说了自己需要桌凳的事儿。说完后，他一直等到那炷香燃完，槐树也没再动。他耐心地等到半夜，周围仍然静悄悄的，一丝风也没有。大着胆子仔细看那个洞口，黑洞洞的，什么也看不清楚，只好怏怏不乐地回家了。当晚的睡梦中，那个老妇人又出现在他的面前，对他说，师傅，你的事儿已经给你办了，明天一大早，出太阳前，你套车来拉吧，用完了，一定送回原处。

第二天一早，二木匠半信半疑之间，套上牛车，于日出之前赶到了具丘山。一看，大喜，大批桌椅整整齐齐地码于树下，细数，竟正是八席之数。

此后数年间，又有人仿效二木匠，前去具丘山借用桌凳，时灵验，时不灵验，凡不灵验之人，必是平日里奸滑刁蛮之辈。后经"文革"，山被挖，亭被毁，树被砍，便再无灵验之时了。

蛇杀记

钱如是，成功商人。女儿在国外读书，夫人伴读，自己住在郊外一幢独立的小别墅里。

钱如是常年出入星级酒楼，已经吃厌了山珍海味，经常面对满桌佳肴满面愁容，无从下箸。

一次去南方出差，偶尔尝到蛇宴，觉美味可口，回来后仍念念不忘。但因北方人不吃蛇，各酒楼饭庄都不经营蛇菜。钱如是口馋难耐，竟想起了"自己动手、丰衣足食"那句名言。于是稍有闲暇，便持自制的蛇钳，手提藤篓，于田头沟沿上捕蛇。因当地无人捕蛇，蛇较多，钱每次出门均有猎获。北方无毒蛇，所以也没什么危险。

每次捕蛇回来，钱如是都亲自动手，剥皮、切段、洗净后，或红烧、或清沌、或辣炒、或黄焖，变着花样地做着吃，竟久食成瘾。

一初秋的傍晚，钱如是在运河堤下的草丛中寻蛇。忽见一大一小两条红花蛇正缠在一起嬉戏，遂伸钳夹之，先夹住了那条大蛇，小蛇慌忙往草丛深处遁逃。钱如是将大蛇放入藤篓，捂上盖子，然后去追小蛇，小蛇并没跑远，几步便追上，钳住"七寸"，捉了回来。他打开藤篓，正想将小蛇放入，不想，那大蛇竟猛然蹿出，夺路而逃！钱如是把小蛇扔进篓内，捂严盖子，又去追大蛇。大蛇游动极快，几次下钳都没钳住，便挥钳砍之，竟砍下五寸多长的一截尾巴，那蛇负痛之下，游得更快，几下钻进草丛不见了。钱如是又寻良久，未果，只得捡起那截尾巴，悻悻而归。

当晚，钱如是将小蛇处理干净后辣炒了一盘，自斟自饮了一瓶干红，舒舒服服地睡了一觉。第二天一早，他想起昨天的那截蛇尾还未处理，便想拿来剥皮剁了，放到冰箱里，待再抓住蛇时一起做了吃。不想，他放在厨房里的蛇尾竟然不翼而飞了。哪儿去了呢？他只养了一条德国"黑背"，用铁链子拴着呢，即使放开它也进不了屋，钱如是一个人生活，所以对安全特别在意，除坚持随手关门外，晚上睡觉前还要检查门窗锁。他正犯疑惑，电话响了，接完电话，他匆匆出了门，要去见一个重要的客户。蛇尾的事儿，就被他抛到了脑后。

不久之后的一个晚上，钱如是在睡梦中，感觉有人在勒自己的脖子，他一激灵醒了过来，按亮床头灯，见一条大红花蛇正缠在自己的脖子上，他顿觉魂飞魄散，拼命用双手掰扯，但蛇身油滑，根本使不上力，他便摸索着用力捏住蛇头狠攥，想逼蛇松劲，蛇却勒得更紧了，他眼前一黑，便失去了知觉。

钱如是醒来的时候，已经是第二天的中午了。那条蛇还在他的脖子上缠绕着，却软而无力了，他在生命的最后时刻杀死了蛇，并缓了过来。他把那条蛇扔在地上，细看，蛇尾巴五寸处，有一圈明显的接痕，忽回想起那段丢失的蛇尾，顿心下骇然：蛇竟然找到这里自行接上了断尾，生命力太顽强了。

钱如是将死蛇丢在厨房的地上，然后开车去外面参加一个饭局。

下午归来，他来到厨房，想把那条蛇处理一下，伸手一提，轻飘飘的，竟是一张蛇皮。

钱如是出了一身冷汗，蛇又缓了过来，跑了。他知道，那条蛇是来复仇的，它不会轻易放过自己的。从此，每到晚上，钱如是便心惊胆战，不敢睡觉，他一闭眼，就觉得那条蛇又缠上了脖子。他便经常请朋友来家里喝酒、搓麻，用各种理由留朋友住下来，给自己壮胆。

冬天来临的时候，钱如是终于松了一口气。他知道，蛇是要冬眠的。

钱如是恢复了正常人的生活。

钱如是死于第二年的夏天。他的脖子处有明显的勒痕，警察便断定他是被人勒死在床上的。但门窗都锁得好好的，没有一点儿被破坏的迹象。现场也没有留下任何脚印、指纹类的痕迹，侦破工作根本就无从着手。

这个案子至今是个悬案。

暗访记

春风拂面的夜晚，街上霓虹灿烂。

一个花瓶般的女孩子站在路边，双目顾盼生辉。

我走了过去，走近了，女孩子冲我一笑，先生？你做按摩吧？

我问，多少钱？

女孩一笑，竟笑出了几分姿色，有几分动人。

女孩说，很便宜的，只要五十元。

我说，确实便宜。

女孩说，那我们走吧。

我跟着女孩，穿过一条弯弯曲曲的小巷，又横拐竖拐地转了几个弯，来到了一间出租屋里。

女孩说，脱衣服吧。

我说，按摩还要脱衣服吗？

女孩说，先生别开玩笑了，这年头，谁还不懂这个呀！

我说，那，这样得多少钱？

女孩说，也不贵，一百元钱。快脱吧，来到这里的，没有一个不脱的。

我说，你灭了灯，我再脱。

女孩拉灭了电灯。

我说，我脱完了，你脱吧。

女孩说，我也脱完了，你来吧！

我小声说，你稍等，我得等上来情绪。

女孩说，我帮你。

我说，不用。

几分钟后，门忽然被撞开了，同时，灯光大亮。几个男人闯了进来。

为首的一个秃头冲我亮了亮一个红皮的东西，说，我们是派出所的治安巡逻队，你是干什么的？

我问，你怎么巡逻到屋里来了？

秃头说，有人举报，这里有卖淫嫖娼的，请你跟我们回去协助调查。

我说，我什么都没有干呀，有穿着衣服嫖娼的吗？

几个人这才发现我衣服穿得整整齐齐的。就一起转头看那个女孩，女孩还光着身子，缩在墙角。

有一个人问，你是不是刚穿上衣服呀？

我根本就没脱！不信，你问你们的搭档。我指了指缩成一团的女孩。

几个男人都吃了一惊，你什么意思？我们怎么是搭档？

我笑了，我说，我不知道你们是不是真的接到了所谓的举报，我倒是接到了很多举报，人家举报你们"钓鱼"，我是来暗访的。

几个男人面面相觑，那个女孩则飞快地站起来，手忙脚乱地穿上了衣服。

秃头问，你你你……是干什么的？

我掏出记者证。

几个人的脸都变了颜色。

秃头说，你是记者，也不能证明你就没有嫖娼，明星还有嫖娼的呢。你是被抓住了拿记者身份蒙我们。

我用力拍了拍手，门外进来两男两女。

我说，我给你们介绍一下，这些都是我的同事，一直跟在我的后面。嫖娼有带同事的，但有带女同事的吗？

秃子耷拉下了脑袋，几个人都耷拉下了脑袋。

第二天一早，我就把这篇稿子在自己负责的版面上发了出来，题目是《本报频频接到×派出所"钓鱼"举报，记者卧底暗访揭开事实真相》。同时，我将稿子传给了省报。转过天，省报也报道了这件事情。

这天，我正端详着省报上自己的稿子自得，总编用内线电话喊我过去。

总编的脸上带着歉意的，甚至是谦卑的笑。总编脸上一带这种笑，我心里就发毛，准没好事儿。

总编说，你的那篇关于派出所"钓鱼"的稿子，在社会上引起了很大的反响。

我说，这是好事呀，很多媒体因为死气沉沉还造假新闻呢，咱这可是实打实的真事儿。

总编咽了口唾沫说，可是，这件事情给我们市带来了非常不好的负面影响……

我隐隐感觉事情不妙，就虚张声势，这有什么不好，我只是维护了正义，这是新闻工作者最起码的良心……

总编用手势制止住我说，你不用多说了，你说的，我都懂。是的，你没错，可是，现在上头让我把你解聘……

我一下站了起来！脸涨得通红。

总编赶紧双手按住我的肩膀，边往椅子上按边说，我知道，这对你很不公平，可——我不这么做，就得从这个位置上走开，换个人来，还是得解聘你，只是多了我一个牺牲品而已。老弟呀，很多事情，等你年龄大了，就看开了，你还很有前途，到哪里都是一把好手，我也舍不得你呀……

总编后面的话我就听不清楚了，我的脑子里反复着一句话：此地不留爷，自有留爷处！此地……

就这样，我离开了新闻单位，写起了小说，后来，人们开始称我为"作家"。

我终于可以畅所欲言地说自己想说的话了。好多人认为，小说都是编造的，虚构的，新闻是真实的。其实，很多时候，小说所说的，才是真实的。新闻，鬼知道哪是真的，哪是假的……

善良的回报

电话里的歌声

他是援藏干部，赴西藏的时候，妻子正怀着身孕，为此，他曾有过犹豫。妻子很坚决地对他说，一个大男人，光恋着老婆孩子有什么出息！

就这样，他怀揣着一颗牵挂的心远离了亲人和朋友，来到了孔繁森曾经工作过的地方——西藏阿里。

三个月后，电话里传来了女儿嘹亮的啼哭声，妻子让他取个名字。他激动万分，一时想不出该给女儿取个什么名字。

妻子说，女儿懂事了，肯定会盼着你早回来，要不，就叫盼盼吧。

每天下了班，他都往家打电话，除了和妻子说说话，每次都要听听女儿的声音，哭声或者"呀呀"的稚音。

终于有一天，他听到女儿喊了他一声"爸爸"，尽管发音有些含糊不清，他还是高兴得掉下了眼泪。

随着时光的流逝，女儿喊他"爸爸"的声音越来越清晰越来越响亮了。

他开始变着花样让女儿喊他。

盼盼，叫爸爸。

爸爸。

叫爹爹。

爹爹。

叫老爸。

老大。

叫老——爸——

老——爸——

叫 Daddy。

Daddy。

……

每逢挂断手机，他落寞的心里就有了甜蜜和温暖，阿里满目的荒山和戈壁也化为浓浓春意，在他眼里生动起来。他快乐的情绪会持续很长时间，对枯燥的工作也有了饱满的热情。第一年，他就被评为援助单位的先进工作者，并被原单位通报表彰。

女儿三岁的一天，对他说，爸爸，你给盼盼唱首歌好吗？

他给女儿唱了一首《爱的奉献》，这是他唯一能完整唱下来的歌。

唱完了，他问，好听吗？

女儿说，好听，爸爸真棒。

从此，每次通电话，女儿都要他唱《爱的奉献》。为此，他每月的电话费涨到了五六百元，但他觉得值，毕竟，他能给予女儿的太少了。

女儿四岁的时候，对他说，爸爸，我给你唱首歌吧。

女儿奶声奶气的，竟然把《爱的奉献》一句不落地全唱了下来，只是气短，有些地方像念白。

他夸张地说，盼盼真聪明，唱得真好。

女儿开心地笑起来。

五年的光阴很快就过去了，他的援藏年限已满，在办完相关手续后，他返回了故乡。

在路上，他无数次地想象女儿见了他后兴奋的样子，女儿乳燕投林般投入他怀抱的瞬间……一定要好好抱一抱女儿，把一个父亲缺失的爱加倍补偿给她。

他进家门的时候，女儿正趴在客厅的茶几上画着什么。他怕吓着孩子，轻轻放下行李，然后轻轻叫了声，盼盼。

女儿抬起了头，惊诧地望着他，一脸陌生的表情。忽然，她转身跑向厨房，边跑边喊，妈妈，有人来了。

妻子领着女儿来到客厅，女儿躲在妻子身后，探着头看他。

尽管提前打过电话，妻子还是压抑不住惊喜，她有些失态地叫道，盼盼，你爸爸回来了，快叫爸爸呀！快叫呀！

女儿却坚决地摇了摇头，他不是爸爸。

他心里一阵难过，女儿竟然不认她。他笑着弯下腰说，盼盼，我是爸爸呀，让爸爸抱抱。

女儿围着妻子的两条腿转着圈子躲避着他，不让他抱。

妻子把女儿抱起来，递到他的怀里。他刚接过来，女儿就拼命挣扎，甚至，还挠破了他的脸。他只得将女儿放下了。

妻子有些恼怒，盼盼，这是你爸爸呀，你不是天天想爸爸吗？

盼盼哭着说，他不是爸爸，爸爸在电话里头呢。

他和妻子相视一笑，笑里含了很多的无奈、心酸、苦楚……

他来到卧室，用手机拨通了家里的电话。

像往常一样，电话里传来了女儿的声音，爸爸——

他的心像被一根线牵了一下，他几乎都哽咽了，他说，盼盼，爸爸给你唱首歌好吗？

他又唱起了那首已经唱了上百遍的《爱的奉献》：这是心的呼唤，这是爱的奉献，这是人间的真情……

他边唱边走出卧室，走到了客厅里。女儿正拿着电话的听筒认真地听着，与刚才拼命拒绝自己的女儿判若两人。

他悄悄地挂断了手机，但他的歌声并没有停下来……只要人人都献出一点爱，世界将变成美好人间……

女儿在他挂断手机的一瞬间歪了歪小小的脑袋。

他已经走到了女儿的身后，继续唱着：再没有心的沙漠，再没有爱的荒原……

终于女儿循着歌声转过了身子，先是惊疑地望着他，随后，就有大滴的泪水滚落下来……

爸爸——女儿哭着投入了他的怀抱。他也哭了，而妻子的感情也像汹涌的江水寻到了堤口，泪水滂沱而下！他把妻子和女儿紧紧地、紧紧地抱在了怀里。

母爱的震撼

褚一飞是个送奶工，每天骑着摩托车穿梭于各个小区的楼群之间。

这天，褚一飞在 16 号楼下停好摩托车，刚想上楼，猛然看见一楼东户的窗前，站着一个人，像在和他说话。他以为有人要订奶，就停了下来。那是个三十出头的女人，她盯着窗台上的某一个地方，不断地说着什么，一边说，还一边做着一些奇怪的动作。显然，她并不是和褚一飞说话，因为她的眼光没有往外看，而是紧盯着窗台上的一个地方。褚一飞想，她大概精神有问题吧。就不再理会，拿着奶就上了楼。

从这一天起，褚一飞每到 16 号楼送奶，就下意识地往一楼东户看一眼，结果，他经常发现那个女人站在窗前，看着窗台上的某一个地方，口中念念有词，脸上的表情也很亲昵。褚一飞多次观察，窗台上别说是人，连只小狗小猫也没有。他断定女人肯定是精神病患者了。

一天傍晚，褚一飞送完奶，在小区旁的一个菜店里买菜。付钱时，正好看见那个疑似有精神病的女人提着一大兜菜，也在排队付钱。周围有几个买菜的女人，看样子和那女人很熟，不断地和她说话，还开着不大不小的玩笑。那女人也和她们说说笑笑，反应竟然非常正常，一点儿有精神病的迹象也没有。不知出于什么心理，褚一飞往一边让了让说，大姐，您先结。那女人笑了笑说，谢谢了，我不着急。通过这简短的对话，褚一飞明白，女人并不是精神病，也许，人家是演员，在家里那是背台词呢。

不久之后的一天下午，褚一飞在给 16 号楼送奶时，在奶箱里发现了一张纸条，是订户留给他的：一楼东户要订奶。

褚一飞按响了一楼东户的门铃。开门的是一个瘦瘦的男人，三十来岁的样子。褚一飞问，您是要订奶吗？男人点了点头，问清了价格后，就给褚一飞拿钱。在收钱、找钱、开收据的过程中，褚一飞依稀听见隔壁的房间里传出那个女人的声音：你饿吧……要早点回来呀……听话……真是妈妈的乖孩子……褚一飞走了神儿，以至于把手续都办好了还站在那里。直到男人问了一声，你还有事儿吗？他才缓过神儿来，尴尬地笑了笑问，你家大姐，在逗孩子呀？男人神色暗了一下，叹了口气说，有孩子逗就好了。见他不解，男人又说，我们本来是有一个女儿的，可是，被车撞了，没抢救过来……这不，从那开始，她一有时间就站在那里，看着孩子的相片絮絮叨叨，这日子真的没法过了。褚一飞临走又随口问了一句，她这样多长时间了？男人说，三个多月了，再这样下去，她疯不了我也得疯了。褚一飞的心剧烈地颤了一下。

褚一飞出了楼道的门，刚跨上摩托车，一楼东户传出了激烈的争吵声，接着，窗户被打开了，一件东西被扔了出来，啪地摔在褚一飞的面前。那是一个小小的相框，里面镶着一张女孩的照片，照片上的女孩正笑着，笑得非常非常甜。褚一飞眼前一黑，几乎和摩托车同时摔倒。

当天晚上，褚一飞就把自己的业务转给了一个同事。第二天一早，他把自己送到了交警大队。

只有褚一飞知道，三个月前的那个中午发生了什么。那是夏天里最热的时候，人们都在午休，褚一飞在这个小区的朋友家喝了酒，骑摩托车回家。那一天，他骑得很快，在 16 号楼拐弯时，把迎面走来的一个小女孩撞出了三四米远，那女孩只有五六岁，被撞倒后一声都没有哭，手里还紧紧攥着一只小布丁雪糕。褚一飞吓懵了，酒也醒了一半，他左右看了看，周围一个人也没有，就一加油门，摩托车旋风一般疾驰而去！

玉米的馨香

那片玉米还在空旷的秋野上葱葱郁郁。

黄昏了。夕阳从西面的地平线上透射过来，映得玉米叶子金光闪闪，弥漫出一种辉煌、神圣的色彩。

三儿站在名为"秋种指挥部"的帐篷前，痴迷地望着那片葱郁的玉米。

早晨，三儿刚从篷内的小钢丝床上爬起来，乡长的吉普车便停到了门前。乡长没进门，只对三儿说了几句话，就匆匆忙忙地走了。

三儿便在乡长那几句话的余音里呆了半晌。

明天一早，县领导要来这里检查秋收进度，你抓紧把那片站着的玉米搞掉，必要时，可以动用乡农机站的拖拉机强制。乡长说。

三儿知道，那片唯一还站着的玉米至今还未成熟，它属于"沈单七号"，生长期比普通品种长十多天，但玉米个儿大籽粒饱满，产量高。

三儿还是去找了那片玉米的主人——一个五十多岁，羸瘦的汉子，佝偻着腰。

三儿一说明来意，老汉眼里便有浑浊的泪涌落下来。

俺还指望这片玉米给俺娃子定亲哩，这……汉子为难地垂下了瘦瘦的头。

三儿的心里便酸酸的。三儿也是一个农民，因为稿子写得好，才被乡政府招聘当了报道员，和正式干部一样使用。三儿进了乡政府之后，村里的人突然都对他客气起来，连平日里从不用正眼看他的支书也请他撮了一顿。所以三儿很珍惜自己在乡政府的这个职位。

三儿回到"秋种指挥部"的帐篷时，已是晌午了。

三儿一进门就看见乡长正坐在里面，心便剧烈地顿了一顿。

事情办妥了？乡长问。

三儿呆呆地望着乡长。

是那片玉米，搞掉没有？乡长以为三儿没听明白。

下午……下午就刨，我，我已和那户人家见过面了。三儿都有点儿结巴起来。

乡长狐疑地盯了他一会儿，忽然就笑了。乡长站起来，拍了拍三儿的肩膀说，你是不会拿自己的饭碗当儿戏的，对不对？

三儿无声地点了点头。

乡长急急地走了。

三儿目送着乡长远去后，就站在帐篷前望着这片葱郁的玉米。

天黑了，那片玉米已变成了一片墨绿。晚风拂过，送来一缕缕迷人的馨香。三儿陶醉在玉米的馨香中，睡熟了。

第二天一大早，乡长和县里的检查团来到这片田地时，远远地，乡长就看到了那片葱郁的玉米在朝阳下越发地篷勃。乡长就害怕地看旁边县长的脸色。县长正出神地望着那片玉米，咂了咂嘴说，好香的玉米呵。乡长刚长出了一口气，县长笑着对他说，这片玉米还没成熟，你们没有搞"一刀切"的形式主义，这很好。乡长心里一块石头落了地，脸上一片灿烂，心想待会儿见了三儿那小子一定表扬他几句。

乡长将县长等领导都让进了帐篷。乡长正想喊三儿沏茶，才发现篷内已经空空如也。

三儿用过的铺盖整整齐齐地折叠在钢丝床上，被子上放着一纸"辞职书"。

乡长急忙跑出帐篷，四处观望，却没有看到一个人影。一阵晨风吹来，空气里充满了玉米的馨香。乡长吸吸鼻子，眼睛湿润了。

晚　点

男人慌里慌张地领着女人跑上站台时，车还没有进站。

男人听到一个手拿对讲机的执勤说，这班车要晚点一个小时。

男人的脸就灰了，说，车又晚点了，怎么老晚点。

小站很小。仅有一排四五间平房，墙体上刷的油漆大部分脱落了，脱落了的地方露出水泥底子，像一幅抽象派的油画。

都三十年了，小站周围的变化很大，起了很多的楼房，高档的外墙装饰非常扎眼，更加衬托出小站的破败。

站台上仅有十几个人，都在来回踱着步子，耐心地等待火车的到来。

已是晚秋，风很凉。女人竖起上衣领子，对男人说，不行，咱回吧，待在这里俺心里不踏实呀。

男人说，别怕，没人会找你的，你毕竟不是三十年前的你了。

女人说，是呀，都老了……

三十年前，男人和女人都很年轻。在一次全县大会战的劳动中，男人和女人认识并相爱了。但女人的爹娘要用女人换回一个儿媳妇。男人家里是弟兄三个仁光棍，既没有姐妹可去换女人，也没有足够的彩礼去满足女人的爹娘。两人的事自然就没有盼头。但男人不信邪，约了女人私奔，女人犹犹豫豫地答应了。

一个夜晚，两人相约跑出了家门，来到了这个小站。那时的小站也是这个模样，但在两个年轻人的眼里还是非常新鲜的。他们在小站见了面后，都很激动，因为他们就要在一起了，谁也没法阻挡了。事先他们已经商量好了，去黑龙江投奔男人的一个姑妈。

本来两人的计划是天衣无缝的。男人已经事先问好了开车的时间，并提前买好了两人的车票。他们来到这里几乎正好是火车进站的时间。只要十几分钟，他们就可以双宿双栖了。

但是列车却给他们开了一个极其残忍的玩笑——车晚点了，晚了整整一个小时。

就在他们相偎着互相取暖时，女人家里的十多口人都找了过来。他们把男人打了个半死后，将女人五花大绑地弄回了家。

男人被家里人拉回家后，休养了一个月才下地。这时，女人已经被爹娘匆匆地嫁出了。

男人又打了几年光棍，因为分了责任田，光景日渐好起来。男人虽已年近三十，但人长得魁梧，就有人上门提亲，但男人都拒绝了。后来，男人出人意料地去另一个村子当了"倒插门"，做了一家绝户的上门女婿。在农村，男人不到万不得已是不会走这一步的，因为"倒插门"就意味着"小子无能、改名换姓"，这是件丢祖宗脸的事。但男人宁可与家里人断了关系，也义无返顾地去做了"倒插门"。

后来有人才明白过来，春萍（即与男人相恋的女人）正是嫁到那个村子去的。

有人开始担心，担心两人再出什么事。但很多年过去了，两人都各自有了儿女，并没有什么事情发生。

日子一晃，男人与女人就都老了。男人的媳妇先去了，得的是肺病。后来，女人的丈夫也被一场车祸夺去了性命。

再在街上碰面，男人和女人的眼光就开始焕发出一种已经消失了几十年的光彩。两人差着辈分，男人得管女人叫"婶"，为了避嫌，两人几十年未说过一句话。

但男人不想再失去这一生中最后的机会，他大着胆子与女人约会，讲出了想破镜重圆的想法。女人犹犹豫豫地同意了。

但两人的事情再度遭到了强烈的反对。是双方的儿女。不是儿女不开化，是因为差着辈分，传出去太难听。

男人和女人耗了半年多，与儿女们也斗争了半年多，但最终未能如愿。男人与女人再次走上了三十年前私奔的旧途。

远远地，火车已经拉响了汽笛。站台上骚动起来。

男人抓住女人的手，有些兴奋地说，车进站了。

女人抬头看了男人一眼，叹口气说，到底进站了，上次晚点，让咱俩晚了半辈子呀。

车终于停在了站台上。但这时，女人的儿子、媳妇、闺女、女婿都来了，将女人强行架走了。临走，女人的儿子狠狠地挖了男人一眼，那一眼好恶毒。

火车吐出一些人，又吞进去一些人，鸣着汽笛开走了。男人看着远去的火车，呆了半天，口水拖了一尺多长。良久，他喃喃地道，这次晚点，晚了我一辈子呀！

男人就天天来火车站等火车。但男人并不真上车，他只关心车是否晚点，并经常一边望着铁路的远方，一边焦急地看着手表。站上的人赶他，但赶跑了几十次，几十次都接着回来了。站上的人就不再管他了。男人成了站台上一道持久的风景。

债 钱

"债钱"是鲁西北方言，即"订金"的意思，无关欠债，多用于牛、羊、猪等家畜的买卖。

——题记

一大早，桩子就听见院子外的猪在叫，不是个好声儿。桩子就爬起来，三两下套上衣服，出了院子。桩子一出院子就看见胡庄的屠户胡来正蹲在他的猪圈边上，拿土坷垃一下一下地砸那猪，猪便左躲右闪，委屈得直叫。所有的猪见了屠户胡来都害怕，他身上带着一股血腥的杀气，猪见过他之后，会三天不吃食，把肚子空得瘪瘪的，过磅时便让他捡了个便宜，少拿很多钱。

桩子一看胡来在整自己的猪，就不高兴了，就问，胡来，你惹它干啥？

胡来站起来，围着猪圈转了一个圈儿说，你这猪，该出圈了。

桩子一听胡来想买自个儿的猪，就高兴了，就问，你给多少钱呀？

胡来倒背着手，围着猪圈转了一圈又一圈。桩子便说，你倒背着个手干啥，你又不是个村长。

胡来说，桩子，看你是个实诚人，就给你按两块五一斤吧。

桩子一听高兴了，桩子知道，昨天后院的二婶刚卖了猪，才卖了两块三一斤哩，他每斤多卖了两毛钱，这二百多斤下来，就是四十多块哩。桩子就问，胡来，到家里喝一碗（茶）去？

胡来便说，不了不了，我还得去别处转转，你的猪，我隔上两集来逮。

桩子说，那你留个债钱吧。

胡来说，你不说倒忘了，给你。胡来拿出十块钱，递到了桩子的手里。桩子接了钱，脸上就全是憨憨的笑了。

胡来走了。在旁边清理猪圈的二婶走过来说，桩子你个憨种，你上当了知道不？桩子想二婶是不是看我的猪卖了个好价钱眼红哩？桩子就没言声。二婶说，桩子，这两天猪价像气吹着似的，一天一个价，今天他给你的价算最高了，可要是再过两集，猪价少说也得涨到三块钱一斤，到那时他再来逮，你少卖多少钱呢？桩子一愣，但桩子一想，两块五就不少了，要卖五六百块钱呢。

二婶又说，水涨船高，到那时，猪肉都不知涨到啥价了，他用这么低的价买走你的猪，再卖高价肉，你算算，他得赚多少钱哪？这个挨千刀的胡来！

桩子想回家。二婶拦住他说，桩子，二婶可不能眼看着你吃亏，这猪不能卖给他！

桩子笑了笑说，二婶，他都交了债钱了，总不能再反悔吧。二婶说，咳！不就是十块钱么？你还给他不就得了。

桩子拧了拧脖子说，二婶，没这个道理呀！

果然不出二婶的所料，此后的几天，老有屠户来打问桩子的猪，价格给的一天比一天高，还真的给到了三块钱一斤。但桩子长短不卖，屠户便缠着他不放，缠得烦了，桩子便会说，人家是交了债钱的，说啥这猪也不能再卖别人了。再后来的几天，便没人再打他猪的主意了。两集的时间很快过去了，胡来没有来逮他的猪。二婶已经买了小猪崽放进了圈里。二婶问，桩子，胡来还没来逮你的猪？

桩子说，怪了，他都交了债钱了，咋会不来哩？

二婶说，你还不知道吧，这猪一涨钱，猪贩子们成车成车地从外地拉来了好多猪，猪价都落到两块三了，他不会来逮了。

桩子说，可他是交了债钱的，他总不能不要债钱了吧？

二婶说，咳，不就是十块钱吗？谁还在乎这点儿钱，你快趁价格还没落到底，赶快找个主卖了吧！

桩子脖子一拧说，他交了债钱的，这猪就是他的了，我可不能坏了老辈子传下的规矩。

二婶叹口气说，你这孩子，情等着吃亏吧。

日子流水般过去了，胡来一直没来逮猪。桩子每天都把猪喂得饱饱的，然后就盼着胡来。夏天到了。一天，桩子刚从地里干活回来，就见胡来正在他的猪圈旁边一圈一圈地转哩。桩子就喊，胡来，今儿来逮猪？胡来说，逮。

桩子说，你交了债钱，我知道你迟早会来逮的。桩子找了几个壮汉帮忙，就把猪逮了。弄到开磨坊的三叔家一过磅，好家伙，四百多斤哩。胡来当场给桩子点钱，一千多块哩，点得吐沫飞溅。帮忙的几个人都馋得咽吐沫。

二婶急急地赶来了，二婶说，桩子，这猪不能卖呀！这一阵儿闹猪瘟，猪价都长到两块六了。

桩子说，当时说好了的，两块五，人家都交了债钱的。

胡来说，是呀是呀，这猪早就是我的了，天黑前给我送到家。不由分说，把钱拍到了桩子的手掌里，然后倒背着手走了。

桩子冲胡来的背影喊，胡来，你还真像是个村长哩。二婶说，桩子傻，傻桩子。桩子拧了拧脖子说，我这猪本指望卖个五六百块的，今儿卖了一千多块，该知足了。

应　聘

　　周起原是棉纺厂的秘书，后来被一个刚刚大学毕业、模样长得挺水灵的小丫头给顶替了，再后来就下了岗，成了无业游民。

　　周起在家里当了几天"贤人"，经不起老婆的白眼珠子黑面孔，就厚着脸皮找以前的同学朋友，请他们帮助找工作。朋友们倒是都肯帮忙，都尽了最大的努力，但因他们本身都是些人微言轻的角色，工作是找了好几个，但都不合周起的意。

　　周起好歹也是干部，总放不下架子去干那些以前自己最鄙视的工作，比如掏下水道啦、当勤杂工啦什么的。后来朋友们都对为周起找工作失去了热情，周起也就不再对朋友们抱什么希望了。周起又把希望寄托在五花八门的招聘广告上。果然，他很快就在报纸上找到了适合自己的"招聘启事"：由于本公司扩大生产规模，特高薪诚聘车工若干名、钳工若干名、保安若干名，月工资五百元；分管经理若干名、文秘若干名，月工资一千元，多劳多得，上不封顶……

　　周起以最快的速度来到报名地点后，才知道这里已是人满为患。报名大厅里人山人海、拥挤不堪。但周起对自己很有信心，并没有感到惊慌。他三挤两挤来到报名桌前，迅速递上了自己的履历表和学历证明的复印件。负责报名的是一位漂亮的小姐，她在百忙中很友好地冲周起笑了笑说："周先生，请交报名费五十元、考务费五十元、资料费五十元。"周起一愣，但他立即又反应了过来，他看到周围的人手里都攥着钱呢，心想既然人家都交自己也不能疥蛤蟆长毛——另一户（胡）。周起交上钱后，小姐立即用她那双玉手递给他一张参加初试的通知书。

　　三天后，周起以他深厚的中文底子顺利地通过了初试。但他在接到参加复试的通知书的同时，又被那位漂亮的小姐告知还要交三百元的复试费。周起一听心里一阵隐隐作痛，但他转念一想：舍不得孩子套不住狼，初赛没通过的人想交这三百元钱还没资格呢。想至此，他潇洒地又交上了三百元复试费。

又三天后，周起以他渊博的知识又顺利通过了复试。但他在接到面试——也就是最后一次考试——通知书的同时，又被那位漂亮的小姐告知还要交三百元的面试费。周起虽然疼得想吐血，但他转念一想三十六拜都拜完了，就剩最后一哆嗦了，不就三百元钱吗，才是自己将来月工资的三分之一，太小意思了。于是，周起先生又满不在乎地交了三百元的面试费。

再三天后，周起以他的沉稳和老练力挫群雄，顺利通过了面试，被该公司聘为文秘。但他在接到录用通知书的同时，又被那位漂亮的小姐告知他还要交三千元的风险抵押金。这是周起始料不及的，但他转念一想，自己过五关斩六将好不容易被录用了，如果就此退出去，白费心机不说，三次交的费用不是等于打了水漂吗？那自己不是还得回家当"贤人"吗？想起老婆的白眼珠子黑面孔，周起不禁不寒而栗起来。最后，周起拿出了背水一战的决心，东凑西借弄了三千元钱，交到了那位漂亮小姐的手中。

周起终于坐在了该公司明亮宽敞的办公室里，又重新成为"白领"。虽然他在上班的第一天就被那位漂亮小姐告知：凡在本公司工作的职员，每月在完成本职工作的同时，必须用业余时间不择一切手段完成所规定的业务额，否则将被罚款。但这并不影响周起重新成为"白领"阶层的良好感觉。

一个月后，当周起来到公司财务科准备领取上班第一个月的薪水时，却接到一张电脑打印的书面通知（不过周起的名字是用很漂亮的钢笔字填写的）：

周先生：

您好！感谢您一个月来兢兢业业地为我公司工作，但令人遗憾的是，您在完成了本职工作的同时，却没有完成本公司为您规定的业务额（二十万元），因此，我们只得歉意地通知您，您目前只有两条出路：

一、引咎辞职，另谋高就。

二、可以继续留在本公司工作，但要交纳三千元罚款……

周起越看脑袋越大，最后他终于控制不住自己了，他"呵"地惨叫了一声，逃命般跑出了这家公司……

失　衡

　　刚刚下过一场大雨，山里的空气格外清新。几只鸟儿在空中盘旋，不时发出清脆悦耳的鸣叫。一丛丛的山花经过雨水的冲洗，显得更加艳丽。

　　一群游人呼吸着新鲜的空气，在导游的带领下，要从悬空的吊桥上跨过一条十几米宽的山谷，到山谷对面的景点上去。山谷很深，谷底是浑浊的激流。人们有些担心，都谨慎万分地走上了摇摇晃晃的吊桥，还好，在吊桥的上方，有一条拇指粗的钢丝绳，可供人们抓扶。人们陆续走上吊桥之后，有一个七八岁的男孩子，却怕得直抖，说什么也不肯上桥。他的父母停下来鼓励、劝说了一番也无济于事。眼见人们都过了桥，再不跟上去就要掉队了。孩子的父母便将小男孩舍下，双双上了桥。这是大人用来对付孩子的惯常做法，一般来说，大人走得远了，孩子就会主动跟上来。但是，这一次，这个办法不灵了，这对年轻的父母已经走到山谷对面了，孩子还是站在原地，低着头摆弄着一部数码游戏机。孩子的父亲说，看来，我得把他抱过来了，他一向胆小。话音刚落，一阵奇怪的声音响彻了整个山谷！

　　孩子背后的山体在缓慢地滑落，一些零星的石块蹦跳着落入了山谷！

　　是泥石流！

　　快跑！孩子！快过来！

　　不仅是孩子的父母，所有的人都大叫起来！

　　孩子起初不明白发生了什么事情，还呆呆地站在吊桥边上，在人们的惊呼下，他回头看了一眼，当即明白了自己所面临的危险，但他仍然没有往吊桥上跑，而是转身顺着山谷边的山路往远处跑去！

　　孩子刚刚逃离险境，吊桥附近的山体忽然液化了般流动起来，浑浊的泥水夹带着石块、树枝、杂草扑向山谷，发出了巨大的声响，谷下的水也被高高溅起，一时间浊浪滔天，惊心动魄！

这是一个小范围小规模的山体滑坡，罪魁祸首当然是之前的那场大雨。泥石流只持续了十几分钟，就逐渐平息下来。孩子跌坐在不远处的湿地上，已经吓呆了。

这场小小的泥石流虽未造成人员伤亡，但却把连接山谷两岸的吊桥给毁了，只剩下那根供人们抓扶的钢丝绳还悬在那里，随着山风轻轻摇晃着。

人们在惊恐中清醒过来后，纷纷庆幸，如果再晚过来一会儿，就有被泥石流冲入谷底的可能，真是太悬了。

接下来，人们面临着必须解决的难题：怎么把孩子从对面弄过来？一会儿天黑了，一个小孩子单独留在那边，会有很多无法预知的危险。

人们面面相觑，都露出了无奈的表情。山谷虽然只有十几米宽，没有了桥，却是任何人无法逾越的。孩子的母亲终于控制不住，低声哭了起来。那个父亲，也紧皱眉头，唉声叹气，连连说真后悔参加了这次旅行。

这时，一个二十岁出头的小伙子站了出来，他说，别着急，我能把他抱过来。

人们都把目光转向了他。有人认出，他是他们居住的那个城市杂技团的演员，擅长走钢丝。他试探着用手拽了拽那根供游人抓扶的钢丝绳，然后一纵身，灵巧地站在了钢丝绳上。

有人说，行吗？小伙子。

小伙子笑了笑说，没问题，我平时表演用的那根钢丝绳，比这根可细多了。

果然，小伙子如履平地般在钢丝绳上行走，在人们提心吊胆的关注下轻松地跨过了峡谷。

但那孩子却不领情，说什么也不肯让小伙子抱他。小伙子将他扛在肩上，他还不停地蹬着双腿。小伙子吓唬他说，你再不老实，我就把你扔到山谷下面去！

孩子终于安静了下来。

这次，小伙子走得十分小心，步子明显比上次迈得要小，动作也慢了许多。

众人都屏住呼吸，紧张地注视着他和肩上的孩子。

小伙子走了几步后，适应了肩上的负担，步子开始快了起来，身子也轻盈了许多。很快，小伙子就过了中间部位，接近谷边了。这时，小伙子做了个谁都预料不到的危险动作，他把肩上的孩子抱到胸前，然后向前高高抛起，在众人的惊叫声中，他一个健步追了上去，然后接住孩子，又一个飞跃跳到了谷边，纵身跳下了钢丝绳！

众人齐声叫好，同时响起一片热烈的掌声！

孩子的父母正对小伙子表达谢意，那孩子忽然哭了，我的游戏机还在那边哩。

人们往对面的谷边一看，孩子刚才跌坐的地方，有一个金属物体在闪闪发光。

孩子的父亲说，不要了，回去再买个新的。

众人也纷纷附和说，是呀，为这么个小玩意儿冒险，太不值了。

那小伙子笑了笑说，没什么，我从七岁练功，都走了十五年钢丝了，要是有保险绳，翻着跟头过都没问题。

小伙子说着，一纵身，上了钢丝绳。

那孩子的母亲说，人家救了咱的孩子，又冒这么大险去拿个玩具，咱可得好好谢谢他！

孩子的父亲有些激动和感动，立即说，我新开发的楼盘还闲着几套四室的房子，送他一套也无所谓。

这时，小伙子已经走到了山谷的正中，显然，他听到了孩子父母的对话，略微停了一下，回头问，真的？

孩子的父亲说，不就几十万块钱吗？比起我们的孩子，这算什么！

小伙子转过了头，继续往前走，这次他走得很保守，很谨慎，但忽然，他一个趔趄，大叫着跌下了山谷！

体　面

　　韩六子原是郊区的农民，因为扩城占了他们村的地，他无地可种了，做大生意又没本钱，所以就尝试着在路边上摆了个卖羊杂汤的摊子。

　　韩六子家世代都是种地的，他见了城里人就有些自卑。他知道，那些天天来这儿喝羊杂汤的人都是有些身份的。韩六子算过一个账，如果一个人每天早上喝一碗羊杂汤、吃两个火烧，那他一个月的早饭钱就接近一百元钱，再加上中午饭、晚上饭，那他一个月的饭钱就是四五百元，再加上养家糊口什么的，那得挣多少钱才够呀！所以，他知道，那些做小生意的和每月挣几百块钱的工人，是不能天天喝羊杂汤的。凡天天来这儿的，不是在高薪单位上班的，就是做大生意的。所以，韩六子对来的每一个人，都是笑脸相迎，笑脸相送。客人来了，刚坐下，他就会将一碗热气腾腾的羊杂汤端过来，躬着腰给客人放在矮桌子上，然后脸上堆着谦卑的笑说，料子自己放，怎么对口怎么调，要加汤，招呼一声就行！

　　每天，韩六子从早六点起，一直忙到十点钟才收摊，没办法，现在城里人的早饭吃得越来越晚了。这几个钟头，他几乎一刻不停地穿梭在十几张矮桌的夹缝里，为客人加汤，送火烧。逢有点儿清闲，他也不闲着，双手端着一大勺热气腾腾的汤，挨桌子问，哪位加汤呀？谁加汤您就吱一声儿。有客人说，韩六子，你就不能歇会儿吗？累不累呀？韩六子就笑笑说，咳，累啥呀？比种地轻省多了。

　　韩六子的羊杂汤实惠又好喝。那汤，全是头天晚上用羊腿骨和大梁骨通宵熬的，又香又稠；那羊杂，全是头一天的新鲜货，提前用大料炖得烂烂的，第二天用羊汤一热，那个香，隔老远就闻得见。

　　凡是卖羊杂汤的，大都有两个毛病：一是在汤上做手脚，少熬，节省羊骨头钱和炭火钱，到时候一看人多，就往里加水，来得晚的往往只能喝清汤；二是在羊杂上做手脚，羊杂贵，就往里掺牛杂，多掺那些最便宜的牛肺。这种事韩六子从来都不干，所以他的羊杂汤就和别人的羊杂汤不是一个味儿，再加上他的谦卑和热情，所以生意就越来越好了。后来，韩六子一个人怎么也忙不过来了，就开始雇小工，一个两个，一直发展到了六个，才刚刚喘过气来。

按一般人的理解，一个卖羊杂汤的能挣多少钱？说了您别不信，你可以算一算，六个人从早上六点就开始往桌子上端汤，一直端到十点，这得端多少碗？几年下来，了不得了，韩六子发了。

韩六子先在一个新建的小区里买了一套三室两厅的房子，后来觉得钱还是有点儿多，正赶上流行买私车，就买了一辆"本田"，还利用业余时间考了个驾照。

开上私家车后的韩六子，觉得自己卖羊杂汤的那套行头和车太不协调了，就又置办了"红豆"衬衣、"新郎"西服和"红蜻蜓"皮鞋。这么一装扮，韩六子就整个儿一个大款模样了。

韩六子的心理慢慢地也有了变化。他发觉，来他这儿喝羊杂汤的，其实也没有几个能比他有钱的，无非是单位好点儿，工资高点儿；干生意的，也不是什么发大财的，这从他们的交通工具上就看得出来。他们大多数是骑摩托车、电动车和自行车来的，也有几个开车来的，车的档次也不如韩六子的"本田"。这样一想，韩六子怎么也不愿意再冲他们露出那种谦卑的笑了，更不愿意躬着个腰挨个儿问他们加汤了，他想：凭什么是我伺候你？我比你们有钱哪！这年头，钱就是体面呀！

韩六子不干了。他把羊杂汤摊子交给了他的几个下属，自己躲清闲去了。

韩六子开着他的"本田"，整日里游山玩水，和一帮同学、朋友出入歌厅酒楼，后来还包了个十九岁的"小二奶"，过得好不潇洒。

这样过了大约半年的时间，韩六子的积累花得就差不多了。这时候，他的那个卖羊杂汤的摊子，由于那几个伙计偷工减料，很快就黄了摊子。

这时候的韩六子，根本不可能再卖羊杂汤了，那多掉份儿。要做生意，也得做体面一些的生意。他的一位朋友极力推荐他炒股票，又体面又赚钱。他便用自己的房子作抵押，贷了款，开始炒股。一入市，他就搞大动作，几天的时间就把二十多万元钱全套进去了。后来，他又卖了车，又给朋友借了钱，再炒，结果又被套住了，他哪有炒股的经验呀！

韩六子重新沦为一无所有的穷光蛋，还负上了不大不小的一笔债，他再一次走投无路了。怎么办？他唯一有把握赚钱的生意，还是卖羊杂汤。

韩六子的羊杂汤摊子重新摆上了，同时摆上的，还有他那一脸谦卑的笑。

胡一刀的爱情故事

　　胡一刀初中毕业没考上高中，也没考上中专，就跟他屠夫舅舅学徒，几年后学成了一个小屠夫。

　　胡一刀真名叫胡宗南，和一个历史人物同名同姓。"胡一刀"这个外号，是他当上屠夫后获得的。

　　县城的农贸市场里，有个全城出名的地痞，叫范老九。范老九生得人高马大，却什么事儿都不干，每天穿行于各个铺面之间，收取保护费。对于肉案子后的这些屠夫们，他不收钱，只收猪腰子，每头猪的两只猪腰子，都是他的。他收了后，再高价卖给饭店。因他身强体壮，打架还不要命，所以没人敢跟他硬碰。他也被人举报过多次，但终因犯的事儿太小，关个五六天就放出来了。惩治最厉害的一次，也不过是公安部门搞运动时把他弄到车上游了游街。他不但不在乎，反而把这些劣迹当作唬人的资本，动不动就喊，老子都七进七出了，也不在乎多进去几次，有种就去告我！

　　胡宗南刚来农贸市场卖肉时，见范老九挨个肉案子收猪腰子，从东头收到西头，收完后转身就走了，连句话都没有。而屠夫们呢，该干嘛干嘛，就像没看见他一样。胡宗南不明白怎么回事儿，还以为他是老客户，早晚给钱呢。等范老九走了，别人才告诉他，这人拿腰子是不给钱的，不仅如此，猪腰子还贵贱不能卖给别人，早晚给这人留着，否则会有麻烦的。

　　第二天，范老九收猪腰子收到胡宗南这里，刚伸出手，胡宗南就用割肉的刀子把两个腰子压住了。

　　范老九诧异地抬头看了看他，问，想干嘛？

胡宗南说，不干嘛，给钱，连昨天的一块儿给。

范老九笑了，左右看了看其他卖肉的屠夫们，屠夫们也都笑了。范老九说，小兄弟，刚来的吧，还不懂规矩。

胡宗南也笑了，说，俺只懂得公平买卖，不想懂什么规矩。

范老九将手提袋放在肉案子上，捋了捋袖子。鲁西北的汉子们，想打架时或向对方表示要动武时，都是先捋袖子，这是通用的信号，也是对弱者的示威。

胡宗南放下刀子，也往上捋了捋袖子说，想打架呀？你也不一定能打过俺。

范老九上下打量了一下胡宗南一米八五的个头儿，还有裸露出的胳膊上突起的健子肉，又笑了，兄弟，咱俩这体格，要动起手来谁也沾不了光，咱就叫个板吧，你不是有刀吗？有种的，一刀把俺捅了！没种的，乖乖地按规矩办事儿。

胡宗南拿起了那把锋利的尖刀。

范老九明显地怔了一下子。

这时，附近卖肉的、卖菜的，赶早来采买的男男女女都围了上来。

胡宗南说，捅你？捅了你俺还坐牢哩，不划算。说着，拿刀就在自己的左胳膊上割了一刀，血一下涌了上来。

范老九拿起胡宗南扔给他的刀子，也在胳膊上割了一下，血也涌了出来，不过，伤口明显要浅，血流得也不多。

胡宗南不屑地看了看范老九的伤口，重新拿过刀子，把左手的小拇指平放在肉案子上，刀光一闪，在人们的惊呼声中，一截手指在肉案子上跳了起来，然后，落下，再跳起来，再落下，还兀自不停地蠕动。

范老九恐惧地看着胡宗南递过来的刀子，忽然一转身，挤出人群，跑了。

有种呀！很多人都挑起了大拇指。有个看热闹的焦急地喊，别光顾着表扬他，快送医院哪，还能接上呢。

由于离医院近，那截断指真的接上了，但却远远不如以前灵活了。

从此，范老九再没来收过猪腰子。

事发的当天，屠夫们纷纷议论说，这个小胡，眼都没眨呀！

真有种，一刀就把自个儿的手指头剁下来了！

简直是个胡一刀呀！

恰好，电视上正热播孟飞、伍宇娟版的电视连续剧《雪山飞狐》，大侠胡一刀的名字正在人们的口头上热着，有人一提这个茬儿，人们就都管胡宗南叫胡一刀了，偏偏他又是个天天拿刀的屠夫，不久，"胡一刀"就在周围叫开了。

一个初秋的晚上，胡一刀去和一家饭店的老板结算肉钱。由于老板自己兼着厨师，等炒完菜，已经是晚上十点多了。两人算完了账，老板见胡一刀还没吃饭，心里过意不去，就炒了两个菜，留胡一刀喝了个小酒儿。饭后，已经是零晨了。胡一刀骑上他那辆满是油污的自行车回家。

我们村子和县城之间，隔着一条大河，叫徒骇河，是大禹治水时疏通的九条大河之一。所以，胡一刀回家，必须经过徒骇河大桥。这一晚，他刚骑上大桥，就听见桥中间那块儿有吵嚷声，间或还有女人求救的声音。他赶紧猛蹬了几下，来到了桥中央。借着月光，他见五六个男人围着一个姑娘，正撕扯姑娘的衣服，姑娘拼命呼救。他大喊一声就冲了上去，三两下就将他们拽开了。那姑娘一见，哭叫着扑上来，抱住了他的一只胳膊，把头紧紧贴在他的胸前。那几个男人见只有他一个人，一边叫骂着，一边呈三面合围之势冲他逼了上来，有两个，还掏出了雪亮的匕首。那姑娘吓得全身发抖，紧紧抓住他的胳膊不松手。他只好搀扶着那姑娘，一步步后退着，直退到桥栏上。其中一个拿刀的男人说，小子，快滚开就什么事儿也没有，再管闲事就给你放放血！胡一刀见突围无望，忽然拦腰将姑娘抱了起来，一用力抛向了桥下。在那姑娘的尖叫声中，几个男人也同时发出惊呼，还没等他们明白过来，胡一刀翻身越过桥栏，急如流星般向桥下坠去！

桥上的几个男人面面相觑了片刻，赶紧逃离了。

胡一刀和那姑娘先后落水，他抄起姑娘的一只胳膊，让她的头在外面露着，然后用一只手奋力向岸边划去。

一会儿就上了岸，那姑娘因呛了一口水，咳嗽了半天。咳嗽完了，姑娘说，你真大胆，淹死俺咋办呀？

胡一刀说，俺是在这条河里泡大的，有俺在，保证淹不死你。

姑娘是县化肥厂的工人，刚下了夜班，就碰上了这么一帮流氓，要不是胡一刀果断地带她跳了河，后果真是不堪设想。当下，胡一刀将姑娘送到了家门口，姑娘问，你是哪村的，叫嘛名字？胡一刀说，俺是五合庄的，叫胡一刀。

几天后，胡一刀接到了一封信，信很简单：胡大侠，我想和你谈恋爱，你若同意，星期天上午十点到上次救我的地方见面。朗剑秋。

不久，农民屠夫胡一刀找了个漂亮工人老婆的故事，在当地传为佳话。要知道，八十年代初的工人和农民，也就是非农业户口和农业户口之间，还隔着一条很大的鸿沟呢。

黑色的蝴蝶

再有一个月就要中考了，何晓明却整日无精打采。何晓明的爸爸常年在外，妈妈在医院工作，经常值夜班。妈妈上夜班时，何晓明等阿姨（保姆）睡着后，就悄悄地溜到书房上网玩"梦幻西游"。由于晚上睡得少，白天精力不集中，他的功课开始滑坡了，本来就比较差的外语落得更远了。

上着课，何晓明满脑子里都是游戏里的刺激场面，老师讲的他一句也听不进去。回过神来的时候，他就盼望着下课，盼望着放学……课堂上的时间对他来说真是"度日如年"。沉迷在游戏中的他开始幻想：如果不上学，整天在家玩游戏多么好呀！玩个痛快淋漓……可是，他知道这是不可能的，如果他辍学，爸妈还会把他送回来的，那多丢人哪！

星期一早晨，学校开大会，宣布开除了两名学生，那两名学生一个把女老师的后背上甩满了墨水，另一个用打火机把老师的辫子点着了，差点烧成秃子。由此，何晓明忽然受到了启发：对呀，让学校开除自己，那爸妈就没办法了，他们往回送学校也不要了。

对谁下手呢，何晓明费了一番脑筋。班主任李老师？不行，他脾气不好，惹恼了会打人的。想来想去，他觉得外语老师米珊珊最合适，一来是她脾气好，二来，她经常给何晓明的作业打红"✕"号。

星期二上午就有两节外语课，何晓明把钢笔水灌得满满的，还准备了一只打火机。

上课了，米珊珊老师一边领读一边慢慢在课桌之间走动着。

当米老师从何晓明的身边走过时，他拧开笔帽，用力朝米老师的背上交叉着甩了两下！

米老师洁白的衬衣上顿时出现一个重重的"✕"号！米老师的身子轻轻抖动了一下，停下了脚步。何晓明知道，该发生的事情就要发生了，他的心"咚咚"地跳了起来。旁边的几个同学都惊讶地看着何晓明。仅仅是一瞬间的工夫，米老师又照常往前走去，仍然是一边走一边领读。有几个同学窃窃私语起来……

　　米老师忽然大声说，上课不准说话！

　　教室里又恢复了正常。

　　米老师就穿着那件有一个"✕"号的衬衣轻盈地行走在同学们之间。何晓明的眼睛始终盯在米老师的后背上，那交叉着的两行墨水，离他忽而远，忽而近，忽而模糊，忽而清晰，渐渐地，那个黑色的"✕"号在他眼前虚化成了一只黑色的蝴蝶，翩翩起舞……

　　丁铃铃……下课了，那只黑色的蝴蝶不见了，眼前是鱼贯而出的同学们。

　　这个课间，何晓明坐在自己的位子上，一动都没动，他的内心在期待着、迎接着、煎熬着，焦急、不安而茫然。课间十分钟今天变得这么漫长……

　　然而，什么都没有发生，上课铃响过之后，米老师准时出现在讲台上，她换了一件红色的上衣，像一团火。

　　米老师让同学们朗读上节课所学的课文。在同学们抑扬顿挫的读书声中，米老师照例在课桌之间的过道上巡视。

　　何晓明双手把课本端在面前，目光却从课本的上侧溜出去，偷偷地观察米老师，希望从中发现点儿什么。可是，米老师像什么都没有发生过，自始至终没有看他一眼。何晓明泄气了，看来，上节课的事情白做了。

　　何晓明把眼睛盯在了米老师的短发上，米老师的短发是往后梳的，在脑后用一根像皮筋很随意地扎了起来。当米老师在他身边走过时，他迅速地站了起来，把喷着蓝色火苗的打火机放在了米老师的辫梢上！

　　米老师的辫子被点着了！火苗子沿着辫梢儿向上爬去！何晓明下意识地伸出另一只手，一把将火打灭了！在最后的关头，他还是害怕了，担心真的伤到老师。

米老师回过了头，何晓明！你想干什么？

何晓明涨红着脸低下了头。

米老师没有再追问他，而是对几个朝这边探头探脑的同学说，看什么？继续学习！

何晓明在忐忑不安中熬到了下课，又熬到了放学。

同学们都走了，何晓明孤独地在校园里溜达着，等待着惩罚的降临。不知不觉间，他走到了教师办公室的窗外。

不行！一定得严肃处理何晓明！报到校委会，把他也开（除）了！

屋里传出班主任李老师的咆哮声。

接着，是米老师的声音，有些小，何晓明赶紧贴到了窗下。

……这件事还是我自己处理吧，别报校委会了。

要不是几个同学来告状，你连我也不告诉？长此下去，你还有没有当教师的尊严！还怎么管学生！

我个人尊严不碍什么大事，可一旦把何晓明开除了，会毁了他一辈子呀！

就这么算了？

我想周末做一次家访，和他家长沟通一下，共同拉这个孩子一把……

何晓明先是觉得心里一热，接着两眼一热，眼泪汹涌而下。

这个周末放学的时候，何晓明在校门口拦住了米老师，米老师，您什么时候去我家？

米老师颇感意外地看了他一眼，然后绽露出灿烂的笑容说，不去了。

何晓明一愣。

你这几天用行动告诉我，你已经不需要家访了。

何晓明对米老师深深地鞠了一躬。

一个月后，何晓明以优异的成绩考取了本市最好的重点中学。

村女小玉

　　村里有个女孩叫小玉，小玉是村里最漂亮的女孩子。在这个三千多人的大村子里，提起小玉，女孩没有一个不羡慕的，男孩子没有一个不倾慕的。全村的男孩子都梦想着娶小玉当媳妇。可命中注定，小玉只能嫁给一个人。这个人的名字叫大祥，长得很帅，人品也特别好，但就一样，他父亲因病去世，母亲双目失明，家里非常贫穷。但这一切并不妨碍小玉对他的爱。

　　对于小玉的选择，小玉的娘一万个不愿意。小玉爹早年因逃荒远走他乡，一直没有消息，是小玉娘将小玉一手拉扯大的。小玉娘就想给小玉找个好人家。其实，这个"好人家"小玉娘心里早就有了谱儿，他就是小玉娘娘家的一个远房侄子，叫明军。这个明军自小聪明伶俐，长大后一直在县城里做生意，现在已经腰缠百万了。他自小就喜欢小玉，有事没事的经常来找小玉，但小玉对他一直很冷淡。近两年来，随着年龄的增长，明军来得更勤了，每次来，他都不空着手。小玉娘喜欢抽烟，他就提着两条"云烟"，小玉娘还喜欢喝点儿白酒，他就隔三差五地提着五粮液、茅台等名贵酒，把小玉家的菜橱子塞得满满的。他还经常给小玉娘儿俩扯布、买衣服。对此，小玉娘来者不拒，但小玉却从来没有动过明军的一丝儿东西。小玉看不上明军的油滑样，更看不上他发迹后的猖狂样。娘儿俩一个要嫁给大祥，一个要让明军做女婿，自然免不了经常闹矛盾。但小玉却铁了心，非大祥不嫁。对此，小玉娘非常伤脑筋，一方面她已经得到了明军的很多好处，如果事儿成不了，对不起明军不说，以后这好事儿就再也不会有了，她实在是太希望明军当自己的女婿了，那样自己这个丈母娘一辈子的富贵就不用愁了。要是在旧社会，她捆也要把小玉捆了送到明军家里去。但现在这个社会不允许这样做，她也觉得对小玉一筹莫展，夜夜睡不好觉，要依靠安眠药才能入睡。

这一天，下着大雨，明军又开车来到了小玉的家里。小玉本想躲出去，但一看外面的雨这么大，只好勉强陪着明军说话。小玉娘一边张罗着炒菜，一边看着明军和小玉，越看越觉得般配，但她明白闺女的犟脾气，明军八成是当不成自己的女婿了。菜做好后，三个人坐在八仙桌前吃饭，吃着吃着，小玉见明军的两只眼睛直勾勾地盯着自己看，觉得心里不自在，就一推碗说，俺不舒服，想歇一会儿，就回里间屋里去了。

小玉正躺在床上想心事，娘一掀帘子进来了，手里还端着一只热气腾腾的碗。小玉赶紧坐了起来。娘笑眯眯地说，玉呵，下雨下得天这么凉，喝碗红糖水吧！免得闹肚子。小玉皱了皱眉头说，俺不渴。小玉娘说，不渴也得喝，凉了就不能喝了。小玉只得端过碗来，几口将红糖水喝干了，然后重新躺在了床上。一会儿的工夫，竟迷迷糊糊地睡着了。

小玉醒来的时候，已经是第二天的上午。她睁开眼睛一看，几乎昏死过去，自己的身边竟然睡着一个男人！她掀开他脸上的被子一看，天哪！这个人竟是明军！同时，小玉感到下身火辣辣地疼，她忽然明白自己失身了。一刹那间，愤怒、羞辱、绝望、怨恨一起涌上她的心头，她抓起床着上的一把扫帚，朝着熟睡中的明军狠命地打起来，一边打，一边嘶哑着嗓子喊，我打死你！我打死你……打着打着，她急火攻心，晕了过去。

小玉再次醒过来时，明军已经走了，只有娘在一边守着她。见她醒来，赶紧给她端来炖好的鸡汤。但小玉一口也没有吃，她呆呆地望着房顶，任凭娘怎么劝她，一句话也不说。这时，一阵沉重的脚步声传来，大祥一掀帘子闯了进来。一见大祥，小玉再也控制不住了，她不顾娘在一边，爬起来一下扑到了大祥的怀中，放声大哭起来！大祥紧紧搂着她，两行热泪也顺颊而下。小玉娘见状，只好起身躲了出去。

小玉的情绪稍稍稳定后，将自己被明军占有的事一五一十地对大祥实说了。说完后，她仰着一张泪脸问，大祥，俺已经不是黄花闺女了，你还要俺吗？大祥坚定地点了点头。小玉又问，你不怕别人戳你的脊梁骨？大祥紧紧地抱住她说，不怕！小玉用力地点了点头说，好！那俺就放心了！

当天下午，小玉就和大祥到县公安局报了案，一个小时后，明军就被刑事拘留了。最令小玉意外的事发生了：经过审讯，明军供出，是小玉娘把红糖水里放上安眠药将自己的亲生闺女催眠后，让明军进了她的房间，并在外面上了锁……小玉实在不敢相信，指使别人强奸自己的，竟然是自己的亲娘！知道这个真相后，她的心都要碎了。

小玉娘也被逮捕了，罪名竟然也是强奸罪。小玉娘又悔又恨，本希望让闺女和明军"生米煮成熟饭"，没成想却害了闺女，害了明军，又害了自己。但后悔又有什么用呢？大错已经铸成，她和明军都受到了法律的严惩。

判决结果出来后，小玉和大祥悄悄到民政部门领取了结婚证，然后在一个深夜乘车南下，到广州打工去了。

乡友马劲松

我正在办公室里冲我们报社的发行员（一个不讨人喜欢的女孩）发脾气，门很有节制地响了三下。除了我和那个倒霉的发行员之外，屋里所有的人都站了起来，抢先去开门，因为他们终于都找到了一个可以放松一下的机会。

进来一个三十多岁的男人，五短身材，头顶有些脱发，前额向前突兀地探着，两只眼睛不太，但很是精神。他环顾了一下整个办公室，然后客气地问，请问，哪位是戎总编？

我说，我是，您是哪位？对方顿时满脸"可找到党"的喜色，他叫着我的乳名说，你不认识我了吗？我是劲松呀！见我仍然发愣，他接着说，咱是老乡，我是马庄的，在县一中时咱还是同级不同班的同学呢。我心说这可怪了，我从未在我们县一中读过书，我甚至至今连高中都未上过，是参加工作后自修的大专文凭，那这位乡友肯定是认错人了。我对他说了我的想法，他惊讶地说，那怎么可能呢？你怎么可能没在一中上过高中呢？那时咱们还在一起踢过足球呢。我一想这更离谱了，我活到三十多岁还没碰过足球呢，我不爱那个玩艺儿。但对方在大庭广众之下说得有板有眼，我实在是不好意思再反驳他了，再说了，他所在的那个村不但与我老家属于一个乡，而且还属于一个"片"（现在叫"管区"了），离着仅七八里路。于是不再纠缠上学和足球的事，就问，你找我有什么事吗？他见我默许了和他的"同学"关系，就兴奋了，说从报上看到这儿招聘广告业务员，想来试试。我说那就试试吧。

马劲松起初给我的印象很不好，因为他这人说话有点儿太离谱，喜欢言过其实。但渐渐地，我开始喜欢上他了。首先，他这人很善于尊重领导，虽然我们这个小小的《都市晚报》社仅十几个人，但他总是人前人后地称我"戎总"，说了几次他也不改，后来听习惯了，一天听不到就很想他。其次，他拉广告有着惊人的水平，上班才十多天，就拉来了近一万元的广告，这对于一个刚刚涉足广告业的人来说，简直是神话。虽然广告费并未到位，但总比没有广告强，欠着早晚也是钱嘛！一个月后，我即宣布他任广告部主任。

我开始重用我的乡友马劲松。我带他出席各种场合，给他引荐我的朋友和客户。在公共场所，他不止一次当着我的面对别人说他和我是从小光着腚长大的朋友，又是同班同学，还是村连村的老乡。我虽知他说的话太离谱，但也不好当面揭穿他，只在背后嘱咐他以后别这样说，我们是老乡，这是事实，已经很好了，没必要再编造"光腚一块长大"那些事。他总是谦卑地应着，但到了第二次，他仍然这样说，一来二去，连我本人也犯了迷糊：我是不是真的和他光着腚一块儿长大？我是不是真的在县一中读过高中？我甚至打电话问我以前的同学和朋友，结果换来了一大堆嘲笑，他们都笑我想"篡改个人历史"。

有一个马劲松用着真是舒服。我请客户的时候，为了显示我的身份，很多时候都是他争先去吧台上签字，当然，这是经过我给酒店打过招呼的，再后来，我就不用操心了，全由马劲松代劳。

一晃，马劲松已在我们报社呆了两个多月了，但广告费一点儿也没收上来。我有些火，就说，马劲松，你干脆叫马松劲或马拉松吧，怎么办个事这么黏乎。他也挺着急，整天在外面跑。这一天，他趁我一个人在屋里时，悄声对我说，太利公司的两万块钱已经签字了，但财务部就是不给钱，他想先支两千块钱给部长塞个红包，并声明这笔费用将在他的提成里出。我说，你直接让他扣下两千元不就行了吗？马劲松说，我这样说了，他不敢干，我说钱到位后再返还给他，他还怕我坑了他，这家伙，不见兔子不撒鹰，真刁！我见他说得有道理，就支给了他两千元现金。

马劲松拿走两千元钱后，就再也不见踪影了。到了年底，有关他的问题却泛了上来。先是我经常带他去的那家酒店的老板拿单子给我清账，我一看，好家伙，竟然三万多元，我记得最多不超过一万五。一问，才知道马劲松经常单独带人去吃饭，临走还拿烟酒，全部签在了报社的名下。我预感到大事不好，赶紧派人去催要他联系的广告款，结果是令人惊讶的，那些"客户"根本就不知道我们《都市晚报》给做广告的事，广告内容全部是马劲松从别的报纸上摘下来的。这个事刚刚整明白，电视台的一位朋友找上门来，说我的乡友马劲松打着我的旗号从他那里拿了两千元钱，说好几天就还的，至今也未见人影。接着，报社附近的百货店、副食店甚至包子铺都拿着马劲松写的欠条找上门来，纷纷要求报社还钱。

我一气之下，年货也没买就驱车赶回老家，来到马劲松所在的马庄。村支书的儿子和我是同学，我径直去了他家。村支书听说我找马劲松，就一脸自豪地说，马劲松这孩子可是俺村里的大能人，听说，在什么《都市晚报》当了大主任，前两天回来说，没空回来过年了，还给了他娘二百块钱的过年钱。正说着，从门口进来一位颤巍巍的老太太，她进门后打量了我几眼，大声问，听说，你找俺儿子？村支书忙说，这就是劲松的母亲。我点了点头说，我是来找劲松的，他在哪里？老太太也是一脸的自豪，说，他在一个大报社当了官儿了，不回来了，你有什么事求他办，给我说就行，我一准转给他，千万别客气！一种想哭的感觉涌上我的心头，我赶紧逃了出来。

马劲松，不管你在哪里，看了这篇文章后，请回来与我见个面行吗？

天上掉下大馅饼

天上真的掉下来一个大馅饼，而且偏偏砸在了麻七的头上。

麻七父母双亡，无兄弟姐妹，自小懒惰成性，成年后也不务正业，靠小偷小摸地弄点儿小钱，勉强糊口过日子。别人劝他干点正事，他还振振有词：生在这么个破地方，怎么干也是个穷，等来了运气再说吧。他等运气等到了三十大几，运气不但没来，连媳妇也没等来一个。

但麻七的好运气说来就来了。这天下午，村长就把一封信和一张包裹单送到了麻七的家里。村长一进门就对麻七说，麻七，好家伙，新加坡来的哩。麻七拆开信一读，当即就蹦了个高儿，他一下窜到院子里，扯着嗓子狂喊道，我麻七也时来运转了！我发财了！哈哈哈！

村长从他手里夺过那封信，仔细一读，眼睛也直了：这个麻七，还真的是时来运转了哩！信是这样写的：

麻七侄儿：

　　我是你的堂叔麻林，虽然你不认识我，但我的爷爷和你的老爷爷是亲兄弟，我爷爷是长子，我们有着很近的血缘关系。我爷爷三十岁那年来新加坡做工，在这里娶妻生子，一直到去世也没有机会回去。我的父亲也去世多年了，享年八十四岁。现如今，我也是七十岁的老人了。我孤身一人，膝下无子，现身患重疾，将不久于人世了。近来，我托朋友千方百计打听到了你，知道你是我们麻家目前唯一的传人了。我本想让你来一趟新加坡，但我的时间已经不允许了。所以，我只能把我们麻家的传家之宝寄给你了，望查收。

你的叔叔麻林

2004 年 3 月 18 日

村长又看了看那张包裹单，虽然在"内装何物"一栏内填写的是"日用品"二字，但在保价金额一栏里赫然写的是"一万美元"，这相当于八万多人民币呢，足见包裹之中的物品何其珍贵了。

麻七的家里平生第一次围满了人，那封信和包裹单从众人的手里传来传去，都被揉搓得看不清纸的颜色了。一直闹到了晚上，人才渐渐地稀了。村长没走，村长说，麻七，你发了财，晚上请客吧！麻七面红耳赤地说，请客倒是该请，可、可……我这……村长知道麻七的难处，就亲切地拍了拍他的肩膀说，麻七，没钱不要紧，到饭馆里赊嘛！麻七一听更窘了，麻七说，我、我赊过，可开饭馆的老刀就是不赊给我，说了多少好话都不中。谁知这老刀就在他背后，当即接过话来说，麻七，不不，麻哥，谁说不赊来？要几个菜几瓶酒？你说个话，我立马办！麻七说，你不怕我还不起你？老刀说，咳！你提这茬儿干嘛？再提这茬儿我给你跪下！老刀很快给送来了一桌子的酒菜，村长和村里的几个干部兴致很高地喝了起来。一直喝到深夜，村长等人才歪歪打打地走了。

第二天一大早，村长亲自驾驶摩托车，载着麻七来到了县城的邮政局。包裹从那个绿色窗口里递出来时，麻七的心都快蹦出来了。他两只手哆哆嗦嗦地老拆不开，村长等得不耐烦了，夺过来三两下就把它拆开了。

两个人都愣住了。包裹里装的不是他们想象的金银珠宝，而是一本类似于账簿的线装书，封面用繁体字写着"麻氏宗谱"，原来这"传家宝"是麻家的《谱志》，也就是人们所说的"家谱"。麻七不死心，把《谱志》从第一页翻到了最后一页，还是一无所获。麻七一霎时心如死灰，折腾了半天零一宿，他得到的竟是这么一个不值一文的东西！他忽然又想到了昨天晚上的那顿酒菜，四五百块呀！拿什么还呀！他越想越气，三把两把将

《谱志》撕得粉碎，随手扬在了地上！

村长说，麻七，这是你的家谱呀！哪能撕了哩？麻七说，我连个媳妇都没有，肯定断子绝孙了，要这个破东西有嘛用呀！村长忽然绷起脸说，麻七，你自己坐公共汽车回去吧，我还得办点儿事。麻七愣了愣，什么也没说，他知道自己已经没有资格坐村长的摩托车了。

麻七回到村里时，发现村头上围了很多人，像看猴戏似地瞅着他笑。他低着头想从人群里穿过去。开饭馆的老刀过来一把抓住他说，麻七，我知道你没钱，咱也不为难你，从明天开始，你每天来我饭馆里干活，干上两个月，那饭钱就抵消了。从此，麻七就每天来饭馆"上班"了。

事情到此本该结束了，可不久之后的一天，村长又拿了一封新加坡来信走进了麻七的家里。

麻七像濒临死亡的人见到救命稻草一样，迫不及待地拆开信看了看，人就呆了，他一瞬间变得目光呆滞，神色恍惚，嘴里喃喃地道，完了，完了……

信是麻林的律师写来的：

麻七先生：

您好！我是麻林先生生前委托的律师陈一诺，麻林先生已于三日前离世。他的家产已经全部拍卖，共计一千二百万美元。根据他的临终嘱托，这笔钱属于您继承。目前，本人已经将这笔遗产打入您所在县的中国银行，您只要拥有取款密码，就可以将这笔钱转到您的个人账户上。至于密码，麻林先生已经在生前写在了《谱志》的第一页反面并寄给了您，这个密码仅麻林先生和您知道。根据先生遗愿，如您三个月内不取款，视为放弃，这笔款将由本人负责捐献给福利事业……

村长把信从他手里抽出来，很仔细地读完，叹了口气说，麻七，你没这个命呀！

铺　邻

　　杨老三的羊汤馆开业那天，他的对面也开了一家铺子，是"老李家火烧铺"。

　　杨老三的羊杂汤是用羊骨头在蜂窝炉子上细火熬出来的，整整熬一宿，那真叫个香。羊杂是货真价实的新鲜羊下货，自己放了各种香料煮的。

　　几天后，杨老三的羊汤馆火了，不但近处的居民来喝，很多道儿远的顾客开着车来这里喝羊汤。杨老三陆续雇用了六个人，总算能照应过来了。

　　老李的火烧铺子也同时火了起来。他们两口子每天天不亮就开始和面，等有客人来时，已经做好了满满一大竹箩火烧。但这些火烧很快就会销售一空，他们再现做现卖，一刻也不得闲，门前还经常有十几个人等着。

　　人们吃早点的时间差别挺大，早一些的，六点就吃；晚一些的，能到十点。所以，上午这四个钟头，是喘气的工夫都没有的。只有过了十点，杨老三才能松口气儿。

　　这天上午，杨老三送走最后一位顾客，就遛到"老李家火烧铺"，掏出烟来，递一根给老李，叹口气说，真他娘的累死人了。老李憨厚地笑说，累了好啊，不累就坏了。杨老三问，老李，这整天这么累死累活的，一个火烧能赚多少钱呢？老李迟疑了一下，但随即就笑了，说，当着你这明白人不能说假话，一个火烧大体是赚两毛钱左右吧。杨老三就在心里算了一笔账，自己每天卖一千多碗羊杂汤，老李就卖一千多个火烧，这还不算饭量大吃俩火烧的，这一千个火烧就赚两百块钱哪，一个月下来就是六千块呀！自己雇用了这么多人，每月除去各种费用，也不过赚七八千块钱，这老李就俩人，却赚这么多……正想着，老李递过来一根烟说，咱这是秃子跟着月亮走，沾大兄弟的光呀！杨老三接过烟，笑了，笑得有些勉强。

从这天起，杨老三就有了个心病：老李每月这六千块钱是我这羊杂汤馆帮他赚的呀！要是这六千块钱是自己的多好……

几天后，杨老三做了一件大事儿：他在自己铺子旁租了间房，又开了一家火烧铺。他知道学不来老李的手艺，就弄了套现代化的电烤炉，按着使用说明试验了几次，也烤出了像模像样的火烧。他又雇用了两个人，专门做火烧。

开始的几天，还真的卖了不少，很多人图个新鲜，也尝一尝杨老三的火烧，这一尝，每天就尝去了几百个。可几天以后，销量就开始大幅度下降了，一天只能卖几十个了。杨老三发现，只有对面的火烧铺没了货时，才有等不及的顾客来买他的火烧。一个月下来，杨老三的火烧铺子亏了不少，但羊汤馆的生意还一如既往地忙，经常有人端着碗找不到座位。这使杨老三想出了一记狠招，他做了一个大牌子，写上：本店谢绝自带火烧。杨老三想，反正我这羊汤馆经常爆满，少来几个人也无所谓。

杨老三的这一招起初给他带来了点麻烦，有几个顾客不满意，和店里的员工发生了争执。但杨老三在这件事儿上一点儿也不含糊，他态度非常明确：本店就是这么个规定，谁不高兴可以自便。

有几个人被气走了，并扬言再也不来了。但杨老三的羊汤馆依旧兴隆。

"老李家火烧铺"门可罗雀了。老李硬撑了几天，后来在一个晚上悄悄搬走了，不知去向。

老李搬走后，杨老三的羊汤馆也发生了变化。先是开车来的人不见了，后来只有在附近居住的老顾客来吃饭。连续多天，杨老三每天只能卖出二百多碗羊汤，二百多个火烧，他自己算了算，这样下去，每个月还赚不了两千块钱，比以前光开羊汤馆时差远了。

杨老三急于想找出原因，他从自己的羊杂和羊汤上都没有找出任何毛病，就问一个老顾客，我这羊汤还是以前那羊汤吗？

老顾客是位退休教师，他说，你这羊汤还是以前的羊汤，只是这火烧，可差了远了。

杨老三说，你们来这里不就是为了喝羊杂汤吗？对火烧还这么计较？

老顾客说，吃着老李家那外酥里软的火烧，再喝你这羊杂汤，那真是香到心里去了，没了他那火烧，你这羊汤的味道大打折扣呀！

杨老三半晌无语。

新逼婚记

刚吃过晚饭，我的表兄龙刚就进了我的家门。龙刚是一个很爱整洁的退伍军人，但今天他却穿了一件脏兮兮的旧军裤，胳肢窝处还开了线，露出里面的白衬衣，平日很光洁的脸上爬满了胡须。

"你这是怎么了？"我吃惊地问。

龙刚迟钝地坐在我对面的椅子上，垂着头一言不发，我再三追问，他才说出一件令我震惊的事来。

以下就是龙刚口述的实录：

去年，我从部队复员回到家，就在自己的两间屋里养蘑菇。我对门住着一个姓夏的老太太，五十多了，按庄乡辈我管她叫"嫂子"。她常到我家串门子，慢慢地，我便知道了她的处境。

她俩儿子都分家过了，谁也不管她，连桶水也不给她挑。分家时，说好了每个月每个儿子给她五元钱，但是分家三年了，她一分钱也没捞着。她几次找儿子要钱，都被儿媳连吵带骂地拒之门外。她说这些的时候，眼里总有泪。她说她活够了，想死。我很同情她，就把她吃水的问题包了下来，还经常给她点蘑菇、菜什么的日常用品。她挺感激，常帮我洗衣服，有时我进城卖菜，晌午回不来，她就按时给我喂上猪。谁想，这些事竟给她的两个儿媳妇看在眼里，便在村里散布流言，说我和她婆婆之间如何如何有问题，编造得有板有眼，弄得村里沸沸扬扬。对这事，我挺烦，而她却好像一点儿也不在乎。

前几天的一个晚上，她悄悄地来到我家里。一进门，就把门反插上。我弄不清她想干什么，心里挺紧张。她拉了一把椅子坐在我面前，小声说："小刚，咱俩结婚吧！"我吓了一跳，直直地盯着她满是皱纹的脸，以为她在给我开玩笑，但她却是一个从不开玩笑的人，更何况深更半夜的，在一个光棍家里。

我很尴尬地笑着说："算了吧大嫂子，别拿我开心了！"她绷起脸说："谁和你开心？你没听见村里人传言吗？反正她们这么认为，咱不如就真结婚！""这……"我惊呆了，不知说什么好。她恶狠狠地说："你嫌我老了吗？你要是不同意，我就去公安局告你，说你强奸过我。"当时我真不敢相信自己的耳朵，以为她疯了，但从她的眼神中看出她很正常。我向她说好话，求她，她不听，说给我三天的考虑时间，就走了。那一夜我没合上眼，翻来覆去考虑她的意图，但怎么也想不出个所以然来。我后悔自己多管闲事，以至引火烧身。

第二天，我去找她，她把门关得死死的。我叫门，她不开，隔着门缝说："你好好考虑吧！过了三天，我就去告你。"

"在她的威逼下，你就同意了是不是？"我忍不住打断龙刚的话问。

"有什么办法呢？"龙刚黯然低下了头，"我想过了，我是当过兵的人，又是党员，如果……唉！那就没法见人了。反正她需要一个人养老送终，我也需要一个人里里外外地给拾缀拾缀，就答应了。"

若不是龙刚一向老实厚道，我真不敢相信天底下还有这样的荒唐事。我沉默了一阵说："这个老太太早有预谋，你不该答应她，脚正不怕鞋歪，到时候你可以依据事实为自己辩解嘛，事情总会清楚的。"

"现在已经清楚了。"龙刚有气无力地说。

"那现在怎么样了呢？"

"现在，她已经死了。"龙刚痛苦地抓挠着自己的头发，接着说了下去，"我被她逼得无奈，只得跟她去乡里登记，民政上的人见我俩不般配，不给办证，她就质问：'哪条法律上规定老太太不准和小伙子结婚了？'人家没法子，就给办了结婚证。回来后的第二天，她一天没露面，我觉得纳闷，就去了她家，才发现她已经死了，炕前扔着个农药瓶子。"

"这么说，她自杀了？"我疑窦陡生。

龙刚的脸上竟溢满了泪水。他摸摸索索地从口袋里掏出一张皱巴巴的字条，缓缓递过来。

这是一张从小学生的方格本上撕下来的纸片，上面写满了歪歪扭扭的字。

> 你肯定恨死我了吧！我逼你跟一个老太太结婚。可是，我只有这样做才能谢你，也气气我那两个不是人的儿子。你知道，我的儿子和媳妇都不拿我当人待，我伤透了心，不愿把财产留给这些丧尽天良的东西。你对我太好了，我一个土埋脖子的人了，没什么可报达的，就想把我住的五间房子和老宅上的树给你，这些东西变卖变卖，够你娶媳妇用的了。可是，我怕儿子媳妇闹腾，就想了这么个法。咱俩领了结婚证，我的财产就全成你的了，到时打官司你也能占住理。你还年轻，我不能拖累你……

我的心好似被利器重重戳了一下，一种说不清道不明的痛楚使我流下了眼泪。

真假皮夹克

侯文海发迹前，最大的愿望是穿上一件货真价实的皮夹克。侯文海身形矷长，一个偶然的机会里，他曾穿过一个同学的真皮夹克，那真是既潇洒又神气。

但一件真皮夹克要五六百元乃至上千元，尚属工薪阶层的侯文海，每月只有三百大元的工资，老婆又下了岗，日子总紧紧巴巴的，要攒钱买皮夹克，那只能将自己一家人的脖子吊起来。所以，一段时间以来，侯文海只能望"皮"兴叹。

但侯文海最终还是圆了自己的"皮夹克梦想"。他得到皮夹克的过程有点儿不太光彩。那一天深夜，他从朋友家里喝酒归来，走到一条偏僻的小巷时，见前面有个骑自行车的人影，借着昏暗的灯光，依稀看出是个女人。这时，那女人发觉了后面的侯文海，就加快了骑车的速度。侯文海知道女人害怕，怕他是坏人。一种恶作剧心理，驱使侯文海也加快了速度。女人发觉后，骑得更加快了。侯文海感到很好玩，正想再骑得快一些，忽然发现从女人的自行车上掉下一个黑乎乎的东西。他刹住车，弯腰将那东西捡起来一看，是一个女人用的坤包。他赶紧大声对前面的女人喊，喂，站住！快站住！女人骑得反而更快了，并很快拐出了小巷，不见了踪影。

侯文海的运气就是这样来的：女人的坤包里有六百元钱，正好够他买一件真皮夹克的。

侯文海穿着真皮夹克出现在办公室里时感觉还挺爽的，但接下来的遭遇是他始料未及的。

同事们一见他都"哇"地怪叫着围了上来。司机小刘拽了拽领子说，呀，可惜是人造革的。

科员小赵很内行地抓住一块皮子攥了攥说，呀，仿得真像，一般人还以为是真的。

侯文海推了他一把说，去你的吧！这是货真价实童叟无欺的山羊皮夹克，在贸易大厦买的，花了六百元呢！

这时，外号"老缺"的科长老周在旁边说，都瞅看了，还用看吗？小侯每月才挣三百元钱，他拿什么买真皮的？

这个老周，平时最看不起侯文海，经常当众奚落他、挖苦他。平时侯文海全忍了，谁叫人家是科长呢。但今天侯文海实在忍不住了，他一转身将皮夹克脱了下来，找了个线缝，一用力"哧啦"一声撕开了，然后他将皮子的里面翻出来，指着密密麻麻的毛孔问，你们看看，这是假的吗？这是假的吗！

众人围过来一看，都傻了眼。只有"老缺"在一旁冷笑道，嘿嘿，现在连女人的胸脯都可以造假，在人造革上扎几个眼算什么？

一句话让侯文海差点儿背过气去。他终于明白：凭自己目前的身份、地位，根本就不配穿真皮夹克，穿上了也没人会相信是真的。

后来，侯文海下了海，先小打小闹，攒了一笔钱后又捣腾大的，五六年之后，终于发了财，成了大老板。

侯文海今非昔比，也赶起了时髦，找了个"小蜜"。那"小蜜"才二十岁出头，很会讨他的欢心。前几天，"小蜜"到东北老家探亲，回来时给他捎了件皮夹克，做工很考究。侯文海拿到手里一攥就知道是"高革"（一种比较高档的人造革）的。但碍于"小蜜"的面子，他还是当即穿在了身上。

就在这天下午，侯文海回家时，在原单位的生活区大院里正遇上"老缺"周科长。由于工厂已经倒闭，周科长也失了业，整天在大院内闲逛。周科长一见侯文海，立即迎上来，谦卑地说，侯总，什么时候又买了件皮衣？一看就是高档货。

侯文海淡淡地笑了笑说，哪是什么高档货，人造革的。

周科长讪笑道，开什么玩笑，你哪会穿人造革的？说着话，用手很小心地在皮夹克的下半截摸了摸，咂着嘴说，好、真好，得几千元吧？

侯文海笑道，人造革货，哪值几千元，一百元钱撑死了。

周科长仍不信。侯文海就脱下来，在一条线缝上一扯，扯开一条缝，翻出皮子的另一面说，你看，反面还有纹纹呢，连个毛孔都没有，怎么就是真皮的了？

周科长说，现在科学技术高了，把毛孔处理平也是可能的。

侯文海大笑，他拍了拍周科长的肩膀说，不是科学技术高了，是你老兄看我的眼光高了。说着话，将皮夹克披到周科长的肩上，大踏步地向家门走去。

牡丹卡

小程最近比较烦。

小程的烦源于一个叫刘月的女孩。

刘月是一个长相比较文静的女孩子，平时不爱说话。正是这一点，当初把小程迷得三魂五道的。为了泡上她，小程这个情场老手也使出了浑身解数……

小程得手后，就租了房，隔三差五地在出租房里和刘月幽会。

三年的时间，当初的神秘和激情已经被岁月冲淡，小程对刘月身体的熟悉程度已经甚于自己的老婆。在这种时候，他就考虑全身而退了。

但这时，刘月提出了要小程离婚娶她的要求，吓得小程都好多天没到出租屋里去了。刘月就每天几十个电话地找他，开初他还好言相劝，后来烦了，就连她的电话也不接了。

这不，今儿一早，小程就接到了刘月发来的一个短信息，给他一星期的时间考虑，如果到时候不能给她满意的答复，她就会找上门去，和小程的老婆摊牌。悔得小程恨不得连扇自己一百个大耳刮子，谁叫自己当初昏了头，趁老婆出差把刘月领回家过夜呢，这真是报应啊报应……

走投无路的小程找到他的好朋友、青年作家邢庆杰。邢庆杰是极不赞成小程终日寻花问柳的，但事情到了这个地步，还是为他指点了迷津。邢庆杰的分析是，刘月缠住小程不放，主要是认为小程有钱，这也怪小程平时在女人身上花钱太大方了。事实上小程只是个小老板而已。

小程按邢庆杰的指点开始了行动。

当天晚上，小程就来到了已经好久不去的第二个家。

刘月对小程的到来感到非常意外，怎么今天愿意来了？

小程说，家是回不去了，不上这儿来上哪儿去？

刘月就问，怎么了？

小程说，这笔生意亏大了，老本全部赔进去不算，还欠了十几万的账，这不，家门口有仨等着要账的，我哪里还敢回家？

这时，小程的手机响了，小程看了看，没接。

刘月问，怎么不接电话？是不是你的那些妹妹打来的？

小程苦笑着说，别逗了，这是一个债主，像催命似的催钱。

刘月问，你还欠人家多少钱哪？

小程伸出一个巴掌说，不多，五万。

刘月的脸上现出了愁苦之色。

这时，小程的手机又响了，刘月凑上去一看，是一条信息，上面写着一句狠话：三天内不把五万元钱打过来，小心你的狗腿！

第二天一早，小程要走。

刘月说，你先在家歇着，我给你想想办法吧。

刘月说完，拿了自己的坤包，就出了门。

小程心想，她能有什么办法呢？不是想晾我一晾再和我分手吧？

一个多小时的时间，刘月回来了，一进门就递给小程一张牡丹卡。

小程问，这是什么意思？

刘月说，算我倒霉，傍了个男人还倒贴，这是我上班八年的全部积累，又给我姐借了两万，一共五万，你先用吧。

小程就有些发懵，事情的发展太出乎他的意料了，小程就有些感动，他抱着刘月说，月，我……谢谢你。

小程要走的时候，刘月说，你拿走了这么多钱，怎么也得打张条子吧？

小程一愣，突然想到，如果这卡里没钱怎么办呢？那不亏大了？

刘月笑了笑说，你是被人坑怕了吧？连我都不相信了？那我跟你一块儿去查验一下吧。

两人来到附近的一个储蓄所，从门口的自动柜员机上，小程按照刘月告诉他的密码，进入程序后按了"余额查询"键，里面显示得不多不少，正好是五万。

小程有些尴尬地笑了，刘月在他的额头上狠狠地点了一下。

小程就给刘月打了一张五万元的借条。

其实小程用不着这笔钱，一切的一切，只是邢庆杰帮他导演的一出戏。过了几天，他就想把这笔钱取出来，换成个存单再还给刘月，分手的事情，以后再说吧，唉，谁叫她对自己这么好呢。

小程没想到，他拿了牡丹卡取钱时，发现卡上的余额只剩下一元钱了。问储蓄所的人，人家查了查说，这张牡丹卡是和一个存折一起办的，用存折和牡丹卡都可以取钱，另外，这张卡已经挂失了……

小程明白上了当，肯定是刘月用存折把钱取走了，而自己打的欠条还在刘月那里。

小程愤怒地打通了刘月的电话，小程说，牡丹卡怎么成了空的？你得把我打的欠条还给我！

刘月有些不解地说，什么牡丹卡？我不知道呀？我借给你的是现金呀，一万元钱一沓，一共五沓，你忘了吗？

小程快要气疯了，他恨恨地说，我手里还有这张牡丹卡，到时候可以作为你诈骗我的证据。

刘月意外地问，我的牡丹卡在你那里吗？我都丢失好几天了，已经向派出所报了案，也在银行挂了失，你干嘛要偷我的牡丹卡呢？

小程知道这次自己是真的着了道儿，这小女子怎么会有这么深的心机呢？

其实，他更想不到的是，刘月放下电话就拨通了青年作家邢庆杰的电话，温柔地问，邢哥，晚上有空吗？我想请你吃南非鲍鱼。

抛车记

　　最近一段时间，金点子广告创意公司经理陈米一直想把自己的车丢掉。

　　半年前，陈米买了一辆带空调的面包车，花了近六万。但这半年来，车价飞速下降，一般轿车也跌下了十万元的大关，正往七八万元这个价位上跌。陈米就想换一辆轿车坐坐，但他想买轿车，必须先将面包车处理掉，一是因为钱凑不够，二是他一个小公司也不想同时养两部车。但他的车虽然刚刚跑了一万公里，竟然连三万元也卖不上。想想吧，这是才开了半年的车呀，开了半年就赔三万，这让陈米在心理上怎么也无法接受。

　　后来，金点子广告创意公司的经理陈米先生就为自己想了个"金点子"：想办法把车丢掉，然后向保险公司索赔。陈米知道，才半年的新车，保险公司在赔偿时会全额赔付，那样自己就等于白开了半年便宜车，一分钱也没受损失。

　　打定主意后，陈米利用外出的任何机会，开始频频地将车停在无人看管的路旁、广场甚至郊外。为了使偷车的人不至于太费劲，每次他都不锁车门、不拔钥匙。

　　一个下午，陈米将车停在郊外的一个池塘边，然后步行去距离这里三华里的另一个池塘钓鱼。等他天黑回到这里时，发现车不见了。陈米长长地出了一口气，心想：今天得好好地喝一杯，庆贺庆贺了。他走上公路，猛然发现对面开过来一辆面包车，一看车牌，竟然是自己刚刚丢失的那辆。他赶紧溜下公路，想抄小路逃走。但那辆车已经到了他的面前，一个农民模样的小伙子笑嘻嘻地从上面跳下来说，您吓坏了吧！我只是借用一下，到家里取点儿干粮，您的车真好开，比我家的拖拉机舒服多了。陈米沮丧地低下了头，无可奈何地将车开回了家。

第二天一早，陈米又将车停在了一个僻静的公路边上，然后打了辆出租车，直奔市中心而去。他来到一家大公司，和这里的主管谈了一笔业务，中午又请了顿酒席。吃完饭后他又到洗浴中心桑拿了一把。一直忙到傍晚，他才打车来到早晨停车的地方。远远地，他看到车已经不见了，不由微微一笑，他想：该报警了，然后就给保险公司打电话。他刚掏出手机，手机就响了，是妻子从家里打来的，妻子说，刚才交警队打来了电话，让你去提车。什么？陈米怀疑自己的耳朵出了问题。妻子在电话里没好气地说，人家说你的车阻碍了交通，给拖到交警队去了！陈米又傻了眼。

陈米经过几天的研究和观察，终于又瞅准了一个地方。那是城乡结合部的一个大集贸市场，管理比较混乱，出入口上总停着很多车，也丢过几辆。他将车停在一个容易开走的位置上，然后就躲在几十米外的一个树荫下乘凉。当然，他还得不时地观察他的车。等了大约两个小时的时间，有一个瘦男人鬼头鬼脑地出现在他的车旁。那男人左看看、右看看，又围着车转了一圈，然后拉开车门钻了进去。陈米的心剧烈地跳动起来，他紧张地看着自己的车，盼望它被快点儿开走。没想到，那个瘦男人上了车，半天没有动静。由于车窗玻璃上贴着太阳膜，他看不到那个男人在干什么。陈米又耐心地等了一个多小时，见还没有动静，就决定过去看看，如果这人不是偷车的，就赶他走，以免耽误了他的大事。陈米走过去，拉开另一边的车门，见那个瘦男人正坐在方向盘前到处乱摁，脸上都急出了汗。一见陈米，那人尴尬地笑了笑，拉开架势想下车开溜。陈米不动声色地问，你不会开车？瘦男人愣了愣，小声说，会会，在家里开过拖拉机，只是不知道这玩意儿怎么启动。陈米说，你踩着离合器，一拧钥匙就行了。说完，他迅速地关上车门，转身向市场内走去。

陈米再从市场内出来时，车已经不见了。他乐得蹦了个高，车终于被他弄"丢"了。

在等待赔偿的日子里，陈米不断地光临各个轿车销售公司，几经比照，终于选好了一款"中华"轿车，准备赔款一到位就买回来。陈米觉得自己设计的这个"换车"计划太完美了。

陈米的车"丢失"半月后，又神奇地回到了他的身边。原因很简单：公安局将案子破了，把车追了回来，退还了他。陈米的车回来时已经面目全非了：前面撞了个大坑，后保险杠已经报废，两边的漆也掉了不少。陈米正为自己的失算而懊悔不已，刑警队的两名警察找上门来，因为他涉嫌协助盗窃犯作案，又有骗保的行为，所以得到刑警大队接受讯问。

陈米当即就晕了过去。

老 乡

　　刚过了中缅边界，美丽的女导游就熟门熟路地将我们带到了一个大商场的门口。她站在门前的台阶上，用中文和外文交替着介绍了一下这家珠宝专营商场的基本情况，然后重点申明了几条注意事项和集合时间，就宣布解散了。

　　我和老温一路都是在一起的，老温是我二十多年的老朋友了，他是个不错的珠宝商，也很有旅游经验。但一进商场，我们就被迎面涌出来的人流冲散了。我对珠宝首饰之类的东西从来不感兴趣，所以有些心不在焉，只随着人流在一个接一个的展示柜前走动着，毫无购买东西的欲望。

　　导购小姐非常热情，只要你的眼光往哪件东西上一瞄，她便会立即给你讲这件东西的产地、品质、价格等情况。我也是闲着无事，就和一个小姐搭讪了几句，对方一听我的口音，忽然问，先生是哪里人呀？我脱口而出，中国山东德州。小姐忽然现出非常惊喜的样子说，哇！太好了！我们陈总经理也是德州人哩！我半信半疑地问，真的？这里竟有德州人当老总？小姐笑容灿烂地说，这还能有假？陈总他对家乡特别有感情，但由于工作很忙，不能经常回去，所以他嘱咐说，如果碰到家乡来的客人，一定要让他见上一面，以尽老乡之情。我正觉得累，找个地方歇一歇也好，就顺水推舟，跟小姐来到了位于四楼的一间办公室。

　　办公室不算太大，但非常豪华，有点儿金碧辉煌。我被让到真皮沙发上坐下，小姐先给我沏了一杯绿茶，然后说，先生请稍等，我去看看陈总在不在。

　　不消片刻，走廊里便传来了节奏鲜明的脚步声，随着有一个洪亮的声音喊，老乡在哪里？老乡在哪里？

　　一个身材魁梧、西装革履的中年汉子大踏步走了进来。我刚刚站起来，两只手就被对方牢牢地抓住了，老乡，可把你给盼来了，我都够三年没回家了，唉！真是归心似箭呀！虽然对方的口音中没有半点儿德州味儿，但我仍然被对方的热情所感染，我说，陈总，您老家有什么事情，我可以帮忙。那谢谢了！谢谢了！陈总用力地摇着我的胳膊，然后把我按到沙发上。忽然，他看到红木茶几上的那杯绿茶，登时变色道，王小姐！怎么用这种茶招待我最尊贵的客人？快换极品铁观音！刚才带我进来的小姐诚惶诚恐地给我换了一杯茶。这弄得我有点儿不好意思，我不善言辞，只能重复着一句话，别客气、别客气……

　　从言谈中，我发觉陈总对德州还是比较了解的，他不但知道德州扒鸡，还知道新湖、禹城的禹王亭遗址、德州一中的"逸夫教学楼"等等。在这异国他乡的土地上，听着自己熟悉的事物，我不禁对陈总油然升起一种亲近感。

　　一晃儿，集合时间快到了，我起身向陈总告辞。陈总对在一旁站立的王小姐说，给老乡带点儿礼物。我推辞说，那怎么好意思？陈总爽朗地笑了笑说，在这里碰到故乡人不容易呀！真想留你住几天，多叙叙德州的事儿，也算回了一趟家呀！说着话，眼睛有些湿润。我安慰他说，陈总，现在交通这么方便，等有空闲了，飞回去待几天。

　　说话间，王小姐小心翼翼地捧着一只精致的盒子走了进来。陈总接过盒子，从里面取出一对碧绿的玉镯。他搭眼一看，忽然拉下脸来道，谁叫你拿这种低档次的东西的？想让我在老家人面前丢人?!

　　王小姐低下头，怯生生地说，陈总，这种是五百美元的，你送人已经很好……

　　好了好了……陈总不耐烦地打断她的话说，你把准备发往香港的那批货拿出一件来，快去！

　　我吃了一惊，连连摆手说，陈总，这可使不得，这太贵重了，我实在是受不起呀！陈总笑着把我按坐在沙发上说，别客气，这只是一点儿小意思，等哪天去德州，你请我吃扒鸡就行了。

　　我心想，这国外收入就是高，人家对咱一个初次见面的人都送这么贵重的礼品，看来收入是高不可测……

王小姐这次拿回来的一对玉镯，比刚才那对明显小巧多了，借着陈总在灯下观赏，我也用心地瞅了瞅，果然是晶莹剔透，灿烂夺目，肯定是价格不菲。

陈总看了片刻，这才满意地把玉镯放回到盒子里，然后双手递给我说，请收下吧，给老家人带个好！

我庄重地说，陈总，这不能收，一则是我从来不喜欢这些东西，二则是我们初次见面，收这样贵重的礼物，让我寝食难安。

陈总非常固执，他把东西硬塞在我的手里说，你再执意不收，就是看不起我这个老乡了！那我会很没面子的。

集合的时间马上就要到了。

我很为陈总的真情所感动，但让我平白无故地收下这么贵重的一份礼，那不是我的性格。我把盒子放到茶几上，问身边的王小姐，你们这种镯子发香港要多少钱一对？

王小姐很干脆地说，一千美元。

我掏出身上仅有的三千多人民币，放到茶几上说，陈总，这些钱远远不够这对玉镯的价值，但我就带了这么多，只好沾你点儿便宜了。

陈总的脸登时黑下来，他瞪着我问，你这是什么意思？把我当什么人了？说完就去拿茶几上的钱，要还给我。

我拦住他，用力握住他的手说，陈总，你的这份情我却之不恭，受之又有愧，这些钱如果你执意不收，那这对玉镯说什么我也不要。我到时间了，再见吧！说完，我拿起那只精致的盒子，逃也似的跑出了屋子。

晚上回到旅馆，我把事情对老温说了。老温很执着地盯了我一会儿说，老弟，我记得你还是个作家哩，这么小儿科的局就把你套进去了？

我不解地问，你什么意思？

老温打了我一拳说，你让人家玩惨了！

怎么会呢？我赶紧翻包找那对玉镯，老温说，别找了，肯定是硬塑料合成的！

我急了，我说人家真的是我老乡，对我们老家熟着呢。

老温不屑地说，人家吃的就是这碗饭，早把事儿琢磨透了，你就是天南海北的去了，人家也能派出个陈总马总张总的给你认上老乡！

我终于找到了那对玉镯，递给老温说，人家本来要送给我的，我要是真的白白拿走呢？

老温说，那人家就当白玩嘴皮子呗。说着，还是看了看那对玉镯。

我问，这玩艺儿究竟值多少钱？

老温伸出了五个指头。

我问，五百？

五毛。老温惋惜地看着我，一副恨铁不成钢的样子。

无名英雄

　　一大早，五合村的村长大江就背着手，迈着方步走出了村子，来到了一望无际的田野里。这是大江村长多年养成的习惯，每天早晨，他总是先到野外遛一圈儿，回来后再敲钟招呼社员们上工。

　　夏天的清晨还是很凉爽的，大江揉了揉刚睡醒的眼，深深地吸了几口混和着麦香的新鲜空气，顿时神清气爽起来。自从上次召开了村民大会，大江传达了上级关于学习雷锋同志做好事不留名的精神，争做无名英雄的指示后，村里的好人好事可以说是层出不穷。如某一天早晨，大江刚走出家门，发现以往非常肮脏的街道被扫得一尘不染，他走了好几条街，也没有看到一个人影……再如，村里的牲口棚早已经千疮百孔了，因为一直忙于生产，没有抽出人工来修理，但仅仅是一个晚上的时间，整个牲口棚的外墙全部被抹了一层细细的麦秸泥，使牲口棚焕然一新。这是整整十间房呵，是谁这么大的能耐，一夜之间将它改变了模样呢？人的力量真是无穷尽呀……尤其是近几天，几乎天天都有好人好事，河东的那片麦子，大江头天晚上还琢磨着明天安排人收割，第二天早晨一看，已经全部倒下了，崭新的麦茬在阳光下烁烁发光……还有村北的那片麦田，头天傍晚刚刚撂倒，第二天一大早，麦个子已经全部"飞"到麦场上了……这"无名英雄"在五合村大有排山倒海之势，让大江这个村长当得很是光彩。但这些无名英雄隐藏自己的能力有限，都留下了蛛丝马迹，最后全被他"挖"了出来，并在每天的晨会上都给予了表扬。受表扬的无名英雄们都脸红红的，带着高尚的微笑，很模范。

　　不知不觉中，大江来到了"青年方"。"青年方"是五合村最好的一块地，土质肥沃，离河又近，旱能浇，涝能排，逐渐成为了全公社的样板田，每次县里来人检查，公社干部们总爱带他们来"青年方"看看。大江边走边看，忽然觉得有点儿不对劲儿，哪儿不对劲儿呢？他停止了思考，也停下了脚步，四处观望，心里一阵紧张，原来，昨天下午收割的那块"试验田"里的麦子，已经都不翼而飞了！不用说，又被无名英雄连夜运到麦场上，堆到那小山般的麦垛上了。唉！大江重重地叹了口气，一屁股坐在了地头上。他仔细地看了看四周，果然，也像其他无名英雄一样，这位无名英雄也留下了线索——一只鸭蛋绿烟荷包。

大江回到村部大院，敲响了晨钟。

人们都陆陆续续地聚到了村部大院里。大江站在办公室门口的台阶上，手里拿着那只鸭蛋绿的烟荷包问，这是谁的荷包？

无人应声。

大江只得点名，老开春，看看这是你的烟荷包吗？

老开春大踏步走到大江面前，红着脸说，是。

大江又问，那么"试验田"里的麦子，也是你连夜运到麦场的了？

老开春高高地仰起了头说，是！说完，脸上现出了高尚的微笑。

大江忽然扬起右臂，狠狠地打了老开春一记清脆的耳光！

人群一阵骚动。

老开春更是懵了，他委屈地问，村长，你凭什么打人呀！？

大江说，打你，打你是轻的，不开你的批斗会就不错了。

老开春更不懂了，撅着嘴问，不是你让我们争做无名英雄的吗？这也有罪呀？

大江飞起一脚将老开春踹了个趔趄，然后痛心疾首地骂道，操你娘！那是县里给咱村引进的优良麦种呀！咱村的几百亩地秋后全指望它哩，你都给弄到麦垛上混了，这一下全完了！

众人都呆了。

玩　笑

同事王三石非常爱开玩笑，尤其是爱在传呼机和手机上开玩笑。

他经常往我的手机上发短信息，自然是荤的素的都有，我看后都是一笑了之。

这天临下班，我又接到王三石发来的短信息，看后不禁哑然失笑。笑完后，我就又去忙别的了。

那条短信息是以我的一个女同事的名义发的（王三石经常干这种事，所以我已经见怪不怪了），内容是：今晚我丈夫不在家，你能来吗？吻你。一直在心里爱你的鹃。

这段时间到处正流传着我和这位鹃的绯闻，王三石准是想借此消遣我。其实，我和鹃什么事情都没发生过。她的丈夫经常打她，在有一次受到伤害时，她曾试图借我的肩膀临时靠一靠，寻片刻的安慰，但因我既没贼心也没贼胆同时也缺乏贼钱而没让她靠岸，仅此而已。

到了晚上，妻子闲着没事摆弄我的手机玩，并像往常一样查看我的短信息。看着看着脸就变了颜色，将手机"啪"地一声扔在了地板上！

我这才想起了王三石给我发的那条短信息，后悔没有及时删除。

偏偏我妻子是最最开不起玩笑尤其是开不起这类玩笑的。

接下来，我开始了耐心的解释和说服工作，从王三石的性格脾气说起，说起他经常开我的玩笑，也经常开某某的玩笑，还胆大包天地开过某某领导的玩笑，为了让我的妻子相信王三石是个爱开玩笑的人，我竟然声情并茂津津有味地给她讲了王三石开玩笑令某某领导出丑的一件趣事，惹得妻子终于笑了一下。我刚刚松了一口气，却听见妻子又冷冷地说，我对王三石不感兴趣，说说你和鹃吧。

　　我知道前面说的一切都等于白说，终于灰心丧气了。我说人正不怕影子斜脚正不怕鞋歪，你爱怎么着就怎么着吧。说完我就去睡觉了。

　　第二天一早，妻子不见了。我也没在意，反正我确实没干什么见不得人的事，反正总有一天她能明白我是天下最好的男人。看看手机还在地板上，打开试了试，居然没坏，就穿上衣服出了门。

　　离我供职的公司还有很远，就看见公司门口围了很多人。天生爱看热闹的我一溜小跑冲了过去。

　　离近了一看，坏了，是我妻子和我的同事鹃正在抓架。原来一大早我妻子就来兴师问罪了。更令我可气的是，王三石竟然也夹在看热闹的人中间，正一脸的坏笑。

　　我冲进包围圈，大喝一声：住手！

　　乘两个抓架的女人停下来时，我打开手机，调出那条短信息，对大家说明了情况，并要王三石做证。

　　没想到，王三石竟然绷起面孔，一脸无辜地说，这是绝对没有的事！

　　我火了，一把抓住王三石的衣领子说，王三石，你小子玩笑也开得太过分了吧，到了这种时候了你还不收手……

　　王三石一把挣脱了我说，哪个儿子给你开玩笑？你看一看号码是不是我的？

　　我一边说着王三石"不见棺材不掉泪"的话，一边查看了一下短信息的来源，看完后我真的傻眼了。

　　电话号码竟然是我的女同事鹃的。

　　我惊愕地望着我的女同事鹃，见她正一脸凄婉无比幽怨满目仇恨地瞪着我。

　　哥们儿，现在我该怎么办？

蒋负责

老蒋，女，现年四十有五，自参加工作起就在我们单位，已经兢兢业业地奉献了二十多个春秋，因种种原因仍然是科员一个。我刚分到她所在的办公室时，还很为她忿忿不平了一阵子，可后来就明白所有的事情都是有原因的。

老蒋这人干工作很热情，很负责，并且很有积极性和主动性。但什么事情都有个"度"的问题，一旦过了"度"，量变带来质变，就不好了。老蒋就属于对工作负责得过了"度"的人。她对工作和与工作无关的事，都太喜欢负个责。久而久之，人们背后便叫她"蒋负责"。

和蒋负责同龄的人几乎大大小小都熬了个职务，名正言顺地负点儿小责，只有她至今还没有职务，没有职务就不能名正言顺地负责，这是她一直耿耿于怀的事。但她的优点是很善于自我实现。不是没人让我负责吗？我自己负责！于是凡是她能沾边的事，她都要抢着负责，争取负责，变法儿地负责，仿佛她沾上了负责的瘾，一天不负点儿什么责就吃不好睡不着。有时竟连我们室主任的责也敢负，因她是老同志，一吵闹起来又是一副死猪不怕开水烫没脸没皮的样子，我们室主任也拿她没办法。一次一个印刷厂的业务员来我们办公室联系印稿纸信封的事，恰好主任不在，一进门那个业务员就直奔蒋负责所在的办公桌而去，恭恭敬敬地叫了声"主任"。本来蒋负责对这类送上门来的不速之客特别反感，已经皱起了眉头，但来人的一声"主任"叫得她非常舒服，她就露出了笑脸。来人很小心地问："看来，您是这儿的负责人了？"蒋负责见无人注意她，就忙不迭地点了点头。来人就极迅速地掏出一些稿纸、信封的样品，开始向她游说。本来蒋负责不管这事，想几句话打发她走的，但后来来人说了一句很关键的话："我一进门就知道您说了算，只要您说一句话，就等于照顾了我们这个半死不活的小厂了。"当时我用眼睛的余光从她的侧面发现她激动得后脖根都红了，大有和来人相见恨晚的意思。后来她就真的做主在那个厂子印了五百本稿纸，两千个信封。这件事主任一直蒙在鼓里，直到稿纸和信封都印好，送上门来，主任才瞪大了两只眼睛问："是谁让印的？"蒋负责就很负责地阴着一张脸说："我让印的。"主任当即就火了："你有病啊，咱库里存的还够用两年的，印了放在那里招虫啊！"蒋负责却不着急，只是紧紧盯着主任问："反正已经印了，你说，怎么办吧？"这种事蒋负责不止办过一次了，以前主任都忍了，这次他是再也忍不下去了，他说了声"谁让印的谁拿钱吧"，就拂袖而去。

第二天，蒋负责就向主管经理告了病假，然后就整整三天没上班。这一下可不得了了。为什么？并不是离了蒋负责我们就没法活，只是因为她还负责着女厕所的钥匙呢。

我们办公楼上只有一个女厕所，因为单位临街，又是在个繁华之地，经常有闲杂人等来办公楼上上厕所，弄得女厕所使用频率很高不说，卫生还挺差，于是女同志们就纷纷表示不满，主管机关工作的经理被大家叨叨烦了，就当着大家的面说了一句话："买把锁锁上门，不是本单位的一律谢绝。"大家还都没把这句话当真，蒋负责就扔下笔，直奔街对面的商店而去。一会儿她便买回把锁，把女厕所锁上了。第二天，会计科的科长刘晓兰来问蒋负责："你买的锁是几把钥匙的？"蒋负责面无表情地说："三把。"刘晓兰说："那你给我一把吧，我们科女同志多。"蒋负责冷冷地说："就剩一把了，那些全丢了。"刘晓兰只得悻悻而去。从此，办公楼上所有的女同志上厕所都要来找蒋负责讨钥匙。每当有人来找她讨钥匙，她都会磨蹭一会儿才给，让人家像给领导请示工作那样在她的桌子前站上一会儿，让她过一过"负责"的瘾。如果她因事外出，办公楼上的女同胞可倒了霉了，她们只有去街对面很远的地方去解决问题了。时间长了，女同志们都有意见，就在一起商议了一下，打算把女厕所的钥匙多配一些，达到人手一把，这样又方便又不用麻烦别人。这个提议通过刘晓兰对蒋负责说了以后，蒋负责什么话都没说，阴着脸回了家。第二天就谁也没再提这事，因为大家都知道，谁再提这事谁就是成心不让人家蒋负责"负责"，就等于得罪了她。蒋负责很爱记仇，谁若得罪了她，她一定会变着法儿地报复你，让你不得安生。有一年评先进，我们主任把办公室里唯一的一个名额给了我，这一下可不得了，她当即和主任吵了起来，并一把鼻涕一把泪地历数她参加工作以来对公司所做的贡献，直到主任躲出去为止。过了几天，正好搞党员考核，填票时我和蒋负责靠着，见她在我们主任的名字后面选择了"不合格"一栏划了"对号"。于是主任成了本年度党员考核中唯一一个有"不合格"票的人。事情还没完。从此，蒋负责每天上班都迟到半个小时，对室内外卫生更是从不插手，对我也是横眉冷对。有时赶上忙，主任吩咐她干点儿活，她就咬牙切齿地说："我又不是先进，你让先进去干吧！"主任知道再说下去她又会没完没了，干脆不再理她。直到下一年主任把先进的名额给了她，她才恢复了正常。

我和蒋负责只闹过一次小别扭。那一天，保卫科的小贾领着一个男孩来办公室打电话，见蒋负责忙着，小贾就指着那个男孩对我说："这是我同学，在这里打个电话。"我们公司因为临街，平时经常有本单位的人领着非本单位的人来打电话，我已经习以为常，就说："打吧。"谁知，那男孩打了不到一分钟，蒋负责就过去把电话给切断了，然后阴着一张脸说："这不是公话，不对外！"一时间弄得我和小贾都很尴尬。过了片刻，小贾领着他的同学走了。而蒋负责这里还没完，她像个领导一样对我说："以后外单位的人来打电话一律不准许，我们这儿的电话费月月超支，领导怪下来谁负责？"当时我很生气，我想说"领导怪下来有主任在也轮不到你负责"，我还想说"以前那么多来打电话的只要给你说一声让你过过'负责'的瘾，爱打多长时间打多长时间你都没管过，只不过今天没给你说一声你找不到'负责'的感觉了，所以你才来这一套"。但我最终什么也没说，一个人坐在那里生闷气。这件事过去大约十分钟后，蒋负责的几个老乡来找她，蒋负责就喊我："小刘，快沏上几杯水。"平时，蒋负责的朋友、同学来了她都坐着不动，支使我为她跑前跑后地伺候，以便在她那个朋友圈子里显示一下她的地位，满足一下她那点儿小虚荣心。平时，我都会让她如愿以偿，但这次我正生着气，就当听不见。她就又重复了一遍。

我带着气说："你自己沏吧！我没空。"如果她这时悬崖勒马，还不至于使自己那么难堪。但她不想在朋友面前掉面子，就板起脸来说："你忙什么忙，先沏上水再说。"我见她这么霸道，也火了，我站起来，强压着火说："第一，你这不是公事往来，是私人交往，我没有伺候你的责任；第二，你和我同是科员，地位平等，你没有权力命令我。"我刚说完这番话，她就急赤白脸地站了起来。我知道我的那句"你和我同是科员"肯定是一枚重型炮弹，让她在同乡面前有了"穿帮"的危险，她肯定会大发雷霆。但我不想和她吵，就大踏步出了屋。

稿纸和信封的事最后以折中的方式处理了，稿纸和信封都留下了，但钱没付，什么时候用着了什么时候再付。为这事，她又一年多没理主任。

蒋负责最终"负责"出了点儿事。我们公司管计划生育的同志调走后，一直没安排人选。但因为我们单位人多，经常有职工和职工子女结婚，到公司来开婚姻介绍信。因为我是操笔杆的，这事主任就安排给了我。凡来开信的都是要结婚的人，不好意思空着手，每人都带着糖果、烟什么的。每次我都把这些东西和同科室的人分享，并且没忘了"孝敬"蒋负责，但她看了仍然心里不舒服。于是，她就跑到分管经理那里说我初来乍到，不了解公司的情况，开信太随便，这样早晚会出事。于是在分管经理的授意下，很快这事就成了蒋负责的。公司一个家在农村的职工，不领结婚证就结了婚，并且有了个女孩。但他一直瞒着公司，想再要个男孩。在"名人"的指点下，他走了这样一条路：以未婚的身份领结婚证，领了结婚证后再申请"准生证"，这样就可以名正言顺地再生个孩子。这个职工就给老蒋买了二斤糖，骗走了婚姻介绍信。后来他如愿以偿地得到了一个男孩，但却被人举报了。计生委的人一路追查下来，就查到了蒋负责这儿。开始，蒋负责还想往我身上推，可一查介绍信上的日期，她就没了话说。这一下，问题就严重了，计生委的人咬着不放，要公司有个处理意见，公司迫于压力和对蒋负责这人的反感，就先停了她的班，后又劝其提前退休了。这一次蒋负责倒没怎么闹，她明白计划生育这个问题的严重性，出了这事，她就"负责"到头了。

喝一斤

　　"喝一斤"是我们办公室司机贺师傅的外号。他开车技术绝对是一流的，在我们这个小城的司机圈子里很有名。他之所以有名，是曾经有过一次对司机来说很了不起的经历。那一年他开"解放"挂车去山西拉煤，回来的时候，车正顺着下坡路滑行，刹车突然失灵了。人都说"蜀道难难于上青天"，山西的山路也好不到哪里去，几乎全是陡坡，一个坡少则一二里路，多则四五十里，如果下坡，得一个劲儿地踩刹车，刹车锅子热得受不了，当地的司机便都在后车斗上安个水箱，弄个水管子顺到刹车锅子上，到下坡时就让水不断地往刹车锅子上淌，以便于降温。不经常跑山路的外地车没有这个土设备，刹车失灵是常事，因为刹车失灵车毁人亡也不是什么新鲜事了。"喝一斤"刹车失灵的时候，车正在一个二十多里长的陡坡上下坡，车一失去控制，就像脱缰的野马般往山下狂奔起来，车速越来越快。这个下坡路左边是高不可攀的峭壁，右边是深不见底的峡谷，无论撞到峭壁上还是跌下峡谷，结局都是一样的。如果这时正赶上对面有上坡的车，那就更糟糕了，两辆车都得玩完。就在这么一种情况下，"喝一斤"愣没慌，他稳稳地驾着方向盘，将车尽量贴近左边的峭壁，瞅准机会就将方向盘往右猛地一打，车头往右一甩，车后的挂斗自然就向左甩，蹭在峭壁上一挂，车速就慢了一点，如此反复几次，硬是将车停了下来，唯一的损失就是车后斗挂烂了半边，但比起车毁人亡来，总算是捡了个大便宜。这件事之后，公司就把他从车队调到机关，给一把手开小车。

　　按说，给领导开小车是绝对不能喝酒的，但"喝一斤"已经有十几年的"喝酒史"了，已经有了瘾，根本管不住自己。他酒量很大，每次喝一斤不醉，又因了他姓贺，所以人们起初都叫他"贺一斤"，后来又演变成了"喝一斤"。"喝一斤"名副其实，只能喝一斤，少了不过瘾，多了就醉。但即使他醉成了一滩泥，只要把他架到驾驶室里，他就会和正常人一样将车开得又快又稳，从未出过事故。即使这样，领导对他也不满意，劝了他几次见收效不大，就把他安排到办公室开"机动"车，又找了一名不喝酒的小车司机。

"喝一斤"在我们办公室人缘极好，是公认的好人。他为人厚道，除了爱喝酒之外没什么缺点。他热心肠，谁有事用车，无论公事私事，他都不辞辛苦。他喝了酒后爱和人说掏心窝子的话，爱动真感情，有时还来几滴真格的眼泪。因为他嗜酒如命，和他关系不错的人都担心他出车祸。但谁也没想到该出的事没出，不该出的事却出了。"喝一斤"家在农村，离城约三十多里路，所以就不常回家，公司照顾他，给了他一间宿舍。"喝一斤"经常陪领导出入酒店、舞厅，无意中结识了一个叫"莲子"的酒店小姐，两人一见面就对上了眼，但谁也没捅破那层窗户纸，"喝一斤"只是鬼使神差般把自己的传呼号给了她。后来莲子回家，打传呼要他送，他就送了她一回。接下去的细节我就搞不清楚了，反正这件事"东窗事发"的时候，那位莲子小姐已经大了肚子。她逼"喝一斤"离婚，"喝一斤"因已经有了俩孩子，不愿离，就开始躲着她，她就挺着个大肚子来宿舍找他闹。人们听到哭闹声赶去看究竟时，才惊讶地发现"喝一斤"的宿舍不知何时竟像个"家"一样了，过日子吃饭的东西一样不缺。在莲子小姐的哭诉声中，我们终于知道他们俩已经像真正的两口子一样正儿八经地在一块儿过了半年了。后来，尽管公司的几位能言善辩的女人一起出马游说，莲子小姐却吃了秤砣般铁了心，非"喝一斤"不嫁，如果不答应就和肚子里的孩子一块儿死。接下去事情就越来越热闹了，莲子的父母不知怎么知道了，找到公司来闹，要领导给个"说法"。"喝一斤"的原配也哭哭啼啼地跪到我们几位经理的面前要求讨回公道，弄得领导们也不知道哪头炕热了。

最终，还是"喝一斤"的原配心疼丈夫，怕他太为难了，就让了步，同意离婚，但有一个条件，离婚不离家，"喝一斤"农村老家的房子财产都归她和孩子。"喝一斤"怕再弄下去搞出人命，就同意了。接下来的事情就好办多了，莲子小姐很听话地流掉了肚子里的孩子，和"喝一斤"结婚了。

公司帮"喝一斤"处理完他的两个女人的事后，就到了处理他的时候了。经过经理办公会一研究，就炒了他的鱿鱼。他走得也很痛快，他对我说，出了这么档子事，怎么说也没脸再在这儿干下去了。

我再见到"喝一斤"的时候，已是三年之后了。当时，他正在一座崭新的小楼前拿扫帚打扫卫生。我的心一酸，惊问，怎么干上这一行了？他笑笑说，这是给自己干的。我更加吃惊了，又问，这是你盖的楼？他笑着点了点头。原来，他离开公司后，东挪西凑地筹集了部分资金，买了辆新型的加长半挂车，自己开着跑山西运煤，很快就发了起来，于是，他就买了块地皮，自己盖了一座三层的小楼。说着话，他不由分说就拉我上了楼。来到客厅坐下后，他就喊"当家的"弄几个菜来。"当家的"一出来，吓了我一跳，她竟是"喝一斤"的原配夫人。我掩饰不住诧异的表情，索性直接问道，那一个呢？"喝一斤"不好意思地笑笑说，一共在一块过了仨月，早就离了。等"原配"端上菜后，他才断断续续地讲了他和莲子小姐的事。原来，那个莲子是个水性扬花的货色，见他丢了开车的饭碗，就对他失去了一半的兴趣，不久就和她当小姐时认识的一个小白脸子勾搭上了，并且很有点儿明目张胆。"喝一斤"堵上她们后，也没难为她，只是让她在离婚协议上签了字，就了断了。我们边说边喝，不到两个小时的时间就喝了二斤白酒。我因记挂着公司里的事，就起身向他告辞。他跌跌撞撞地将我送到楼下，拍了拍我的肩膀，推心置腹地对我说，兄弟，大哥送你一句老话，这话可是你哥自己体验了一回的。我问，什么话？他趴在我的耳朵边上说，休贤妻毁青苗，后悔到老哪。我也有些醉了，很中肯地点了点头说，中！大哥，你这句话中！

我刚骑上自行车，就听见"喝一斤"在后面"哇"地一声吐了。我下了车子，回头看时，"原配"已经挽着他进了楼梯间。

我想：现在"喝一斤"已经喝不了一斤了。

神　秤

　　在整个大市场的肉市里，无人不知道老刁的大名。老刁不但秤杆子玩得溜，而且有一杆与众不同的秤。那秤粗看细看都和一般秤没什么区别，把秤砣挂在"定盘星"上，秤杆贼平，怎么看怎么像一杆童叟无欺的公平秤。但一称起东西来，这杆秤就神啦。在这杆秤上足足的一斤肉，到别的秤上一称，整九两。一斤肉整差一两，十斤肉整差一斤，贼准。因有这杆秤，老刁就比同行们赚的钱都多。久而久之，人们都称老刁的秤为"神秤"。

　　有一些想多赚钱的屠户，多次想从老刁的嘴里探听"神秤"的秘密，想如法炮制，但老刁却守口如瓶。你问，他就笑，一言不发。问得紧了，他便带着几分自得的神色昂首阔步离你而去。

　　老刁对他的那杆神秤十分爱惜，卖完肉就用包肉的包裹好，放在盛刀子的篮子里。逢年过节，他还会将一挂鞭挂在秤钩上，"噼里啪啦"地响上一阵。

　　初春的一天上午，小北风"呼呼"地刮着，天阴沉沉的，很冷。市场上来卖肉的不多，因而才十点多的光景，老刁就快将肉卖完了。这时，一个穿杏黄色呢子大衣的女孩急匆匆地在老刁的案子上买了十斤肉，正好收了老刁的市。老刁哼着小曲喜滋滋地收了摊儿，然后回到了家中。

　　刚到家，天上已飘下了细细的雨丝。老刁想这真是吉人天相，我刚卖完肉这天就闹起来了。他让老婆给炒了俩菜，然后坐在沙发上自斟自饮起来。他美美地喝了几杯，心里又想起刚才卖给那个女孩的十斤肉，整整差了一斤，一斤就是五元钱哪。他得意地哼起了戏文：……我们是工农子弟兵……

"咚咚"的敲门声打断了老刁的戏文。他起身将门打开，就觉得脑袋"嗡"地一下子大了一圈子。门口站着一个湿淋淋的人，已冻得全身发抖，面色苍白。正是刚才买了他十斤肉的那个女孩子。

这一下老刁可毛了脚丫子，以前老刁经常遇到找后账的顾客，但那都是在市场上，能找到家里来的还尚属首例。

还是女孩先打破了僵局，女孩说您就是刚才在市场上卖肉的大爷吧。

老刁说，是、是、是呀，你、你有事吗？

女孩说其实也没什么事，刚才您忘了收钱，我急着走，也忘了给您，这不，我打听着您的家，给您送回来了。说着话，女孩用冻得发抖的手递过来几张人民币。

老刁忽然想起来了，他当时只顾算计多赚女孩多少钱了，确实忘了收钱。老刁就将笑堆满在脸上，接过钱来说，进屋暖和暖和吧。

女孩说不了，家里还有客人等着呢。说完女孩就踩着泥泞的路走了。

老刁盯着女孩单薄的身影在雨中渐渐消失，两行老泪不由自主地滴落下来。良久，他回到屋里，拿出了他那杆用了多年的、令人羡慕的"神秤"，"嚓"地一声折为两截！

竹 香

庙不大，像一个四合院的样子。一面是正殿，约三大间，中间塑着佛祖，两边是观音和弥勒佛。其余三面，全是禅房，里面人头攒动。天井长不过五丈，宽不过三丈，就显得非常拥挤。我稍稍有些失望，为了来这座据导游说香火极盛的寺庙，我们爬了一个多小时的台阶，都是直上直下的陡坡，累得腰都直不起来了。

失望归失望，是不能说出口的，并不单是怕佛祖怪罪，而是想起了导游的千叮万嘱。上山的过程中，导游不断告诫我们，不管你去过什么名山大川，也不管你到过什么佛教圣地，到了这儿，千万不能乱说话，否则师傅们听了，会有不必要的口舌之争。这一路上，导游不断介绍着佛学，并教我们如何踩着台阶中间的莲花图案来得到吉祥，慢慢地就把我们教化了，心都虔诚起来。几十个人一起烧过香、拜过佛后，在导游的倡导下，又每人抽了一根签。儿子要抽，就让他抽了，占卜一下他的学业前程也是必要的。儿子刚把签抽到手里，一个穿着齐整的小沙弥过来对我说，施主，我领你找一位有缘的师傅，为你的公子解签吧。

一家三口随小沙弥走进禅房，见禅房里靠墙的木椅上，团坐了一圈身披袈裟的和尚，大都忙碌着为游客解签。我们等了大约十分钟的时间，终于有一位师傅空下来，我赶紧把儿子按坐在师傅面前的凳子上，双手把签呈给师傅。师傅很年轻，有三十岁的样子，他把签仔细地看了看，又问了儿子的生辰八字，然后双手合十说，恭喜施主了，你的这根签是上上签，你的孩子学业会非常优秀，若精心培养，日后必成大器。说完，用手指了指对面的正殿说，领孩子去做法事吧，佛祖会保佑他的。刚才的那个小沙弥又出现在我们面前，躬了躬身说，施主请随我来。

来到院中，小沙弥指着一个卖杂货的小摊位说，施主在这里请一炷香吧。摊主是一个中年妇女，穿着极为粗陋。她拿起一把一米多长、包裹在一起有胳膊粗的香，递给我的儿子。我问，多少钱？摊主答，一百元。我大惊，这把香不过六根，每根手指头粗细，怎么会这么贵？旁边小沙弥说，施主，一百元是百顺圆满的意思，图个吉利。我还是觉得不妥，就问妻子要不要，想为自己找个台阶，没想到她倒大方，说，百元就百元吧。

随小沙弥来到正殿，殿内香烟缭绕，一派肃穆。小沙弥指导着我儿子在佛祖前的蒲团上跪下，双手将香擎在胸前，拜了三拜，然后将香放在佛祖像下。我问，把香点着吗？小沙弥道，心意尽到就行了。我再看，佛祖像下已经竖放了约几十炷香，有些包装已经很陈旧了，心下便明白了几分。

许是因为刚才的气氛太过压抑，临出庙门的时候，儿子有些迫不及待，在我们前边先跑了出去。那个领我们做法事的小沙弥拦住我和妻子说，施主，请把胸前的"佛签"揭下来，放到香炉中烧掉吧！我这才想起，临进庙门时，导游给我们的胸前每人贴了一个椭圆形的"佛签"，印得花花绿绿的，有鸭蛋那么大。他当时说得极为动听：大家戴上它，可以得到佛祖的庇护，临出庙门时，把它在香炉里烧掉，你所有的疾病和痛苦，所有的不快和烦恼，都会永远地留在这儿，你带走的只有快乐。

出了庙门，儿子正在门外等着，见了我就说，老爸，刚才我们买的香是竹子假冒的，我摸出来了，一节一节的。我本来就有一种上当的感觉，听儿子这么一说，心下更是不快。

我们一边走，一边议论着这事儿。忽然，儿子站下来说，坏了，我的"佛签"忘了烧掉了。妻子埋怨说，你怎么不早说，现在都到半山腰了，再回去，多累人呀！可儿子坚持要回去放到香炉里烧掉。

一家人正争论，路边一位清理垃圾的老人忽然插话问，你们是德州来的吧？我一听竟是乡音，惊喜道，您也是德州人？老人点了点头说，我一听你们说话，就知道是老乡，孩子戴的那个所谓的"佛签"，是旅行社弄的，你就不用再爬上去烧了。我一愣，旅行社弄这个干什么？老人笑了笑说，好和庙里分钱呀，要不，这么多旅行社，怎么分得清是哪个团领来的？见我发懵，老人又说，他们让你们戴这个东西，还有一层意思，就是区分是不是"宰"过的，凡"宰"过了的，他们都让你把"佛签"揭下来烧了，只要你胸前没有了"佛签"，再在庙里待多久，也不会有人再拉你做法事了，人家也是怕露馅儿呀！

饶是我平时经常自命不凡，经常自诩见多识广，也只有目瞪口呆的份儿了，旅游团和景点研究的这些高招儿，若没有人道破，我就是想破了脑袋也想不透呀！

接下来的几个免费景点，我都以身体不舒服为由，在车上没下去。我怕一不留神再掉进什么里去。

选　择

　　天成集团的董事长牟一平认识赵大彪，缘于很意外的一个生活细节。

　　那一天，牟一平刚在公司门口下了车，发现一个衣衫陈旧的农村老妇颤巍巍地走在自己前面，脚步趔趄，随时像要倒下来的样子。他正想上前搀扶，从门岗室里跑出一个大汉，上前一把搀住了那老妇，惊叫道，娘呀，您怎么找这里来了？那老妇怒道，你三天不回家，也没个信儿，娘估摸着你又惹事儿了……说着话，仰起手就朝那大汉的脸上扇了两个耳光！由于用力过猛，老妇身子一晃，几乎摔倒。那大汉双手将她扶住说，娘别生气，这次俺真的没打架，是公司这几天太忙，不让回家……大汉一边软声软语地说着，一边小心地扶老妇进门岗室。那老妇却不肯，说什么也要大汉跟她回家。牟一平上前给大汉解了围，说是公司这几天有外事活动，是领导不让大家回家的。这才平了那老妇的怨气。

　　后来牟一平了解到，这个大汉是公司新聘的保安，叫赵大彪，练过武术，好管闲事，因打架被公安机关拘留过很多次了。但他对母亲很孝顺，公司有员工宿舍，他不住，每天骑自行车往返四十多里路回家尽孝。

　　牟一平就对赵大彪有了较好的印象，他认为，凡是孝顺父母的人，即使有其他缺点，人品也差不到哪里去。不久，赵大彪因给朋友"平事"将人打成轻伤，牟一平就在检察院批捕前将他捞了出来。过程很简单，他先出了一大笔钱补偿给被打的人，让他主动提出愿意私下调解，然后，他又跑了趟公安局，事情就办妥了。

　　后来，赵大彪的生活轨迹就发生了质的变化。他成了牟一平的私人保镖兼司机，他有了一套近二百平方的房子，把母亲也接进了城，后来又娶了公司的一名文员做了妻子。用赵大彪自己的话说，是牟总给了他一切，让他过上了体面的日子。赵大彪便对牟一平俯首贴耳，忠心耿耿。

其实，牟一平并不稀罕赵大彪毕恭毕敬的样子，作为拥资数十亿的股份制企业董事长，他早已见多了这种样子。他需要一个体格健壮又忠诚可靠的人时时跟在身边，带给他一种安全感。赵大彪也不负所望，牟一平生意上的对手和一些想从他身上弄钱的黑道人物几次想对他下手，都因为赵大彪拼死保护而化险为夷。渐渐地，赵大彪在当地也有了名气，都知道牟总身边有一名身手不凡的高手，对牟总忠心不二。

天成公司的发展非常顺利，几年后上了市，牟一平给赵大彪挂了个副总的头衔，他的工作仍然是陪在牟一平的左右。赵大彪享受了副总待遇不久，他的妻子给他生了个可爱的女儿，可谓双喜临门。就这样，赵大彪从一个街头混混变为上市公司的"赵副总"，从一个一文不名的穷光蛋变为一个有车有房有娇妻爱女的成功人士。

天有不测风云。几年后的一天，赵大彪刚满三周岁的女儿被人绑架了。这可不得了，女儿不但是赵大彪的掌上明珠，更重要的，是他老母亲的命根子，女儿要是有了什么闪失，那就等于要了老太太的命呀。赵大彪焦急地给牟一平汇报了，牟一平丝毫没有犹豫：报警。

警察忙碌了几天，却毫无收获。

孩子失踪的第五天上午，赵大彪急匆匆地来到牟一平的办公室，进门后就将门反锁了。牟一平在宽大的工作台后正忙碌着，头也不抬地问，事情怎么样了？

赵大彪扑通一声就跪在了牟一平的面前。

牟一平问，你这是干什么？

赵大彪咚咚咚给牟一平磕了三个响头。然后，他站起来，从怀里掏出了手枪，对准了牟一平。

牟一平笑了，这枪还是我给你买的那支六四吧，连持枪证都是我亲自给你办的呢。

赵大彪说，牟总，我知道对不起您，可我没有退路了，我女儿的命牵连着两条命，我不能把我老母亲也搭进去！

牟一平问，对方什么条件？

杀了你。有我在，别人都无法靠近你，所以，他们最后选择了我。

在你的心目中，你女儿和老母亲的命，比我的命重要，是吧？

持枪的手在颤抖。

你动手吧，你是母亲的好儿子，女儿的好父亲，你没有错。

枪口缓缓垂了下去，但随即又抬了起来……

不许动！

从沙发后、卧室里同时冒出了四个全副武装的警察，同时持枪对准了赵大彪。

赵大彪愣住了，一松手，枪很响地落在了地上。

牟一平缓缓走到门口，打开办公室的门。一个小女孩喊着爸爸扑了进来，一把抱住了赵大彪的大腿……

原来，就在昨天晚上，案子有了重大进展，根据线人举报，天成公司的竞争对手龙源公司有重大作案嫌疑，他们和一个涉黑组织有染……警方迅速出击，将绑匪堵在了巢内，把人救了出来。经过突击审讯，对方的一个小头目供出了这次的作案目的，就是想逼赵大彪干掉牟一平。他们本来想多熬赵大彪几天，让他的心理达到崩溃的边缘时再给他联系的，没想到还没行动就被抓了。牟一平知道了绑匪的目的后，忽发奇想：如果绑匪把条件通知了赵大彪，赵大彪在亲人和我之间会怎么选择呢？他当即给刑警队长打了电话，临时不要通知赵大彪及其家人，然后，他照绑匪的原计划，安排人以绑匪的名义给赵大彪打了电话……

赵大彪呆若木鸡。牟一平拍了拍他的肩膀说，我说过不会怪你的，不过，我仍然感到很痛心，为自己的失败。

不！赵大彪忽然醒悟，牟总，您没有失败，在我的心目中，您和我的亲人同样重要，您看一看那把枪吧。

一个警察把枪捡起来看了看说，是把麻醉枪。

赵大彪说，对方要求我把您打死后，用手机拍下照片发过去，然后才放我女儿，所以……

牟一平没等他说完，就紧紧抱住了他的双肩。

杀人理由

明利做梦也想不到自己真的在一夜之间成了百万富翁。

在此之前，明利一直是个走背运的普通人。他开着一间不景气的精品店，每月的进项仅够维持生活。幸好，他有一个很好的邻居兼哥们儿天元，天元虽然也不是富人，但比他过得好些，人又义气，经常在他困难的时候接济他，很多次帮他度过了难关。两人在一起时，明利常说，天元，这让我怎么谢你呢？天元总是"哈哈"一笑说，怎么又见外了，谁叫咱是最好的哥们儿哪！明利心存感激，视他为最好的朋友。

明利的发迹起源于两元钱。那一天，明利因生意不景气，就焦虑地在自己的小店门口徘徊。忽然，他觉得自己的眼睛被什么东西闪了一下，仔细一寻，发现在他脚下半米远的地方，静静地躺着两元钱，那是一张崭新的票子，在太阳下居然闪闪发光。明利迅速将钱捡了起来。

这是明利活了三十多年来第一次捡到钱，在此之前，他连一分钱的钢镚儿也没捡到过。因此他或许早就忘记了在小学时学过的那首"我在马路边捡到一分钱"的儿歌，所以他根本没考虑找"警察叔叔"的麻烦。该怎样利用这两元钱呢？明利费了心思。他不想将这两元钱当作普通的两元钱使用，那样太没有意义了，毕竟两元钱是一个很小的数目。他想把这两元钱花得不同凡响，花得别出心裁。但两元钱能买到什么有意义的东西呢？想来想去，明利就把眼光放在了不远处的彩票亭子上。明利的精品店附近有一个卖彩票的亭子，但他从来没买过彩票，不是不想发财，而是实在没那个闲钱。但现在明利手里有了非正常收入来的两元钱，他觉得自己有理由将这两元钱当作"闲钱"处理，大不了白扔了当没捡。拿定了主意后，明利义无反顾地奔到彩票亭子前，用这张崭新的两元面值的票子买了一注彩票。

事情就是这样简单，明利第一次买彩票居然中了头彩。一百多万元，就这样轻易地让他弄到了手。起初，明利怎么也不敢相信这是真的。在领取奖金时，他一遍又一遍地扭自己的大腿，掐自己的胳膊，让钻心的疼痛来证明这一切确实是真的。

明利有了钱，第一件事就是在本市的最佳地段买了一套三室两厅的房子，第二件事是买了辆"帕萨特"轿车。接下来，他把所有的同学、朋友、以前的邻居都请到饭店里撮了一顿，并每人赠送了价值近千元的礼品。

明利充分享受着有钱人的生活，他也不开精品店了，每天开着崭新的轿车招摇过市，洗桑拿、泡歌厅成了他每日的必修之课。他在幸福之余无数次地感叹：有钱真好呵！

但渐渐地，明利感觉到了不对劲儿。他的同学、朋友，包括以前的邻居，都开始疏远他了，更令他不安的是，他感觉到有一部分朋友竟然对他怀有敌意，连以前经常接济他的铁杆哥们天元也对他日渐冷淡。对此，明利十分不解，他想：我虽然发了财，可并没有慢待他们呀，而且每一个人我都请过酒，并赠了一份厚礼，他们为什么还对我这样呢？

明利在孤独中感到了恐惧的滋味。他开始意识到周围布满了危险。

一天深夜，两个蒙面大汉潜入了明利的居室，用火枪和刀子逼他拿出了家里所有的现金，然后将他一拳打昏，从容离去。

事后，明利把自己家里所有的门窗都安上了铁栅栏，并在防盗门上安装了自动报警装置。为了以防万一，他买了一把匕首和一只电棍，每天晚上都放在自己的枕下。但这一切并没有消除他的恐惧感，每天晚上，他仍然是彻夜难眠。虽然从理智上讲，他明白自家的门窗是绝对进不来人的，但这并不代表他就可以高枕无忧了。他一闭上眼睛，就感觉到床前站着一个蒙面大汉。有时，他实在困了，一下迷糊过去，但很快就会被噩梦惊醒。他担心万一有疏漏的地方，稀里糊涂地在睡梦中丢了性命。

明利就这样一夜一夜地大睁着两只眼睛，不到一个星期就熬成了一只干虾。他也曾想过雇用保镖，但最终他还是放弃了。他想：很多人都在盯着我的钱，我不可以随便地信任别人，万一雇用的保镖起了歹心，岂不是引狼入室？最好有一个自己绝对信得过的人来保护自己，那是最好不过的了。

明利思来想去，他最信任的人是自己以前的邻居兼铁杆哥们儿天元。让他保护自己，是最合适不过了。恰巧，天元上班的厂子因为不景气裁员，天元下岗了。明利就找到天元，把自己的意思向他表白了，要天元白天愿干什么干什么，只要晚上和他在一个房间里睡觉就行了，每月付给他三千元的工资，天元很痛快地答应了。

几天后，明利在自己的家中被人杀死了。

警方经过调查，发现明利家中的现金、存折等值钱的东西一样也没少，显然不是图财害命。

案子很快告破，凶手竟是明利的保镖天元。

警方在审讯天元时问，你人都杀了，为什么不取走钱？

天元说，我杀他，不是为了钱，而是恨他。

警察说，据我们调查所知，你和被害人是好朋友，并且经常帮助他，他怎么使你产生了这么大的仇恨？

天元说，我恨他太有钱了。

警察又问，天下有钱人多得是，你为什么偏偏杀死你的好朋友？

天元说，别人有钱不关我的事，可他以前不如我，是我可怜、同情的对象，但他这样的人竟然有钱了，竟然过上了我一辈子都过不上的日子，我心理上难以平衡，越想越恨，恨得想发疯……这就是我要杀他的理由。

老姜之死

很多事情，往往发生于无意之间。

老姜本来是骑单车行走在非机动车道右侧的，就因为无意间一甩头，就发现了妻子雪静的侧影。妻子雪静是在公交车的窗前坐着的。此时正是下班的时间，而公交车行驶的方向正与老姜和雪静的家背道而驰。老姜立即就提高了警惕：她去干什么？

老姜四十岁上丧偶，又娶了一个年仅二十五岁的未婚姑娘。这种搭配人们已经见怪不怪了。老姜是一个大机关的处长，手握实权，而雪静只是一个工厂的普通工人，家又在农村，优势互补，也算般配。但老姜也有心病，新婚之夜，该发生的却没有发生。老姜就追问，雪静却一直否认有过什么"故事"，问急了还吧嗒吧嗒掉眼泪，于是老姜只好作罢。心里却从此作下了一块病：雪静肯定有过情人，只是因某种原因未能有结果。但是，老姜曾多次对雪静进行过跟踪盯梢，甚至有几次谎称出差半夜突然杀回家门，也未发现任何蛛丝马迹。这一切不但没使老姜打消疑虑，他反而认定雪静道行深，行为隐秘，于是更加不安起来。

老姜掉转单车，顺着公交车行驶的方向猛追起来。他要追上这辆车，然后将雪静拉下来问个究竟。然而，单车毕竟不如公交车快，再加上正赶上下班时间，非机动车道上人流如织，老姜干着急也无法加快速度。好在公交车在前面的十字路口遇上了红灯，停了下来。老姜就从十字路口斜插过去，靠近了公交车，然后他冲公交车上雪静的侧影喊："雪静！雪静！"口气严厉得连他自己也吃了一惊。雪静却毫无反应。老姜强忍愤慨仔细一看，一股怒火和妒火几乎将他烧得晕过去！一个英俊的青年男子正将手搭在雪静的肩头，将她轻轻揽在胸前。虽然老姜看不到雪静的整张脸，但从雪静的侧面上老姜就看出雪静正顺从而温柔地偎依在那男人的怀中。老姜支上单车正想上车，车却又开动了。老姜只好跨上单车，在机动车道上紧追不舍。这时，他腰上的传呼机嘹亮地鸣响起来，他也顾不得看了，任由它一遍又一遍地叫着。他心里只有一个念头，追上前面的那辆车，把雪静揪下来问个明白，还有，把那个男人臭揍一顿，然后再让公安局的一位老友想法子关他几天，让他尝尝厉害。然而，尽管老姜拼命蹬着车子，公交车还是离他越来越远，老姜感觉到自己的妻子也正在离他越来越远，直到和那个混账男人消失在这个世界里。这样一想，更加重了他的危机感，不行，必须追上，否则他们不一定干出什么事来呢。

恰好，前面又是一个十字路口。公交车好像是故意与老姜作对，连速度都没减就冲了过去。而当老姜满头大汗地赶到时，一阵铃响，红灯亮了。但这时老姜已顾不得自己主任的身份了，更顾不得什么交通规则了，他义无反顾地闯了过去——

"吱——"随着一声刺耳的刹车声，老姜整个人和他的那辆单车同时飞起了两米多高，然后重重地落在了坚硬的水泥路面上。

在同一时刻，老姜的妻子雪静在家里对老姜前妻留下来的儿子说："咱们先吃饭吧，你爸连传呼也不回，看来是回不来了。"

老姜死了。死时眼睛睁得大大的，整容师怎么也合不上他的眼。

在清点遗物时，有人在老姜的传呼机上发现了三个未及时读出来的信息，三个信息的内容都是一样的：是否回家吃饭？请往家回电话。雪静。

文友韩大利

　　刚上班，就听到一阵重重的敲门声。我有些恼怒地拉开门，见门口站着一个中等身材、西装笔挺的绅士，看上去还挺面熟，却一时想不起来了。正愣神间，对方很不绅士地打了我一拳说，妈的，连我都不认识了，我是韩大利。

　　我恍然大悟，回敬了他一拳说，我还以为你早就不在人世了呢。

　　韩大利是我十多年前认识的一位文友。我认识他的时候，他正在村里的小学当代课老师，每月领取八十元钱的俸禄，日子过得很穷。那时，韩大利就领着那八十元钱的俸禄，种着几亩责任田，晚上再写几篇总也发不了的文章，带着老婆孩子一家四口清苦度日。我是在一次文化馆组织的文学青年创作研讨会上认识他的，知道了他的情况后，就帮他联系了一个企业的文秘职务，韩大利一跃就成了那家企业的女老总面前的红人。韩大利一夜之间牛起来了，穿名牌西装，系"金利来"领带，拿着那时还很稀罕的"半头砖"手机，逢人便说我是他的恩人，他一辈子也忘不了我。

　　在韩大利无限风光的那些日子，我正忙着调动单位，很少与他见面，所以并未得到他"风光"的实惠。有一天，他忽然找到我，说要请我好好撮一顿。那一天就只有我们俩，他却点了满满的一桌子菜，见我心疼，就拍了拍我的肩膀说，哥们儿，咱再也不是以前的穷教师了，咱要发财了。于是，他一边与我频频碰杯，一边对我说了他的情况。原来，他和女老总"挂"上了，女老总现在让他单独负责一个部门，属承包性质，至于上交多少，他龇了龇牙说，那还不是自己说了算。见他这副张扬的样子，我没有替他高兴，反而隐隐为他担起忧来。他见我不说话，就安慰似的又拍了拍我说，你不用嫉妒，咱哥们这关系，我成了还不等于你成了一样吗？咱们谁跟谁呀！我苦笑着摇了摇头。

这之后，韩大利经常带着我出入高级酒店，当然了，他请的不止我一个人，很多时候我只是一个陪客。慢慢地我发现，他请客并不是为了办事，也不是为了联系业务，纯粹是为了一个字："玩"。我自认是个"玩不起"的货色，就退了出来，任他怎样请我也绝不参与了。

大约半年的时间我没和韩大利联系，只是偶尔听到关于他和那位女老总的绯闻和他在娱乐场所一掷千金的豪迈传闻。直到有一天，他慌慌张张地找上门来，一进门就将我的办公室门反插上，然后低声问我，你有钱吗？我问，怎么了？他重重地在自己的脑门上擂了一拳说，别提了，快给我准备两千块钱吧，我很快就会还你。见他说得急，一向不爱打探别人隐私的我就从财务室支了两千元钱给了他。他接过钱后一秒钟也没停留，匆匆道了声"后会有期"就落荒而去。

韩大利这一去就杳如黄鹤。后来我才听说，他和那位女老总的事不知怎么传到了女老总的老公那里，人家的老公找到韩大利的老婆，要她"夫债妻还"，这一弄韩大利的老婆也知道了。于是这两对男女纠缠起来，韩大利的老婆还到公司门口骂了整整一天"狐狸精"。那位女老总不愿为了屁大的一点儿事坏了自己的家庭和前程，为尽快摆平这件事，就把韩大利开除了。韩大利一气之下，把他所知道的女老总的隐私全部公布于众了，并打印成书面材料在公司门口每人发了一份。最让那位女老总伤心的是，他竟然把女老总的私处有一个大瘩子这样的秘密也泄露了出来。女老总一气之下，就查了他的账，一查，竟查出他挥霍了十几万元的公款。女老总给他下了最后通牒，让他十天内把款悉数还上，否则，就起诉到检查院。韩大利到哪儿弄这十几万呀，就来了个脚底下抹油。逃之夭夭之前，他借了五六个文友的钱，少的七八百，多的三四千。

这已经是十年前的事情了。十年之后的现在，我们几乎已经把韩大利这个人给忘记了，但他竟然突然出现在了我的面前。虽然以前的事让我有些恼他，但毕竟是这么多年没见面了，我还是认真地把他抱起来，在地板上戳了戳。然后，我重新打量了他一遍说，又牛起来了。他得意地点了点头说，在东北承包了一个石料厂，发了点儿小财，这次回来看看，有什么适合我干的事儿，就再杀回来。

中午，他说什么也不去我家，死活要在酒店请我。我知道他是为了找回以前的面子，就依了他。依然是我们两个人，依然是满满一桌子好菜，一边喝，韩大利一边给我说他在东北的经历。后来他就喝多了，趴在桌子上打起盹来。我结了账，问他住在哪里，他迷迷糊糊地说，老家。我打了一辆出租车，将他送回农村老家。

一进他所住的土屋，就见冲门的椅子上坐着两个"大盖帽"。韩大利先是哆嗦了一下，酒也醒了大半。我问是怎么回事，其中的一个说，他们是黑龙江省某县法院执行庭的，韩大利欠了很多钱，已被起诉，法院也下达了判决书，他却拒不履行，潜逃回原籍来避难，他们这次来是有钱拿钱，没钱带人。我问，他欠了多少钱？对方说，不多，才八万。我无力地垂下了头，我知道这次无论如何我是帮不了他了。

临出门前，韩大利居然还冲我很江湖地笑了一下说，哥们儿，我还会回来的，咱后会有期。话音刚落，韩大利的老婆孩子一起嚎哭起来。

人间烟火

宋青青是一个典型的贤惠女人。十年前，丈夫蔡大年因为车祸成为植物人后，她一直坚守在丈夫的床前，并在每天的早中午各抽出一个小时的时间不停地呼唤丈夫的名字，期望把他从沉睡中喊醒。

十年来，蔡大年全靠输营养液来维持着生命。很多人劝宋青青放弃治疗，只要一拔管子，就万事皆休了。但宋青青婉拒了众人的劝说，一直固执地坚守着丈夫。幸亏，蔡大年以前很能干，积累了不少钱，再加上车祸的赔偿金，她的生活还没有问题。

爱的力量是神奇的。2010年的一天上午，蔡大年竟然睁开了双眼，一刹那间，宋青青竟然激动得晕了过去。

几天后，蔡大年出院了。为了庆贺丈夫出院，当天中午，宋青青在家里宴请了十几位亲朋好友。她自己掌勺做了满满一桌子丰盛的菜肴，生猛海鲜，鸡鸭鱼肉，各色蔬菜应有尽有。看着一帮人围着丈夫热热闹闹地吃喝，宋青青的脸上流露出欣慰的笑容。

谁也没有想到，一顿饭还没吃完，蔡大年忽然脸色铁青，口吐白沫摔倒在地上，呼吸也非常急促。宋青青一看急了，一边手忙脚乱地从地上扶他一边大声问，你们是不是让他喝酒了！你们是不是让他喝酒了！

大家纷纷说，没有没有，他一滴酒也没沾……

还有人说，看样子像食物中毒呀！快打120！

救护车呼啸而来，又呼啸而去，但却没能挽回蔡大年的生命。

尸检报告很快出来了：蔡大年系食物中毒而死。

刚刚盼来了春天又走进严冬的宋青青，在伤心之余，忽然想到了一个问题：这么多人一起吃饭，为什么别人都安然无恙，唯独丈夫身中剧毒呢？是不是有人陷害他？

宋青青报了警。

警察来了后，把当天中午吃剩下的饭菜全部拿去技术科化验了。

第二天，技术科的一位老警察打电话把宋青青请到了公安局。

宋青青问，凶手找到了吗？

老警察说，找到了。

宋青青问，是谁？

老警察说，是你。

宋青青刚想发火，老警察用手势制止了她，你听我慢慢说。

经过化验，你所做的菜里，凡是青菜都含有剧毒农药的成分，海鲜、肉类都有复杂的化学成分……

你是说我投毒？那别人吃了怎么没事呢？宋青青终于按捺不住自己，愤怒地站了起来。

老警察轻轻将她按坐在椅子上说，你别急，听我说完。

经过我们反复化验，你的饭菜里有毒，这已经是不争的事实。至于为什么其他的人都没有中毒呢？这就是一个很关键的问题了。青菜里的剧毒是农药残留，海鲜、肉类里的化学成分来自于海洋及陆地环境的污染。由于剧毒农药的使用和环境的污染都是有一定过程的，这是一个由轻到重的过程，我们这些人都经历了这个过程，身体内渐渐产生了抗体，随着食物的毒性越来越大，我们身体的抵抗力也越来越大，所以，我们中了毒只是渐渐引发其他病症，不足以致命。而你的丈夫，已经有十年不食人间烟火了，他的身体抵抗能力还停留在十年前的水平，所以，他吃这些饭菜，无异于服毒自杀。你明白了吗？

宋青青是受过高等教育的女性，老警察的一番话，使她一下子醒悟了。一霎时，她泪流满面，泣不成声。

她怎么也没有想到，十年的昏迷都没有被死神夺去的丈夫，却被我们天天赖以生存的人间烟火给扼杀了。

小车司机胡迷瞪

　　从读小学开始，胡迷瞪上课就老打瞌睡，老师每叫他起来回答问题，他都睡得迷迷瞪瞪的，他姓胡，就都叫他胡迷瞪了。他1983年初中毕业后当了几年兵，退伍时弄回了一张驾驶证。恰好给乡长开车的老司机贺师傅该退休了，他托人找了乡长，就给乡长开上了"桑塔纳"。

　　乡长是个好乡长，但就是有一个缺点，酒量不行，两杯酒下去，准晕。那时候轿车在农村是极稀罕的玩意儿，给乡领导开车的司机还是有些地位的，出门一般都是和领导同席吃饭。乡长和其他乡干部一块儿出席场合时，他的酒一般就让别人代喝了。可他一个人出席场合时，这酒就成了难题：不喝吧，盛情难却，喝了吧，肯定是当场"亮菜谱"。所以，在这种情况下，乡长就把无助的眼光落在了司机胡迷瞪的身上。胡迷瞪也义气，拿起他面前的酒杯，一饮而尽。众人就纷纷叫好，接着第二杯、第三杯……一直喝了一斤多，胡迷瞪面不改色，回去的路上，车开得照样稳稳当当。乡长很满意，从此，胡迷瞪就经常代替乡长喝酒了。那是上世纪八十年代末期，在我们鲁西北，车辆远远不像现在这么普及，在乡村路上，有时跑几十里路见不到一辆车，车祸、交通事故对大部分人都是传说中的事儿，很少有人见到。所以，人们普遍对于酒后驾车的危险性缺乏重视。现在给领导开小车的司机，不但不敢喝酒，连和领导同席吃饭的机会也少多了，社会进步了呀。

　　胡迷瞪虽然喝了酒后开车挺稳，但这全是凭借他的技术娴熟，喝了酒后的胡迷瞪，脑子还是有些迷糊的。因为这，出了不少的岔子。

　　1988年冬天的一个中午，北风刮得正紧，天气冷得滴水成冰。胡迷瞪在乡政府食堂里刚刚喝过半斤散酒，乡长告诉他，一会儿要去县里开个会，让他先把车启动预热一下。他把车屁股顶在离乡长办公室约两米的地方，一边抽着烟，一边瞅着后视镜。这是他的老习惯了，为了让乡长上车方便。不一会儿，他从后视镜里看到乡长腋下夹着公文包过来了，并拉开了后面的车门。他赶紧踩下离合器，挂上了档。听到车门"咣"的一声关上了，他就一踩油门将车开了出去。快到县城时，他问，乡长，咱去县委招待所还是去县宾馆？乡长没吭声。他想，乡长是不是睡着了？从后视镜里一瞅，咦——乡长不见了？他赶紧停下了车，打开后门一看，后面连个人影也没有。

其实，乡长根本就没上去车。乡长拉开车门的时候，忽然看到赵副乡长边冲他招手边朝这边跑过来，知道有事，就把车门又关上了。谁知，车门一关，胡迷瞪开着车就跑了。那年月，还没有手机传呼之类的玩意儿，胡迷瞪一跑乡长就没辙了。乡政府只有一辆车，会又不能耽误，他只得让赵副乡长用摩托车带着他去县里开会。因为天太冷，这四十多里路，把两人的棉衣都冻透了，回来后都输了好几天液。幸亏胡迷瞪脑子反应不慢，下了血本买了大包小包的礼品，看望了乡长又看赵副乡长，总算没被解雇。

我们村离乡政府很近，胡迷瞪赶上陪乡长应酬晚了，就直接开车回家，把车停在他家的窗根底下。那是1990年冬天的事儿，这天晚上胡迷瞪开车到家时已经十一点多了，他锁好了防盗锁，想到后排座上还有剩下的半瓶酒，就打开车门去拿，门一开，他吓了一大跳！乡长居然在车上！他一想，坏了，忘了把乡长送回去，直接拉家里来了。幸亏，乡长睡得正酣，根本不知道乡关何处。他轻手轻脚地关上车门，赶快把乡长送回了乡政府。这件事儿，当时他谁也没有告诉。直到又发生了另一件意外的事儿，他在写检查时，为了争取从轻处理，才主动交待了出来。

那件事儿发生在第二年的春天，刚刚过了春节，胡迷瞪陪乡长到赵裕镇政府串门儿。中午喝酒，他喝了大约有一斤半酒，乡长因为和赵裕镇的镇长是同学，被强灌了几杯，一会儿就晕。散场告辞时，已经是下午四点了。乡长一上车就发出了很大的鼾声，胡迷瞪强忍住渐渐涌上来的困意，勉强把车开到了乡政府。这时，天已经擦黑了，乡政府冷冷清清的。

他把车开进车库，锁好车库门，然后骑上自行车就回家了。回家后，他一头栽到床上就睡了过去。第二天上半晌，他还在梦中，就被乡党委邵秘书揪了起来，邵秘书问，昨天你把乡长拉哪儿去了？这一句话把他问懵了，他想了半天，只想起和乡长去赵裕镇串门的事儿，至于怎么回来的，却一点儿印象也没有了。邵秘书在他脑门子上狠狠拍了一下说，你这个酒囊饭袋，你把乡长锁到车库里冻了一宿，乡长正在卫生院输液呢！

这一次，乡长可遭了大罪，昨天一晚上，他把嗓子喊哑了，车库门也踹烂了，直到早晨有人来上班，才把他救了出来。他很生气，把胡迷瞪送去的礼品全扔了出来。胡迷瞪知道这次把祸闯大了，就天天在乡长病房门口蹲着，双手抱头，像被派出所逮住的小偷。后来，乡长还是心软了，毕竟胡迷瞪是替他喝酒。就让他写了检查，饶过了他。

人们管胡迷瞪叫"二乡长"，是在乡长热上开车之后。乡长不喜欢喝酒，却忽然热上了开车，没事儿就让胡迷瞪带他到乡中学的操场上练，练了一阵子后，觉得差不多了，就经常把胡迷瞪从车上拽下来，自个儿开，让胡迷瞪坐。凡是常年开车的人，大多都怕坐车，坐在前排副驾驶座上就更加提心吊胆，一见车速高了，右脚就下意识地踩脚下的地毯，像踩刹车。像乡长这种兴头正旺的"二把刀"开车，作为老司机的胡迷瞪，当然是更加担心，他就谎说自己坐在前面犯晕，每次都坐在乡长的后面。即使这样，逢乡长车速高了，他就会在后面拍乡长的肩膀，慢点开、慢点……还真像个领导。到了地方，有人迎上来，拉开后车门，胡迷瞪就从里面钻了出来。接的人一愣，乡长呢？这时，乡长就从驾驶座上下来了。这样一来二去，两个人的角色就换过来了：胡迷瞪负责喝酒，乡长负责开车。人们都说，咦，小胡成二乡长了？人们慢慢地就叫他"二乡长"了，他也不恼，谁叫就这么应着。

胡迷瞪出事儿，是在退休前最后一次出车。他开车载着乡长去市里开会。当然，这个乡长已经不是以前的乡长了，车也早换成了"帕萨特"。乡长对胡迷瞪说，老胡，会得开一周呢，不行你回家歇着吧，散了会再来接我们。胡迷瞪乐得清闲，就同意了。吃午饭的时候，胡迷瞪和本县来的司机坐了一桌。司机们平时都不敢沾酒，但开会例外，领导这几天都不坐车，他们也就放开了喝酒。胡迷瞪是老司机了，年轻的司机们不知道他下午就回，就轮着敬他，敬来敬去，他就喝超了量。回来时，他开着开着，睁不开眼了。车在路上喝醉了酒般来回扭了几下，迎面撞上了一辆斯太尔大货……

　　胡迷瞪顺顺当当开了一辈子的车，还有几天就退休了，却没躲过最后的一劫。人的命运，真是不好说呀！

逃 命

王老五回来的当天夜里，溜溜就逃出了家门。

王老五是个刑满释放的劳改犯。六年前，溜溜说了一句昧良心的话，就把王老五送进大牢里判了十年。以前溜溜以为十年几乎就是一辈子那么长，也没有太害怕，可这才六年，王老五却好胳膊好腿地回来了，这对溜溜来说是有些太残酷了。

溜溜在胆战心惊地思考了半天后，决计出逃。

当天夜里，溜溜就悄悄地溜出了村，向着一个温暖的地方进发了。溜溜要去的地方离他所在的村子四五十里路，是一个不通柏油路的小村，极偏僻，那里有溜溜的一个老相好。

溜溜坚信，只要到了那里，王老五就是有孙猴子的火眼金睛也找不到他了。溜溜没敢骑自行车，他怕弄出响声。他一个人沿着田野里的一条土路慢慢地向前走着。

溜溜的出逃有充分的理由：王老五绝对是个杀人不眨眼的家伙，以前在村里就是个横着膀子走路的主儿，现在蹲了几年大牢回来，还不更土匪？

大约走出五六里路的光景，溜溜就觉得不大对劲儿背后总像有人不远不近地跟着他。他慢，那人也慢；他快，那人也快；他停，那人也停；他拐弯，那人也拐弯。但溜溜实在是没有勇气回头望一望，他想王老五那对狼一样的眼珠子在静夜里放射绿光时肯定会令他瘫在地上。他唯一的办法就是加快了脚步，但背后的脚步声也随之加快了。溜溜头皮一阵发麻，短短的头发"刷"地一声竖了起来。他又加快了脚步，变成了小跑。随即，背后也传来了急促的脚步声。溜溜几乎崩溃了，他"啊"地尖叫了一声，终于沿着河边狂奔起来。这时他的大脑已经没有了任何思维，只觉得路旁的庄稼和树木"嗖嗖"地向后退去，背后那个可怕的脚步声锲而不舍地跟随着他。很快，溜溜就汗流浃背、气喘吁吁了。但他不敢停下来，仍然强撑着往前跑、跑……

当浑身精湿的溜溜虚脱在旧日相好的门前时，天已经大亮了。而这时，他背后的脚步声也销声匿迹了。

在相好家避难的这些日子里，溜溜坚信王老五时时刻刻在院子外面等着他，他不敢出门。幸而相好家只剩下相好一个人，终日在家陪着他，出门时就一把大锁将屋门锁得严严的。可溜溜仍整日提心吊胆，晚上一有风吹草动就从梦中惊醒。他觉得王老五那双恶狠狠的眼睛无时无刻不在暗处偷觑着他。相好的外出的时候，他觉得窗户上、门缝里、天窗上都布满了王老五那绿幽幽的眼睛。他只好将自己蒙在被子里发抖。有一次，趁相好的在院子里，他大着胆子往大门外探了探头，却正看见一个很像王老五的人在几步之外冲他笑。那人戴着一顶旧草帽，还有一副大墨镜，很像电影里搞暗杀的特务。这一些都是他一秒钟之内的想象，一秒钟之后他就抱着头逃回了屋子。

溜溜就这样如履薄冰般苦熬着日子。三个月后，他终于瘦成了一张纸人儿，躺在床上奄奄一息了。老相好怕他死在自己家里，就用一辆牛车将他送回了家。

溜溜躺在了自家的床上，正想交代后事，他的女人很随意地告诉他说，那个王老五得急病死了，就在溜溜出走的那个晚上。溜溜听说，"噌"地一声坐起来问，当真？女人坚定地点了点头说，坟上的草都老高了。溜溜长长地松了一口气，身子软绵绵地躺了下去，再也没有坐起来。

私 了

石头娘让蝎子给打了。

蝎子是村里最著名的大孬种，平日里在街上走路总是横着膀子，瞅谁不对劲抬腿就是一脚，连支书也不敢零碎惹他。

石头娘本来不敢惹蝎子的，石头娘见了蝎子头也不敢抬，唯恐碰上他那恶狠狠的目光。

事情出在一只羊的身上。石头娘喂了一只羊，因为是一只羊不值当牵着去放，石头娘每天就把它拴在屋后的水沟沿上，让它自个儿吃草，反刍，晒太阳。这只羊与世无争地吃了一年草，晒了一年的太阳，居然修炼出了道行，把铁链子挣断了。羊一旦没了束缚，便沟上沟下地撒起欢来。后来这只羊跑累了，停下来喘息。它停下来的地方是蝎子的韭菜地，它见韭菜绿汪汪挺可爱的，就顺便啃了几口。可能是韭菜太辣的缘故，羊啃了几口后就不啃了，并决定走出韭菜地去吃草。这时蝎子恰好来地里割韭菜，一见羊在他的韭菜地里顿时火冒三丈。他弯腰拾起一块硬坷垃，恶狠狠地朝羊砸了过去。羊极其灵巧地一闪，硬坷垃砸在了韭菜地里，至少有二十多根韭菜给砸趴下了。羊见势不妙，掉头就往家跑。蝎子一边怒骂着，一边追过来。

石头娘在院内的压水机旁洗床单，听见有人骂羊，就扎煞着两只湿手跑了出来。一出大门，正好看见自己喂的那只羊冲过来，擦着她的腿跑进了院子。随后，蝎子张牙舞爪地也窜了过来。石头娘隐隐约约地明白了出了什么事，预感到大祸临头了。

蝎子气势汹汹地欲闯进大门惩罚那只胆大妄为的羊。出于本能，石头娘下意识地叉开双腿，双臂一伸拦住了他，同时还极其微弱地喊了一声

"站住"。

蝎子愣了愣，他没有想到石头娘居然敢拦他。石头娘喂的羊啃了他的韭菜石头娘居然还敢庇护那只罪魁祸首的羊。

蝎子就习惯地甩出了那只打人的手，石头娘的左颊上顿时多了五道鲜红的指印。她还没叫出声来，小腹上又挨了狠狠的一脚，整个身子仰面朝天跌在了地上。蝎子又在石头娘的腰上踹了两脚，拍拍手走了。

石头娘支撑起上身，呆呆地坐在地上，直到蝎子走出了她门前的这条胡同，她才像忽然明白了什么似地号啕大哭起来。

哭嚎了一阵，引来了一大帮子街坊邻居，石头娘就一遍又一遍地哭诉自己的不幸遭遇，鼻涕眼泪地把她上身穿的那件小碎花褂子的前襟都湿透了。几个老女人一边劝解她，一边将她弄到了家里，围在她身边没完没了地说一些宽慰的话。

下半晌，石头爹和石头从地里回来了，石头娘又把自己挨打的事哭诉了一番。石头娘说疼不疼还不要紧，要紧的是这人咱丢不起。俺一个妇道人家脸皮不值钱你爷儿俩可都是大男人，以后还想在村里抬头吗？石头爹听完，一声不吭地拿起筛子就给牛筛草去。石头娘对石头垂泪道，石头呀，你爹窝囊松蛋了大半辈子，娘这口气就指望你出了。身材瘦小的石头晃了晃自己细如麻杆的胳膊，苦着脸摇了摇头。石头娘就绝望地嚎哭起来。石头一时手足无措，一着急，眼前竟忽地一亮。石头就喊，娘，俺给你出气。石头娘止住悲声，盯着石头问，你能打得过蝎子？石头一笑说我的同学刚当了咱镇上派出所的所长。

石头推着自行车刚出大门，就碰上了本村卖豆腐的结巴。结巴问，你你你干干什么去？石头说，俺俺俺去镇派出所，俺俺俺去找俺那当所长的同学。

石头说着就偏上了车子。到村口，遇见了蝎子的二大爷，蝎子的二大爷问，你干什么去？石头说俺去镇派出所，找俺那当所长的同学。蝎子的二大爷就冲着石头的背影好一阵发愣。

村子离镇上很近，一顿饭的工夫石头就回来了。石头一进门就兴奋地大喊，娘，俺同学来了，开着警车去抓蝎子了。石头娘从床上忽地坐起来问，真去抓了？石头狠狠点了几下头说真去抓了。俺同学说现在正搞严打，对蝎子这样的村霸就得狠狠治一治。石头娘听完，呆了半晌，叹了口气，没说什么，又躺下了。

门外忽然响了两声喇叭，石头正想迎出去，却见那同学所长正全副武装走进院来，后面还跟着一个警察。石头问，抓了吗？同学将手里的烟屁股狠狠扔了说，妈的，他竟然提前得了讯跑了。石头一怔，脑子里忽然映现出结巴和蝎子的二大爷，心里悔得不行。

见天色已晚，石头就留同学和那个警察吃饭，同学不客气地应允了。石头去村里的副食店里买来了两荤四素六样小菜，两瓶酒，爷儿俩陪着两个警察喝起来。石头娘一个人待着无趣，就进了里屋。

一边喝着酒，石头一边和同学叙旧，说的全是在学校读书时的人和事。另一个警察和石头爹插不上嘴，就呆坐着。石头爹觉得挺尴尬，就一股劲地举杯让那个警察，喝酒喝酒，他们说他们的，咱喝咱的。一杯酒下去，又没有词了。只好再拿起筷子让菜，吃菜吃菜。石头和同学拉得兴起，竟将酒杯放到一边，用茶碗喝起来。

门口传来几下很小心的敲门声。石头过去将门拉开，见是蝎子娘，就打了个愣神。蝎子娘慌慌张张地往屋里瞧一眼问，你娘呢？石头这才发现蝎子娘还提着一篮子鸡蛋，就拉开门放她进来说，俺娘在屋里呢。蝎子娘低着头，不敢看桌前的警察，溜着墙根进了里屋。

石头娘见是蝎子娘，就坐在床头上一动未动。蝎子娘说，他嫂子，俺替你大兄弟给你赔罪来了，将一篮子鸡蛋放在了床边上。

石头娘一声未吭。蝎子娘又说，本来想叫你大兄弟自个儿给你磕头呢，见你门上停着公安上的车，就没敢。

石头娘把头扭向了墙壁，蝎子娘就将笑堆满在一张麻脸上，推了她一把说，他嫂子，俗话说不看僧面看佛面，看在我这老不死的这张老脸上，你也得说个话吧。押了一会儿，见石头娘脸色有些缓和，就又说，其实，蝎子这孩子人倒不孬，就是有个驴脾气。事儿一过，他后悔得直想撞墙，你这当嫂子的就饶了他这一回吧，谁叫你是他嫂子哩。小叔嫂子，乱打吵子，一家人的事，用得着公家出面吗？

石头娘一想，蝎子娘说得也在理，庄里庄乡的，真把他怎么样了就落下一辈子的仇。心下一放松，又想起去年过麦打场时，蝎子还给她家打过场，干了半天活饭也没吃就走了。想到这里石头娘就冲外间喊石头，石头应了一声进来了。

　　一会儿，石头回到外屋，不好意思地对同学说，你看能不能……私了，不抓那个人了？同学反问，你不出气了？石头说那人的娘来给俺娘长脸哩，咱面子上过得去就行了。同学冷笑一声问，那以后呢？以后你不还得受他的气？见石头低头不语，同学叹了口气说，好，就依你，不抓了。

　　石头将同学送到大门外，同学临上车时忽然踹了石头一脚说，下次别再找我！石头不明白同学的话是什么意思，正想拉开车门问问，车已发动起来，并拉响了刺耳的警笛，向镇子的方向驶去。

爬行表演

吉生是一个从优越的环境中成长起来的青年。他的父亲是一家企业的头头，在吉生刚刚高中毕业时，父亲见他不是个读书的料子，就将他安排进他所负责的那家企业，进了科室。从此，吉生就过上了喝茶看报的清闲日子。后来，本厂的一位漂亮女孩主动与他处了对象，再后来他就和那女孩结了婚。

这都是以前的事情了，近来吉生的情况可就越来越不妙了。先是当头儿的父亲因病提前离休了，吉生在单位的情况也一落千丈。后来企业的效益直线滑坡，要裁员增效，像吉生这种什么特长也没有、可有可无的人，被首当其冲地裁了下来。父亲带着病去单位找过几趟，终因时过境迁，人走茶凉，也未能改变吉生下岗的命运。

吉生就这样成了一名闲人。他曾尝试找过很多工作，但因他一无特长二无文凭，都被拒之门外。对于他这种人生经历的人来说，干力气活儿是想都不能想的。

吉生就一日一日地在街上闲逛，家里的一切开支全凭妻子的那几百元工资。好在前些年日子好过时，有一定的积累，倒也衣食无忧。但不久之后，妻子也下了岗。这一下，吉生的心里就惶惶起来，老这么坐吃山空，是座金山也有吃光的时候呵。

这一日，吉生正在街上闲逛，见前面围着一群人，凑过去一看，原来是一个没有下肢的男人正在哭诉，他出了车祸，开车的却跑了，家里上有老下有小，没办法，才出来乞讨。周围的人便都掏出钱来放在他面前的一只破盆子里。吉生看见，有一个老板模样的竟放下了一张百元大钞。吉生忽然心里动了一下，有些蠢蠢欲动起来。

吉生想了三天三夜，终于下定了一个决心。他告别了父母妻儿，要到南方打工。

吉生来到一个陌生的城市。他先租了一间便宜的地下室住下，然后换上一身破烂的衣服，拿着一只破塑料盆，爬行着上了街。他爬行的动作很像军事上的匍匐前进，只用两只胳膊用力，两条腿却好像没有知觉那样拖着。第一天出动，他没有什么收获。他听到有人议论说，这个瘫子像是装的，两条腿还扭动呢。但吉生并没有泄气，为了装得逼真，他开始在租住的地下室里练习爬行。闭门苦练了一个星期之后，他满怀信心地爬上了大街。为了配合"工作"，他还编了一套悲惨身世，比旧社会"白毛女"的命还苦。这一次，他取得了圆满的成功，一天就化来数百元钱。为了使自己的爬行"技术"更加逼真，他"工作"了一天回到租住的地下室后，仍然坚持爬行着进行一切活动。反正屋里什么家具也没有，他睡在地铺上，根本也不需要站起来。渐渐地，周围的人都认识了他，为了不致"穿帮"，他出出进进的都坚持爬行。功夫不负有心人，他的爬行术越来越精湛了，连他自己都以为他的两条腿已经失去知觉了。

日出日落，吉生已经在这个城市待了五年了。五年中，他没有回过一次家，也没有往家打过一个电话，他要给已经不再显赫的家庭一个惊喜。现在，他觉得时机已经成熟了，他已经拥有了五十多万元的存款，可以衣锦还乡了。

但就在这时，吉生发现了一个严重的问题——无论他怎样努力，也站不起来了。

吉生不想爬着回家，就踏上了漫漫的求医之路。他"走"遍了全国几十个大城市，进了数百家医院，也未检查出得的什么病。直到有一天，他花尽了所有积累，才莫明其妙地站了起来。

现在，吉生已经回到了老家，整天在街头徜徉，还是一副无所事事的样子。

匿名者

吕国才是一个拥资千万的大老板，本来活得极为滋润，可是近来，他的生活却出了很大的麻烦。

最近，他从报纸上连连看到一些富翁被歹徒杀害的报道，就隐隐为自己担心起来：犯罪分子会不会瞄上我呢？为了安全起见，他把家里的防盗门窗都换了安全系数最高的，每晚睡觉前都要认真检查一遍。他还高薪雇用了两个散打高手做保镖，整天不离他的左右。同时，他花了一大笔钱和与他有暧昧关系的几个女人断绝了来往，因为在一些报道中，事情往往坏在这些女人手里。

做了这些，他认为应该高枕无忧了。万万没有想到的是，一天早晨，他在自己客厅的茶几上发现了一张纸条。纸条上的字迹歪歪扭扭的，很明显，是写字的人为了掩饰自己的笔迹用左手写的。纸条的内容和报纸上报道的如出一辙：请你今天日落之前准备二百万元现金，送到我们的指定地点，到时候我们会给你打电话。不准报警！否则杀了你的全家！

吕国才额上的汗像小溪一样淌了下来。他赶紧将门窗全部检查了一遍，门和窗户都锁得牢牢的，一点儿被撬过的痕迹也没有。这个人是从哪里进来的呢？怎么一点儿动静都没听见呢？如果这个人要取自己的性命，那自己不早就完了……吕国才越想越害怕，他决定花钱消灾。

当天上午，他就在保镖的护送下，在银行提取了二百万元的现金，放在了一只密码箱里。整整一天，他就坐在家里等歹徒的电话。难熬的一天终于结束了，吕国才的手机和固定电话都响了很多次，但都是他的客户和公司的员工打来的，没有一个陌生电话。他对晚饭也没有了胃口，就坐在客厅的沙发上一直苦等着，一直等到零点，他也没有等来歹徒的电话。怎么回事呢？难道歹徒做贼心虚，以为自己已经报了警，不敢来了？真要那样的话，那自己可真的要倒霉了。就这么胡思乱想着，他不知不觉在沙发上睡着了。

一觉醒来，天已大亮。吕国才揉了揉发涩的眼睛，一眼就看到面前的茶几上放着一张纸条，他拿起来一看，和昨天那张的内容一样：请你今天日落之前……不准报警！否则杀了你的全家！

这歹徒搞什么鬼呢？是不是先试探试探他，然后再玩真的？

又是难熬的一天过去了，歹徒仍然没有给他打电话。吕国才明白，自己遇上的绝对不是一般的歹徒，报警对自己来说那就等于自取灭亡。当天晚上，他让自己的两个保镖在客厅里喝茶，整夜不许睡觉。

第三天的早晨，那张神秘的纸条却出现在了他的床头柜上。

吕国才想，既然歹徒在两名保镖的眼皮子底下进出自己的卧室都这么容易，那么想要自己的命，也是手到擒来的事情，但歹徒已经三次进入他的家门了，并没有损坏家里的一点儿东西，说明歹徒不想伤害自己，只想要钱。他下定了决心：等。

一连七天，吕国才天天接到歹徒的纸条，天天在家等电话，天天等到零点才敢睡觉。他觉睡不踏实，饭也吃不好，人整个儿瘦了一圈，几乎快虚脱了。

吕国才觉得自己再这么等下去，非让歹徒逼疯了不可。第八天，实在忍无可忍的他终于报了警。

很快，刑警队副大队长关志刚就带领三个刑警赶来了。关志刚是本市警界有名的办案高手，因为吕国才也是本市的名人，所以两人并不陌生。关志刚把屋里屋外、门窗走廊，以及整幢别墅的里里外外全部侦察了一遍，结果什么线索也没有找到。他摇了摇头说，犯罪嫌疑人有着很高的反侦察能力，他甚至没有留下一个脚印。

吕国才只觉得后脊梁上一阵阵地冒凉气儿，难道说，歹徒会化成一缕风，从门缝里钻进来？

关志刚说，你不用害怕，我们今天晚上会派人保护你的，放心吧，不会出事的。

当天晚上，在关志刚的安排下，有四名便衣刑警住进了吕国才的别墅里。四个人分成两组，院内两个，屋内两个，整夜巡逻。

因为有警察在，这一觉吕国才睡得踏实多了。早晨，他睁开眼睛时，发现床头上仍然躺着一张纸条……他惊叫一声坐了起来，发现关志刚站在卧室的门口，正冲着他微笑。

吕国才不解地问，你笑什么？

关志刚说，我已经把案子给你破了，当然高兴了。

吕国才大喜，真的，人抓到了没有？

关志刚说，你还是先看一看这段录像吧！

关志刚打开了客厅的电脑，然后把一台微型摄像机的数据线插进了电脑的 USB 插孔。很快，液晶显示器上出现了一个人影，他像一个盲人般摸索着走到一张写字台前，然后从抽屉里取出一张纸条，用左手握笔写了起来……

吕国才简直不敢相信自己的眼睛，因为录像上的人，竟然就是他自己。

关志刚关掉电脑说，其实昨天我一听你介绍情况，就猜了个八九不离十，根据你这套别墅的安全设施，外人要想进来，只能采取破坏性的方法，那样会发出很大的动静，你和你的保镖不会听不到。

吕国才惶恐地问，我这是怎么了？

关志刚说，主要是你在这方面的心理负担过重，你总担心自己会被绑架、暗杀，并从潜意识里设想过歹徒会对你采取的种种方法，久而久之，在你的大脑里形成了这种事件的假想，等你睡着了，这种假想却活跃起来，支配着你去做假想过的事情，比如你用左手写字，就是受了一些案件报道的影响……说白了，你这是一种梦游。

吕国才拍了拍自己的脑袋说，弄了半天，我是自己吓唬自己呀！

黑　卡

刘珊中专毕业后，不愿到学校帮助联系的企业去下车间，就应聘到一家信息台当了信息小姐。

以前，刘珊并不知道信息台的内幕，干上以后才知道，信息台其实是一群女孩子通过电话陪各种各样需要消遣的男人说话的。当然，有时男人说一些明显带有挑逗性质的混账话，也得与之周旋，因为她们的工资是与通话时间挂钩的，通话时间越长，信息台挣的钱就越多，信息小姐的工资就越高。在这种情况下，有些女孩子为了留住客户，就得容忍客户胡说八道，甚至主动和客户说一些很露骨的话，和他们打情骂俏。刘珊虽然有些不习惯，但因一时也找不到好工作，就抱着先干一段时间再说的想法留了下来。渐渐地，她也适应了与男人虚情假意的调侃，觉得这样也没什么不好。

每到发工资的时候，经理都要公布每个人的当月业绩，按业绩计酬。慢慢地刘珊发现，凡是平时挺"疯"、什么话都敢说的女孩，工资都高。但只有一个例外，那就是平时沉默寡言的汪静玉。在信息台，女孩子们之间几乎无秘密可言，哪个有了对象，哪个有了情人，哪个有一个能天天打电话的"老铁话友"（信息台的小姐对客户统称"话友"，以区别开其他的朋友）等等，都瞒不过大家的眼睛。只有汪静玉，她一直让所有的同事感到很神秘。因为她上班时间几乎不说话，往往一上班，就有电话打进来，她接起来后也不说话，就将话筒搁到桌子上，然后悠闲地看书看报看杂志。因为女孩们是每人一个隔断，彼此的办公桌都用一人高的密度板隔着，所以没人知道她搞什么鬼。而到了发工资的时候，她比其她女孩的最高工资还高一倍。为此，女孩们都对她进行过各种各样的猜疑，但各种理由似乎都站不住脚，因为话费由打进来的电话支付，而计费是由电信局控制，根本没有作弊的可能。比较可信的只有一个：她傍上了大款，那个大款一上班就将电话给她打进来，然后两边都长时间不挂机，这样即使都不说话也会产生话费。但这个说法后来也被推翻了，其原因有二：一是汪静玉长得太困难了点儿，虽有"萝卜青菜各有所爱"一说，但凡事都有个"度"字，即使全信息台的女孩都傍上大款，汪静玉也傍不上；二是即使她傍上了大款，那个大款如果想接济她，直接给她钱就可以了，何必费这个周折？要知道，打信息台的电话收费是很贵的，一般一分钟收费九角六分，而这九角六分钱只有10%是汪静玉的提成，其余的全让电信局和信息台老板赚去了，也就是说，那个大款每拿出一万元钱，汪静玉只能得到区区一千元，这样拐着弯子养"小蜜"也实在是太不划算了。女孩们猜来猜去，猜不准，也就作罢了，反正问又问不出实话，只能羡慕人家命好了。

后来，刘珊有了男朋友。男朋友为了找她方便，送给了她一台传呼机。信息台里的电话只能接，不能往外打，女孩子们打电话，都是拿着自己的 IC 卡到楼下的磁卡电话上打。只有汪静玉有手机，但她好像舍不得打，她打电话时也去楼下打磁卡电话。这样，就没有人好意思借她的手机用了。

一天晚上，刘珊正值夜班，男朋友又呼她。她只得放下拉得正热的话友，准备下楼回电话。她经过汪静玉的小隔断时，发现汪静玉不在，她的"爱立信"手机正在桌子上放着。刘珊心一动，顺手拿了起来。她一边紧张地按着号，一边紧盯着门口，还好，她匆匆打完了一个电话，汪静玉还没回来，刘珊挂了机，迅速将手机放回原处，然后悄悄地回到了自己的隔断。

大约一个月后，正在接听电话的刘珊忽然又接到男朋友的传呼，她对"话友"说了声"稍候"，就匆匆跑下楼。电话接通后，男朋友声音有些异样地问，你用手机给我回过电话吗？刘珊想了想，她平时几乎接触不到手机，仅仅用过一次汪静玉的，就"嗯"了一声后问，怎么啦？男朋友说，有麻烦了！

很快，两个警察就找上门来了。他们问清楚了刘珊使用汪静玉手机的时间后，当场就将汪静玉带走了。

汪静玉走了以后，再也没有回来，她的事情却真相大白了。汪静玉是一个很有心计的女孩子。她花钱陆续办了几个假身份证，又用假身份证陆续办了几个手机卡。每天一上班，她就用自己的手机打通自己的电话，电话铃一响，她赶紧拿起来，搁到一边。手机和电话就长时间地处于通话状态，自动产生话费。一般情况下，一个卡可用一个多月，一直用到停机后，她再换上另一张卡……一年多来，她每月都白打两万多元钱的话费。电信局接连几个月有高额话费找不到用户，就报了案。但由于涉案的手机打的全是信息台的号码，而打信息台电话的人一般都不会向小姐们报自己的真实姓名和工作单位，所以警方认为即使到信息台调查也不会有太大的收获，弄不好还会打草惊蛇，就对打向信息台的几个可疑手机进行了监控。就在这个节骨眼上，刘珊的一个电话使汪静玉的行为暴露了，警察顺藤摸瓜，很容易地将汪静玉揪了出来。受汪静玉的牵连，信息台被查封了，刘珊失业了。但她一点儿也不觉得惋惜，她觉得自己应该找一份正当的职业，踏踏实实地走好人生的第一步。

爱情圈套

又是黄昏，夕阳从楼群的缝隙里很难得地投入到阳台的窗子里，绚丽中带着几分凄冷的悲凉。

就像玉玉现时的心境。

玉玉端坐在梳妆镜前，仔细地审视着镜中的自己。她有些战栗地发现：自己的确是不年轻了。尽管她用的都是进口的高级化妆品，但眉宇间的那份苍白，是怎么也无法掩饰的。她甚至有些理解李正对她的漠视了。

玉玉是一个被世人称做"金丝雀"或"二奶"的女人，但玉玉和一般的二奶绝不相同。她绝不是为了李正的钱才投入到他的怀抱的。她认识李正的时候，李正的公司赔得连买根绳子上吊的钱都没有了。当时李正的老婆正闹着和他离婚，他心烦，就跟着一个朋友来舞厅"潇洒"，就认识了正在这家舞厅做领班的玉玉。玉玉几乎一眼就爱上了李正，爱他的气质、修养，甚至抽烟的姿势、说话的声音。从那一天起，两人就有了来往。玉玉租赁的小屋一度成为李正躲避债务和妻子纠缠的避风港。后来，李正凭着自己的聪明才智，力挽狂澜，居然将公司一天天救活了。但这时，他的老婆却说什么也不和他离婚了。李正只得为玉玉买了一套三室一厅的房子，将她"养"了起来。

最初的几年，李正将一个男人所有的爱都给了她，她幸福得几乎死去。但后来，情况逐渐发生了变化。李正来的次数慢慢少了，有时来了也心不在焉。玉玉是在风月场上过来的人，自然明白其中的道道，就拼命地打扮自己，也想来个力挽狂澜，但她却失败了。有一天，李正给她摊了牌：给她一笔六位数的钱，两人做个了断。她跪在他的面前求他不要抛弃她，李正好像被感动了，不再提这件事了，但来的次数愈加地少，并且，他再也没有上过她的床。

玉玉叹了一口气，缓缓离开梳妆台，她准备到厨房去安排晚餐。

这时，门铃温柔地响了两下。她一阵惊喜，几乎雀跃着过去打开了门。

门开了，玉玉脸上的笑容却凝固了。

来的是一个玉玉不欢迎的人。他是李正的好朋友，叫周玄，以前经常和李正一起过来吃饭。现在李正不常来了，他却成了这里的常客，并经常劝说她离开李正，还给她说一些调情的话，她都装聋作哑地应付了过去。

周玄今天一进门神情就有些异样。玉玉正纳闷，他忽然将背在身后的手拿到前面来说：生日快乐！手里拿着的是三支红玫瑰。

玉玉几乎晕过去！天哪！自己的生日，自己居然忘记了，自己的心上人也忘记了。而这个自己一贯不喜欢的人却记在了心里，而且用三支红玫瑰明明白白地告诉她：我爱你！人在最孤寂最落魄的时候是最容易被感动的。玉玉的两眸顿时湿漉漉的了，她甚至产生了拥抱周玄的欲望。

然而，没容她有所行动，周玄已经将她紧紧地抱在怀中了。

一切进展得都很自然，虽然这是她之前从未想过的。事后回想起来，她归结出是自己对情爱和性爱的饥渴才给了周玄以可乘之机。

两人就在地毯上翻滚着，很快就将事情做得如癫如狂。

就在这时，李正出现在赤身裸体的两人面前。

这一次，玉玉真的晕了过去！在晕倒之前，她只听到一声清脆的耳光，和一声怒叱：贱货！接下来她的半边脸一痛，就什么也不知道了。

接下来的事情就简单多了。玉玉觉得没什么好说的了，自己已经没有了和李正讲条件的资格。

事情过后的第二天傍晚，已经搬出那套房子的玉玉，正一个人漫无目的地在大街上闲遛。在一家大酒店的门口，她看到了手挽着一个漂亮女孩的李正。开初，她没在意，想避开他。可后来，他又发现李正的另一只手臂还挽着一个人，挽得很紧，宛如亲兄弟一般。那个人正是给李正"戴了绿帽子"的周玄。

玉玉想也没想就豁然明白了，她一个箭步就冲了上去。没等这两男一女明白过来，她已经左右开弓分别给了李正和周玄各一记耳光，同时，她嘴里喷出了一句轻蔑的怒叱：贱货！

然后，她就像什么事情也没有发生过一样，轻轻袅袅地走了。

高　招

　　吕范是个对幸福生活充满向往的青年，但因他只是一个工厂的普通工人，收入微薄，所以，对于他认为的幸福生活，他也只有向往的份儿，却无能力实现。

　　近几年，这个城市发展很快，各种大酒店也应运而生。每天下班后，吕范总爱在酒店附近溜达，看着那些从酒店里进进出出的人，他羡慕得直想自杀。他想：都是人，为什么我不能进出这种场所呢？吕范围绕这个问题琢磨了几天后，竟然琢磨出了一个没钱也能进出酒店"蒙饭"的"高招儿"。

　　这一天，吕范招呼了他的几个狐朋狗友，秘密嘱咐了一番后，就一块儿打的直奔本市有名的"又一城大酒店"而去。在雅间里坐下后，几个人拼命点菜，把山珍海味点了一大桌，然后要了几瓶好酒，就开怀畅饮起来。等喝得差不多了，吕范就来到吧台上，用酒店的电话给一个下岗后经商已发了点儿小财的同事打传呼。一会儿，传呼回过来了，吕范就亲热地对着话筒说，李大哥吗？我是吕范哪，我们哥儿几个在一块儿玩呢，对对，是又一城，弟兄们都想你了，要你过来喝一杯。什么？过不来？那可不行，弟兄们说了，你要不来，他们就在这儿喝死！

　　话说到这个份儿上，那"李大哥"就不能不来了。等"李大哥"落座后，哥儿几个轮番敬酒，敬过一圈儿后，吕范说，大哥，你坐着，我出去小解一下就回。另一个说，我也去。一会儿工夫，屋里就只剩下李大哥一人了。"李大哥"等了半个多小时，哥们儿一个没回来，倒是进来一位漂亮小姐，手里拿着账单，温柔地对他说，先生，买单吧！至此，"李大哥"才明白着了几个小子的道儿，但事情到了这一步，不买单肯定走不了人，只好骂了几句娘，买了单。

初战告捷，吕范等人喜不自禁。后来，他们又如法炮制了几次（当然，宰一次必须换一个人），竟屡试不爽。不过，他们认识的人毕竟有限，吃了几顿后，他们便在熟人圈子里很著名了，以后谁见了这几位爷都躲得远远的。以吕范为首的这几位爷刚刚吃顺了嘴，哪肯轻易罢嘴，他们吃着难以下咽的盒饭研究了几个晚上，终于又出台了一个新的方案。

初选地点仍是"又一城大酒店"。几位爷照样在一个单间里大吃大喝一顿后，然后由单间的小姐领着一齐来到吧台前，吧台小姐低头算账的时候，单间的小姐就去收拾房间了（这是他们早就摸好的规律）。看看时机已到，吕范喊了一声"一二三"！几位爷刚刚还懒懒散散的一脸的疲倦，这会儿忽然都像上足了发条的玩具车般"嗖"地一声就窜了出去。等酒店的人明白过来，他们几位已经坐上出租飘然离去。

这个方法试了几次后，效果出奇地好。但是智者千虑，必有一失，最终还是出了点儿事，使他们的这种把戏彻底告终。

那一次吕范他们是真的喝懵了。当他们走到吧台前，乘吧台小姐低头算账吕范高喊了"一二三"之后，吕范的一个哥们儿由于紧张，被人撞了一下后竟鬼使神差地往酒店里面跑去，几个保安很轻易地就把他逮住了，然后送进了派出所。

在派出所里，经过一番盘问，那哥们儿把以前的所作所为供述了一遍。正好，本市公安系统已经接到过好几起此类报案，这一下新账旧账一起算，吕范和他的几个哥们儿全部落网，赔了以前白吃酒店的钱，每人交了五百元钱的罚金，还被拘了三天，才获得了自由。

事后，为补回他们这次落网后的损失，吕范带着哥儿几个在街上摆了个烤羊肉串的摊子，每天下午下班后几个人都聚过来，穿肉的穿肉，烤的烤，小生意倒也红火。只是有一天，来了几个哥们儿，他们大吃一顿后，有人喊了一句"一二三"，几个哥们儿都朝着不同的方向狂奔而去！

吕范用手势制止了一个准备发动摩托车去追的哥们儿，叹了一口气说，由他们去吧！

闲　事

　　接连下了几场大雨，小区楼前的杂草们喝足了水分，都长疯了，几天工夫就到了齐腰高。这是一个比较老的小区，房子也都旧了，住的多是些老人、小商贩和一些身份不明的租住者。小区建的时候标准还不低，百十幢楼，每幢楼前都有一个小花园，小则百十平方米，大的几百平方米，原来都种着些名贵花草的，后来因无人管理，都被杂草淹没了，消失得无影无踪。今年春天，物业雇了花匠，在每个小花园内栽了几行月季。初时，月季花无人争辉，开得分外鲜艳。可夏天来临后，疯长的杂草很快就淹没了它，站在近处仔细瞅，才能隐约看到万绿丛中的那么一点儿或红或黄或粉或紫的美色。看着这些草，我总有点儿眼馋。小时候在农村，每天下午放学后必须去割草，田间地头，河边沟沿，到处都是背着柳条筐、拿着镰刀的儿童。那时候割一筐草多难呀，往往干到天黑才弄半筐头子。能有像小区里这样又密实又厚实的草丛，是做梦也想不到的。

　　星期天的傍晚，我带领一家人在郊区的树林子里找野菜。夕阳西下，林子里的光线红彤彤的，还真的有些田园诗意。进到林子深处，我发现每隔一段距离，就有一个小小的草堆，草是新鲜的，草根处还溢着乳白色的汁液。我知道，林子里有人在割草，可这林子的地面上，草又稀又矮，由于见不到阳光，草茎都细细的，像营养不良的孩子。这使我一下子想起了小区里那一片片密实又厚实的草。恰在这时，一个中年汉子手拿镰刀从对面走了过来，后面还跟着一个女人。我这人历来爱管闲事，上前主动搭讪道，割草干什么用？那汉子愣了一下，打量了一下我们一家，确定我没有恶意后，才叹了口气说，喂羊。我问，你喂了几只羊呀？汉子说，一百多只吧。我明白了，汉子肯定是养羊专业户。就又问道，这么多羊，你怎么不赶出来放？汉子苦笑了一下说，去哪里放呀？到处种的都是庄稼和树，连路边上都有人种了麻子（蓖麻），啃了谁的东西也不行呀。经过交谈我了解到，这汉子姓马，是附近村里的农民，家里长期圈养着从内蒙引进的"小尾寒羊"，供应市里的几个涮锅店。羊的销路是没有问题，只是这饲草真成了难题，附近的沟沿路边全让他割光了，有时得开三轮车跑十几里路到远处去割。老马的女人也愁眉不展地说，现在好歹是地里有草，能对付，等到了冬天，积存的一点儿干草喂完了，就得花大价钱买草了。我拍了拍老马的肩膀说，我提供给你一个地方，你要是全割回去，保证够你的羊吃两年的。在老马又是疑惑又是感激的目光中，我让他留了电话，明天我给小区物业处谈好就打给他。老马夫妇千恩万谢地走了。

第二天一早，我就到小区的物业管理处，找牛主任，对他说了割草的事儿。不出我的所料，牛主任一听万分高兴，好事呀，正愁没钱雇人割哩，这下咱那月季就荒不死了。

接下来的几天，我经常看到老马夫妇在小区里割草，他们很能干，往往半天就割完一个小花园，草垛在一边，像小山一样。那些姹紫嫣红的月季，又重新浮现在人们的眼前。

我做了一举两得的好事，有些成就感，就到老马面前这儿那儿地瞎指挥了一番。几天过后，我就把这件事情抛到了一边，该忙嘛忙嘛了。

忽然就接到了物业处牛主任的电话，牛主任说，老邢呀，你这亲戚可不咋地呀。

亲戚？什么亲戚？我一下子没反应过来。

牛主任说，这么快就忘了？割草的那俩农民不是你亲戚吗？

我这才想起来，当时为了促成这件事儿，我对牛主任说过老马是我的远房亲戚。我问，怎么了？

牛主任说，你过来看看吧。

隔老远，就看见老马的三轮车停在物业处的门口，杂草散落了一地。几个保安正围着老马指手画脚地说着什么。

原来，老马头几天挺本分的，割草时还小心翼翼的，老怕伤着月季。后来，他就顺手牵羊，每天都拔几十棵月季藏在草堆里，今天终于被保安发现了。

　　我有些生气，非常生气，老马呀，你割你的草还不够吗？弄这些月季干什么用呀？

　　老马低着头，声音很小地说，家里的院子里全空着，也派不上用场，就想……

　　老牛说，你想什么想？想把小区的东西都搬到你家呀？

　　我赶紧求老牛消消气，将错就错地为"亲戚"求情。后来，好说歹说，象征性地罚了老马一百元钱，放他走了。但小区里的草，却不让他再割了。

　　小区里的草，老马只割走了大约十分之一。每次看这些茂盛的杂草，我就会想到老马，就会埋怨老马，老马呀老马，这么多的草，不浪费了吗？

　　冬天来了，那些草成了枯草，风一刮，一些折断的草茎漫天飞舞。有几块草地，被顽皮的孩子点燃了，只留下一片片黑色的灰烬。我心痛，就又想起老马，你个老马，真是可惜了这些草呀。

午夜惊魂

陈旭是被一阵细微的声响惊醒的。他看了看床头的夜光闹钟，是凌晨一点整。

这时，卧室外传来"吱呀"一声，凭感觉，他听出是客厅和餐厅之间的门被人推开了，他的心"忽"地提了起来，顿时手脚都软了，软得都不能动了。因为，他从声音中已经断定：屋里进来人了。

陈旭现在是一个人住在家里这套三室一厅的房子里。儿子在省城上私立学校，每月才回来一次，都由他开车接回来。老婆昨天坐车去了武汉的娘家，他把她送上火车时已经是傍晚六点钟了，这时候正在半路上。也就是说，另两个可以合法进入这套房子的人都远在外地，那么进来的人，肯定是贼了。一霎时，他暗暗后悔自己不听老婆的话，老婆早就让他把窗户全部安上防盗窗，但他见左邻右舍都没安，觉得自己安上了反而显眼，就拖着没安。如果安上防盗窗，贼是进不来的，他的防盗门是三保险的，没有钥匙根本不可能打开。但现在后悔有什么用呢？没有防盗窗的窗户就是聋子的耳朵，那种塑钢的钮状插销，用手一扭就断，对于专业的贼来说，简直可以视若无物。

陈旭缓缓地坐起来，紧张地听着外面的动静。这时，外面又传来"沙沙"轻微的脚步声。陈旭听到自己的心脏在剧烈地跳动着，声音越来越大，"咚咚咚"，像擂鼓一般。他暗暗下了决心：贼想拿什么就拿什么吧，就只当没听见，还是保命要紧哪。陈旭刚刚当上公司的副总经理，正是春风得意的好时候，他可不想为了保护一点儿财产献出生命。他站起来，将身子贴在门后的墙上，尽量压抑着自己的呼吸，唯恐弄出声音来让贼听见。

忽然，暗锁的把手动了一下，陈旭全身的汗毛孔都炸了起来，"哗"地一下，汗水就冒了出来。还好，他睡觉前已经将门反锁上了，门没有被打开。但外面的人显然并没有放弃努力，借着夜光，他看到那圆形的把手被人拧得转来转去，但仅仅能转动一点儿，就转不动了。陈旭真实地感觉到了一种死亡的威胁，这种房间门锁插槽很浅，牢固性也差，没有钥匙也能弄得开。他觉得不能就这样等死，既然逃不过去了，索性就拼一拼吧。他开始在黑暗中寻找武器。床头上有一把扫床的扫帚，把儿是竹子的，他摸过来掂了掂，觉得轻了点儿，没有杀伤力。他又摸了摸台灯，还是觉得轻了点儿。他明白，贼肯定带着刀子之类的武器，甚至有枪，所以，他的武器必须具有一定的杀伤力。摸了一阵子，他摸到了墙角上的一只空啤酒瓶子，就牢牢地抓在了手里。

　　就在这时，门"啪"地被打开了，一个人迅速地扑了进来！陈旭将手中的啤酒瓶子狠狠地砸了过去，正砸在那人的头上，那人晃了晃，一声不吭地栽倒了下去！

　　突然之间，卧室门外灯光大亮，门口还站着两个高大的汉子。

　　陈旭几乎魂飞魄散，他惊慌地举起了手中的啤酒瓶子，忽然，他听到一声大叫："姐夫！"

　　陈旭借着灯光一看，门口站着的两个人，竟然是自己的两个小舅子。他隐隐约约地感觉到了什么，低头一看，倒在血泊中的竟然是自己"已经回了娘家"的老婆。

　　一瞬间，陈旭心如明镜。自他提了副总后，老婆一直怀疑他和女秘书有染，并多次盯他们的梢。这次老婆导演了一出"回娘家"，其实是想带两个弟弟捉他的奸。陈旭长出了一口气，对两个已经惊呆了的小舅子大吼了一声：还愣着干什么，赶快打120呀！

　　陈旭的老婆在医院里被抢救了三天，人是救活了，但却永远也恢复不了意识了，她只能在床上默默地度过余生了。

　　陈旭看着成为植物人的妻子，无奈地叹了一口气说，咱家的日子刚刚红火你就……唉！你没享福的命呀！

出租屋的故事

事情还得从去年夏天说起，那时，我刚刚从县城里拼杀出来，在省城的一家广告公司做文案。因为还在县城的妻子隔三差五地领孩子来住，所以，我就在离公司不远的近郊租了一套二室一厅的旧房子，仅五十个平方，每月租金三百元。每天晚上，我吃过晚饭，就坐在自己从家里带来的那台旧电脑前写作，倒也逍遥自在。

有一天晚上，已经十点多了，我正想洗澡睡觉，忽然传来了敲门声。我谨慎地打开门一看，竟是公司的女同事袁丽，后面还跟着一个女孩。

袁丽是个非常直爽、不拘小节的女孩子，和我关系不错。她进门后开门见山地说，哥们儿，给你添点儿麻烦，我这个老乡投奔我来找工作，工作还没着落，也没地儿住，公司的宿舍啥情况你也知道，所以就暂时在你这儿住几天吧。我吃了一惊，连连摆手说，这可不行！袁丽皱了皱眉头说，这有啥不行的？反正你有两间卧室，每人住一间不挺宽敞的吗？我一时语塞，不知怎么拒绝才好，说男女有别吧，不让袁丽这新潮女孩笑死才怪呢。我只得说，要不这样，我掏钱给她找一家便宜点儿的旅馆……没等我说完，袁丽就打断我的话说，你得了吧，你知道这位姑奶奶啥时候找到工作？她要是一个月找不到工作，还不把你挣的这点儿大洋全折腾进去？我一想也是，只好勉强答应下来。袁丽这才有了笑脸，拍了拍我的肩说，其实呀，这种事，早就不算什么事儿了，你这人又挺正派的，我放心。

袁丽走了以后，我才打量了一下这个即将与自己在一所房子里过夜的女孩。她只有十七八岁的样子，长得很清丽，穿着打扮很像一个中学生。我将自己的被子一分为二，放在两个房间里，然后对她说，你睡里面这一间，想什么时候睡都可以，看电视就在客厅里看，声音要调小一些。女孩看来也很疲倦了，她站起来，不好意思地冲我笑了一下说，大哥，给您添麻烦了，我一找到工作就搬走。说完，就走进了里面的那间卧室。

我躺在自己的房间里，久久不能入睡。与一个陌生女孩在同一所房子里过夜，这使我有一种很新奇的感觉，甚至有点儿激动。但我是个自制力很强的人，绝不会往邪处想。一会儿，洗手间传来"哗哗"的水响，显然是女孩在冲澡。我不禁暗暗好笑：这个小女孩，胆子可真够大的。

就在我迷迷糊糊似睡非睡的时候，一阵激烈的敲门声使我顿时清醒过来。我穿上衣服，来到客厅，隔着门问，谁呀？

外面一个生硬的声音说，公安局的，查户口！

我吃了一惊，抗议道，这里是民宅，又不是公共场所，查什么户口？

外面的另一个声音说，出租屋也属于公共场所，赶快开门吧！

我只好将门打开了。

"呼啦啦"进来四个大汉！都穿着便衣。

打头的一个问，这里住几个人？

我还未回答，身后"吱"的一声门响，那个女孩出来了。

进来的四个人明显精神一振，几乎异口同声地问，这是谁？

我先是慌乱了一阵，又一想，我凭什么怕呀，脚正还怕鞋歪吗？于是我镇静下来，解释道，她是我一个同事的老乡，进城找工作的，暂时住我这儿。

几个人"哈哈"地笑了，一个用手中的警棍点了点我说，你能不能来点儿新鲜的，这种花招我见得多了。

不由分说，几位警察就以涉嫌嫖娼卖淫将我和那位可怜的女孩儿带到了派出所。

我和那个女孩儿被隔离讯问。我费尽了唇舌，反复解释这件事的前因后果，但却无人相信，一个警察甚至说那女孩儿什么都招认了，全看我的认罪态度了。我简直想发疯。

折腾了大半夜，在我的一再要求下，他们允许我给公司打电话找证人。我知道公司现在根本没人，就给袁丽打了一个传呼，然后在几个警察的虎视眈眈下焦急地等着她回话。电话铃一响，我长吁了一口气，知道一切都到了收场的时候了。

袁丽匆匆赶来，总算是为我们解了围。出了派出所的大门，我还未开口讲话，袁丽抢先说，咱可不许埋怨人，这是你命中该有的一劫，明天中午我给你设宴压惊。

这时，已经是凌晨四点了，袁丽说，你们回去补一觉吧，我也得回去再歇会儿。

我大吃一惊，还让她跟我回去？

袁丽说，这有什么？事情已经过去了，不会再重演一次的。

我知道她说得有道理，也懒得和她斗嘴，就领着那个女孩子回到了我的出租屋内。

折腾半夜，我又累又困，躺下后就睡着了。

一阵更为激烈的砸门声再一次将我从梦中惊醒。我睁眼一看，天已大亮，那个女孩儿正惊慌不安地站在我的床前。我一激灵坐了起来，心说这一下可玩完了。

从砸门和喊叫的声音上，我听出是我的妻子，她准是贪图凉快乘早班车赶来的，她比警察可难对付多了。怎么办？当务之急是把这位女孩子送走我示意她从阳台上爬出去，然后磨磨蹭蹭地去开门。

我住的是二楼，估计女孩子已经爬出去了，就把门打开了。咦？门外无人。正纳闷，忽听楼下传来一片嘈杂声，随即，我那高大的妻子像拎小鸡一样将那个女孩子拎到了我的面前。原来，妻子砸不开门，以为我睡得死，正想转到阳台那面去喊，恰巧看到女孩子从阳台上爬下去，就当场抓获了她。

我知道，这一下无论我怎么说也无法使妻子相信了，就一字一句地说，你先别急，我找个人来，她会给你解释清楚的。

妻子胜券在握般笑了笑说，好，我等着，看你怎么给我解释。

现在全世界唯一能证明我清白的人只有袁丽了，只要她一出面，就能还我清白。我拨通了公司的电话，让找一下袁丽，对方说，袁丽？袁丽一大早就辞职走了，听说，去了美国……

我头脑一阵晕眩，当即就栽倒在地板上……

惩　罚

1986 年，我在一个村联中里读初三。

那所联中的条件非常差，没有学生宿舍，所谓的学生食堂也只能给我们热热自带的干粮，每人一碗浑浊的馏锅水。联中的前身是所小学，我们这个班是建校以来的第一个初中班，因有了我们，才把以前的"小学"改称"联中"的。我们既是第一个初中班，理所当然，也是第一个初中毕业班，很受学校领导的重视。临近毕业时，为了让我们班在中考时取得好成绩，打响初中班的第一炮，校领导硬挤出一间教师办公室，做临时宿舍，安排班里的前十名住校。听到这个消息后，我非常兴奋。那时，我的成绩一般在前四名，语文稳居全班第一名，英语和代数要差一些。但不管怎么说，宿舍肯定有我的份。我没有自行车，每天步行往返于学校和家之间，不但很累，而且还耽误时间。住校后，每天可以有充裕的时间学习了。

我天天盼着宿舍能早一天改造好，计划着搬进去后，集中精力补一补自己较差的英语和代数。这一天终于来到了。早上刚上课，班主任李老师就兴高采烈地走上讲台，微笑着说，同学们，告诉你们一个激动人心的好消息，我们的宿舍改造成功了！我忍不住鼓起掌来，可拍了几下才发觉只有自己在鼓掌，就红着脸低下了头。李老师并没有追究我，可见他也是非常高兴的。李老师接着说，下面，我宣布一下住校同学的名单：刘天宇、张淑华、赵……我觉得李老师有些多此一举，明摆着的事，前十名住校，还用宣布吗？直到老师念完，我才发觉不对劲儿，因为我始终没有听到自己的名字。一瞬间，我双腿发软，头发晕，几乎溜到桌子下面去。做了十多天的美梦，在一刹那间破灭了，这对一个十五岁的孩子来说，是多么大的打击啊！

我不明白，作为前十名，我为什么没有被允许住宿？我很伤心，很气愤，很想找班主任问个明白。但我不敢，那时，由于家庭的贫困，我在班里是穿得最差的，因而有些自卑，从不敢有一点对老师不敬的行为。我甚至想：老师这么安排，肯定有他的理由。

我只有每天晚上回到家里挑灯夜战，以弥补没有住校的损失。我知道，住校的十名同学，每天都有老师开"小灶"，我只有用双倍的努力才有可能保住自己的名次。

大约一个月后，我的英语老师在与我的一次谈话中，无意中透露出班主任没有让我住校的原因，我听到后，一个人呆了半天。那时，我们班有一个现象：成绩比较好的同学和成绩比较差的同学形成两个小"集团"，两个"集团"倒没有什么冲突，只是课间和放学后游戏时，成绩好的扎一堆儿，而成绩最差的一小撮也混在一起，两下里几乎从不掺和。不但我们班，其实很多班都是这样"人以类聚"的。但我属于较特别的一种，我成绩好，但却喜欢和班里的几位"倒数"差生一起玩，没有别的理由，就因为开心。但我却从来没有和他们一起做过任何"坏事"。我没有想到，就因为这一点，班主任老师竟然渐渐将我划到了"坏孩子"的行列，怕由于我的住校，影响其他同学的学习。天呵！这是哪跟哪呀！我承认自己经常和班主任眼里的"坏孩子"一起玩，但我和他们有根本的区别，我对学习是认真的，也是有上进心的呀！我的成绩就是最好的证明！悲愤之后，我消沉了，甚至绝望了。既然我这么好的补习机会被无情地剥夺了，既然班主任已经用有色眼镜看我了，我在这个班里还会有前途和希望吗？从那以后，我对学校有了一种厌恶感，对学习也毫无信心了。我放弃了努力，终日和一群差生在一起疯玩，终于玩成了货真价实的差生。

中考落榜后，我回家扛起了锄头。

等心情逐渐平静下来后，我才知道自己做了一件多么愚蠢的事情。我拿别人的错误狠狠地惩罚了自己，惩罚自己在农村整整种了八年责任田。尽管后来，因为文学的成就，我最终走进了城市，成为了一个有点儿小名气的作家，但却比读书多付出了数倍的艰辛和努力。要知道，一个仅有初中文化的农村业余作者，成功的机会比读书低百倍也不止啊！每当回忆起这件事，我就反复告诫自己：永远不要拿别人的错误来惩罚自己。

我的中考

临近中考的前几天，是个上午，班长对我说，李老师让你去一趟。

自从我的成绩滑下来，李老师从没有找过我，快考试了，找我干什么呢？

带着疑问，我忐忑不安地走进了李老师的办公室。

李老师很瘦，有点儿驼背，五十多岁了，但视力尚好，一直没有戴眼镜。他面色平和，示意我在他对面的椅子上坐下来。我这才松了一口气。

李老师问，这次中考，你觉得有把握吗？

我低下了头，最近的几次测验，我都是倒数七八名，别说考上，连及格的可能性都没有。

李老师又说，如果你觉得没希望，就不如不考，你的成绩实在是差得太远，不可能有奇迹发生的。

我疑惑地问，为什么不考？

李老师微微一笑说，如果不考，你可以为家里省下五块钱的卷子费和考试费。你想想吧，反正也考不上，何必浪费这个钱呢？

我一听，觉得李老师说得太有道理了，要知道，1986 年的五块钱几乎等于现在的五十元呀！

我很干脆地说，那我就不考了。

李老师让我在一张表格上签了个名，当即从抽屉里拿出五块钱给了我。

走出办公室，我想，李老师真不错，知道我考不上，连五块钱的卷子费都给我省了。

回到家里，我没有提退回五块钱的事，为的是能自由支配这笔钱。到了考试的那一天，我像往常一样来到了学校。

我们的教室作了考场，整个校园都静悄悄的。我无处可去，只好背着书包走出学校的大门，来到操场上。

宽广的操场上空无一人，我独自在篮球杆附近徜徉，觉得孤独又无聊。树上的蝉开始叫了，这更增加了我的烦燥。不知为什么，明知道自己考不上，可看到整个学校的学生都在考试，而只有我一个人置身事外，总有一种落寞的感觉。

忽然，我听到有人在喊我的名字，左右环顾，发现声音来自学校的院墙上。喊我的是全班的第一名（倒数）马连军。马连军喊，哎，傻青，在这儿转悠么呢？

我一喜，问，怎么，你也没考？

马连军没接我的话荏儿，而是诡秘地冲我一笑说，快到宿舍米，有好事儿。

我又匆匆赶回学校，来到了全校唯一的一间宿舍里。一进门，发现屋里人不少，全是些调皮捣蛋的货色。我明白了，这些人全是被"照顾"了的。这间宿舍平时白天总锁着门，看来今天是为了收容我们这些难民而法外开恩了。有了难友，我的心情不再那么沉闷了，高兴地加入到他们的打扑克行列里。我们来的是"大跃进"，六个人，只要一个人赢了就算一把，输了的五个人都拿出五毛钱。那是我第一次，也是至今为止的唯一一次赌钱，当时觉得既开心又刺激。快中午时，我的钱已经输得精光，这时，心里才有了一点点的后悔。

我们中个头最大的刘星忽然将手中的牌一摔说，不玩了，不管是赢了的，还是输了的，都把自己的五块钱全拿出来。桌子上一下扔了很多零票，赢了钱的全退了回来，又把自己的五块钱拿出来，六个人整整凑了三十块钱。刘星将钱一卷，往兜里一塞说，走，出去喝一顿。

我们来到学校门口的油条铺。学校是在村里，没有酒楼饭店，校门口的油条铺是唯一能吃饭的地方。我们要了点儿花生米，炒了几个青菜，打了点散酒，就像模像样地喝起来。那是我第一次喝酒，几口下去，有点儿晕，但那滋味儿有点儿舒服。我说，真多亏了李老师，要不，我们哪来钱喝酒呀？

马连军马上说，错！这是我们自己的钱，不用感激他。

刘星喝得猛了点儿，脸和眼睛都已经红了。他嘴已经不利索了，但还是他的话最多。他搂着我的脖子，满嘴喷着酒气说，你知道李老师为什么不让我们考试吗？

不等我回答，他又接着说，他不是为了给我们省钱，他是为了自己。今年的中考评比，不比考中的人数，而是比参加考试的人数和考中人数的百分比，我们这些注定考不上的累赘不考了，那他的百分比不就高了吗？

其他几个人一起说，对！李老师就是把我们当包袱一样给甩了！

马连军举起杯来说，难兄难弟们，我们分别在即了，为了被抛弃而干杯！

干！干！干……

我们都喝醉了。我和马连军抱头痛哭。

清醒过来之后，我们都明白，我们都是绝对没有希望考上的，让我们抄袭都抄不对。但被婉拒在考场之外，尽管有那诱人的五块钱，我们仍然难受，为什么难受？天知道。

卧 底

黎明寨的人谁也没有想到，金元洪竟是混进寨子的卧底。

两年前，金元洪被李元庄的仇家追杀得鲜血淋淋一头撞进黎明寨时，谁也没有怀疑这是一场前人已经用了千遍万遍的苦肉计。

黎明寨和李元庄有世仇，几百年来，大小械斗发生过几十起，两个庄子几乎家家户户都有人在械斗中丧生，所以，两个庄子结成了世世代代也解不开的血海深仇。既然金元洪是李元庄的敌人，那就一定是黎明寨的朋友，这是黎明寨的寨主黎天鹏的逻辑，这种逻辑在全寨人的心目中也是非常正确的。况且，金元洪向黎寨主讲述了自己一家被李元庄庄主迫害致死的经过时，声泪俱下，谁也无法相信那竟是演戏。

从金元洪对自己曲折身世的叙述中，黎天鹏知道他有一身好功夫，待他养好伤后，就留他在府中做了教头，还特殊嘱咐其用心教一下少寨主黎汉。

黎汉和金元洪好像天生有缘，两人经过几天的熟悉后，很快就形影不离了。每天一大早，金元洪便开始教黎汉练武。说来也怪，这黎汉平时并不热衷于学武，但自从跟上了金元洪，忽然就对武术痴迷起来。为了便于早晚练武，他甚至擅自和金元洪搬到了一处。对此，寨主黎天鹏也听之任之了。平日闲暇时，黎天鹏便将金元洪约到自己的房间里，两人饮酒长谈，一醉方休。一次，酒至酣处，黎天鹏还提出将自己的妹妹许配给金元洪。金元洪虽然推说家仇未报不便谈及婚嫁，但他的两只眼睛分明湿润了。

金元洪在黎府一待就是两年。由于寨主的重视，他在黎府的地位一直比较特殊，连总管也得敬他三分。至于少寨主黎汉，更是和他好得如同兄弟。

黎汉是偶然发现金元洪绘制地图的。那天晚上，黎汉睡到半夜，被一泡尿憋醒，见金元洪正趴在床前的桌子上，聚精会神地画着什么，由于好奇，他就悄悄站了起来，越过金元洪的肩膀去看桌上那张摊开的草纸。这一看，他吓了一跳，这是黎明寨的地形图。黎汉虽然只有十五岁，那他也知道，黎明寨之所以可以和人多势重的李元庄抗衡，都得益于黎明寨周围和寨内复杂的地形，外村人进来就迷糊调向，想出去可就太难了。因此，多年以来，外村的人们都管黎明寨叫"迷魂寨子"。黎明寨和李元庄的很多次械斗，都是以黎明寨不敌而退回寨子为结束。李元庄的人虽然早想除掉这个心头之患，但因为不熟悉地形，不敢贸然进寨。所以说，黎明寨的地形图，就是寨子的命根子。黎汉年龄虽小，但胆大心细，他当时没有吭声，悄无声息地躺回了原处，硬是将一泡尿憋到了天亮。

起床后，黎汉照常跟金元洪一块儿练功，等练完功后，他才跑回后院，将自己的发现告诉了父亲。

对此，黎天鹏表现得相当冷静。他嘱咐自己的儿子，先不要把这件事情告诉任何人，对金元洪要一如既往，只是他出寨时要想法阻止他，并尽快向他报告。

从此，黎汉就加紧了对金元洪的监视。每天晚上，他总是先上床假寐，暗暗注意金元洪的一举一动。终于，在一个夜晚，他发现金元洪又将自己精心绘制的地图扔到了炉火之中。

黎天鹏得知这一情况后，立即断定：金元洪已经将寨子里的地形熟记在胸，准备离开了。事不宜迟，必须将他抓起来，如果让他走掉，寨子里的两千多人就要大难临头了。但转念一想，黎天鹏又犹豫了，金元洪已经将地图烧掉，现在一点儿证据也没有，出师无名啊。

正在黎天鹏左右为难时，突然有庄丁来报：金元洪有一封书信要求转给寨主亲阅。黎天鹏接过书信，还未拆阅，又有一个庄丁慌慌张张地来报：金元洪擅自出寨，庄丁们拦截，他竟抓了少寨主黎汉做人质，强行出了寨门。

黎天鹏立即带人出寨追赶。

黎明寨二百多个庄丁将金元洪围在了一片方圆只有几十米的小树林中。但人们投鼠忌器，怕金元洪伤了少庄主，所以，谁也不敢冒险往里闯，更不敢开枪。

双方正僵持不下，李元庄方向忽然传来一片枪声和呐喊声，并且越来越近。显然，他们是听到枪声后来接应金元洪的。

怎么办？人们都把目光投向庄主黎天鹏。

人们都清楚，硬拼，李元庄的人数至少比己方多两倍，而且武器也好，最终的结局还是退回寨子里。但那样金元洪就会乘机逃脱，后果不堪设想。

开枪！忽然，黎天鹏大吼了一声，并率先向林子里开了一枪。

没有人开枪，因为人们知道，开枪就意味着将少寨主也送进了鬼门关。

弟兄们！为了全村两千条命，开枪呀！黎天鹏发火了，并向树林里连续射出了一梭子弹。

枪声大作，密集的子弹从四面八方飞进小树林，袭击了小树林的每一寸地方。

片刻之后，黎天鹏喊了一声，停！

枪声停下来了。黎天鹏第一个扑向小树林，庄丁们紧随其后。

尸体找到了，是金元洪的，他身中数十弹，已惨不忍睹。令人惊异的是，少寨主黎汉竟毫毛没伤，他被金元洪宽大的身躯压在一个小凹坑里，阻挡了一切可能飞来的子弹……

为避免伤亡，黎天鹏带着庄丁们迅速撤回到寨子里。

回到家，黎天鹏首先找出金元洪写给他的信，展开一读，不由得热泪盈眶。信是这样写的：

黎寨主：

您好！

谢谢您两年来对我的关照，我十分感激，通过两年多的接触，我非常佩服您的为人。今天，我要离开了，有些事情需要向您说明，否则，我将终生愧疚。

我是李元庄的少庄主，真实姓名叫李少春，奉父亲之命来您寨卧底，本打算等摸清您寨子的地形情况后，带我的人来血洗黎明寨，以了却数百年的仇恨。但是，通过对您的了解，我发现您及少寨主都是十分仁厚善良的人，对于我一个无家可归的落魄人尚如此，假如，我们没有以前的仇恨，您对于我们李元庄这样"鸡犬之声相闻"的邻村人肯定更加关照，既如此，我们何苦要世代互相残杀下去呢？经过慎重考虑，我决定回村劝说父亲，与您寨修好，结束数百年来的悲剧。我知道，在事情没有办成之前，你不会放我走，因为我已经熟悉了您寨子的地形。所以，我决定不辞而别，假如走得不顺利，可能会有冲突，但我不会伤害贵寨的任何人，请勿怪，我一定会使两村修好。

时间匆忙，不再赘言了，来日待两村修好，定当登门谢罪。

小侄　李少春　敬上

黎天鹏看罢信后，擦干泪眼，长叹一声，唉！这是劫数呀！

自此，黎明寨和李元庄的仇结得更深了，彼此打打杀杀的悲剧仍然上演着。

剃头店

镇子不大，却有三五家剃头店。

镇上最大的官是镇长。镇长剃头，从不进别的店，只往隋驼子的店里跑。

镇长的头有些难剃。"头难剃"是当地人对刁钻奸滑之人的比喻。但镇长的头确实是难剃，和为人无关。

镇长是一个大脑袋，头顶坑坑洼洼的极为不平，有些坑还非常小。镇长还总喜欢剃光头，所以，他的头就很难剃，连一致公认技术一流的隋驼子，也给他划破过几次，其他几个店的剃头匠，那是断然不行的。

隋驼子自打年轻就是个驼背，人长得也极丑陋。就是这样的一个埋汰人，竟然有一个不错的女人。那女人叫玉玲，长得不是太漂亮，但身条儿极好，又会打扮，在镇街上一走，很是惹眼。

镇长的脑袋每天都要剃一次。

镇长每次来，玉玲就会殷勤地泡上一杯茶，递到镇长的手里。如果隋驼子忙着，她就陪镇长聊天。镇长脾气非常好，逢客人多时，镇长总让别人先剃，他常挂在嘴边上的一句话就是：你们先来，我不急，不急。这使很多人都感到镇长和蔼可亲，是个好镇长。镇长看玉玲的目光也非常柔和，两只眼睛总笑眯眯的。有时，玉玲给他递茶，他还会连茶杯带那只玉手一块儿接过来，双手握着，良久才松开。玉玲并不急于挣脱，也笑着看镇长，笑得极为妩媚。隋驼子对此视而不见，全神贯注地剃着客人的头。

有一天，镇长的跟班来到了理发店，对隋驼子说，驼子，你交了好运了，镇长请你去镇公所，给我们这些弟兄们挨个剃头。

隋驼子一听，咧开一张满是黄牙的大嘴笑了，他正愁这几天没有生意呢。

隋驼子收拾了他的那套家把式，就跟着来人走了。

隋驼子来到镇公所，想干活时，发现堂堂的镇公所竟然找不出一样东西来代替围裙。隋驼子虽然人丑陋，但干活却极讲究，这没有围裙可不行，那会使客人的衣服上沾满碎头发，好多天都整不干净。

隋驼子就回剃头店取围裙。

剃头店离镇公所只有一盏茶的脚程，隋驼子走得快，不消一刻就到了。

剃头店的门紧闭着，隋驼子推了推，没推动，门在里面顶着呢。隋驼子以为女人在里面睡觉，就喊，开门哪！开门……

无人应声，隋驼子心急，怕误了镇公所的事，就一用力，把门拥开了一条缝，然后伸进去一只手，将顶门的杠子挪开，门就开了。

门一开隋驼子就看到了镇长和玉玲正在剃头用的椅子上干那事儿。隋驼子的驼背一下子直起了许多，他大喊了一声：你们——

镇长不紧不慢地系上腰带，又整理他的衣服，好像根本没看见隋驼子一样。

隋驼子直起的背又慢慢地驼了下去，两只眼睛里的火也渐渐地熄灭了。

镇长临走的时候，居然很亲热地拍了拍隋驼子的驼背。

出这事儿的第二天上午，镇长照例又来剃头了。只是，这次他带了两个兵，都肩着枪，站在剃头店的门两侧。

这次玉玲没有给镇长沏茶。隋驼子还是一如既往地给镇长洗头，敷热毛巾，然后再极小心地将他的头剃得光光的，脸也刮得干干净净。镇长非常满意，临走又拍了拍隋驼子的驼背。

以后再来，镇长就一个人来了，一切都恢复了常态。只是，每隔几天，镇长就会把隋驼子请到镇公所，给他的下属们剃头。每次去，都是到中午，镇公所的人才让隋驼子回来。

镇长和隋驼子女人的事，成了镇上公开的秘密。

但隋驼子似乎对这件事并不在意，镇长每次来，他都加着小心伺候。

善良的回报

镇上的人都嘲笑：这隋驼子可真是窝囊呀，戴着顶绿帽子还这么孝敬镇长。

人们笑过了，说过了，也就罢了。

很久之后，镇长忽然在一个下午死在了办公室里。镇长的尸体全身发黑，显然是中毒死的。县上派了警察来调查，他们先了解到镇长中午是在"聚义楼"酒馆吃的饭，就先把酒馆的人全部抓了起来。但后来有人证明，镇长中午是和五六个人一起吃的饭，别人都没事，说明不是酒菜的问题。于是，警察就把中午和镇长一块儿吃饭的人全抓了起来。一番拷问，既无证据，也没人承认，这件案子就这么不了了之了。

没人注意，镇长死的当天下午，隋驼子那把用了多年，他一直视若宝贝的剃刀不见了，他手上使的，是一把新打的剃刀。

只有隋驼子的女人知道，那把老剃刀，在镇长死的那天上午，最后一次给镇长剃头时，划破了他头顶上的一点儿皮，出了几滴血。但镇长并没有因此而发火，他温和地笑笑说，没事没事。

临走，还亲热地拍了拍隋驼子的驼背。

青楼女子碧玉

日本鬼子一进城，很多事情都变了样。先是以前吵吵抗日吵吵得最厉害的"二皮"陈四挎上盒子炮，当了汉奸。后是绸缎庄的老板周五爷当了商会的会长。不过，最令人惊讶的是"留香楼"的名妓碧玉，她在鬼子进城后的第三天就立下了一条规矩：只接待日本客人，对中国人一律不接待。这一下可把人们都气坏了，没想到婊子也当了汉奸。

碧玉十岁时就被卖到"留香楼"当丫头，十三岁起接客。她聪明伶俐，在"留香楼"待的几年间学会了抚琴下棋，唱曲跳舞，更有一个好身段儿和好脸蛋儿，所以不久就红遍了全城。虽然碧玉从事的是皮肉生意，但人却极为善良，重情重义。她经常用攒下的私房钱周济穷人，在小城有一个青楼女子从未有过的好名声。

有一个来自陕西的年轻生意人韩金，经常来"留香楼"找碧玉，和她最要好。后来，韩金的生意亏了本，没有还家的盘缠，只好流落街头。碧玉知道后，就差自己的丫头找到他，把她多年积累的私房钱全都给了他，要他不要落魄还乡，要东山再起，挣了钱再衣锦还乡。韩金万分感动，他利用碧玉给他的钱做本，发奋图强，几年的时间里就将生意又做大了，不仅还了碧玉的钱，而且还盈余丰厚。韩金感慨之余，就生了替碧玉赎身的念头，要娶她为妻。"留香楼"的老鸨贪财如命，岂肯轻易将手里的"摇钱树"出手，就开出了天价：五千个大洋。尽管韩金这几年发了点儿财，但要一下拿出五千个大洋，还真不容易。但韩金已经铁了心要赎碧玉，就决定变卖货物，一旦凑够五千个大洋，就将碧玉赎出来。碧玉也将自己的私房钱尽数给了韩金，一心只等他来为自己赎身了。

就在韩金加紧变卖货物准备为碧玉赎身的节骨眼上，鬼子就进了城。

三天后，碧玉就给自己订下了那条规矩。经常出入"留香楼"的人便都骂，经常说风凉话给韩金听，但韩金没往深处想，他想反正过不了多久碧玉就是自己一个人的了，她现在接什么客已经无所谓了。

韩金做梦也没有想到，当他好不容易凑足了大洋，去"留香楼"赎碧玉的时候，碧玉却变了卦，不肯再从良了。韩金目瞪口呆了一阵之后，就苦口婆心地劝她改变主意，最后竟苦苦地哀求起来。但碧玉却不为其动，铁了心要继续当妓女。韩金的耐心达到了极限，最后含着眼泪问："玉妹，我再问你一句，你到底跟不跟我走？"

碧玉咬着牙摇了摇头说："金哥，你不要再为我劳神了，我不会跟你走了。"

韩金转身走了出去。

碧玉的眼泪像小溪一样流了下来。

这件事终于以韩金的碰壁平息了下来，人们见多不怪，也就不再议论这件事情了。

"留香楼"渐渐地成了鬼子的天下。鬼子们都点碧玉，当天轮不到的，第二天接着挨号。

碧玉自从专门接待鬼子以后，就很少露面了。偶尔，她在傍晚时分穿一件粉红色的旗袍走到大街上，也没有了往日的风韵。她的脸苍白得很厉害，没有一丝血色，却更呈现了一种凄婉的美。人们不再热情地和她打招呼，有刻薄的人在背后便指着她的脊梁骂：骚娘们！汉奸！

碧玉听见了骂声，并不回头，脸上没有一点儿表情。

鬼子进城三个月后，碧玉就再也不露面了。

光顾"留香楼"的鬼子一天一天少了起来。后来，就一个也没有了。"留香楼"呈现出从未有过的冷清。

当人们快把碧玉忘记了的时候，她才又出现在街上。是鬼子把她五花大绑，押到大街上的。鬼子要枪毙这个已经奄奄一息的女人，罪名是：故意向皇军传播梅毒，危害皇军健康，阴谋破坏皇军建立大东亚共荣圈的计划。

碧玉死了。

人们若有所悟。人们再也没见到以前经常光顾"留香楼"的那些鬼子，有人说，那些鬼子都得了梅毒死了，也有人说没死，但也治不好，只好送回日本接受处置了。

韩金将碧玉的尸骨运回了陕西老家，埋在了祖坟里，并为她立了一块石碑，上写：爱妻韩碧玉之墓。没人知道碧玉姓什么，韩金就让她随了自己的姓。家里人想探听碧玉的底细，问他："碧玉是干什么的？"韩金便冷峻地说："是个英雄。"

兄弟墓

鬼子一进村，大家就知道，鬼子是冲那批药品来的。

鬼子还是沿用惯用的伎俩，把村里人都赶到一片空地上，周围架上机枪，然后再挨家挨户地搜。搜了半天，什么也没搜着，鬼子的刺刀上却挑满了鸡鸭鹅等活物儿，还有伪军牵着羊、抱着猪仔，畜禽们此起彼落的叫声使沉闷的空气热闹起来。

这批药品是八路军游击队伏击鬼子的运输车弄到手的，还打死了十几个鬼子，所以，鬼子中队长伊田非常恼火。当他们接到线报，药品就藏在这个村里时，就纠集队伍疯狂地扑了过来。

伊田对付中国人的办法只有一种，就是杀人。

天气很热，蝉的叫声使人们更加烦燥。

伊田缓缓抽出了指挥刀，刀在阳光下变成了一道寒光。

伊田说，药品的，就在这个村里，不交出来，统统死啦死啦的！

伊田把指挥刀向下一劈，枪声爆响，站在人群最前面的十几个人扭曲着倒在了血泊中。

伊田把指挥刀向上一扬，枪声停了。

伊田说，药品的，能不能交出来？

人群无声，连孩子的哭声都止住了。

伊田的指挥刀作势欲劈……

慢着！

随着一声断喝，村长从人群中走了出来。

伊田笑了，露出了两个大龅牙。伊田把指挥刀压在村长细瘦的脖子上，你的，知道药品的下落？

村长冷冷地说，知道，药品就是我亲自藏的。

人群骚动起来，有人大声喊，村长，那药品是八路军伤员的命根子呀！

村长像没听见一样，两只闪着红光的眼睛紧盯着伊田的眼睛，只有我知道药品藏在哪儿，让这些无辜的村民都走，我就告诉你。

伊田缓慢而坚决地摇了摇头，你的，必须先告诉皇军药品的下落，这些人才可以活命。

村长犹豫了片刻，点了点头说，好，我可以先告诉你，药品就藏在关帝庙后面的树林里。

人群顿时乱成了一锅粥，叫骂声掩盖了蝉的鸣叫。

村长，你个汉奸！

王八蛋！老子早晚杀了你……

不得好死……

村长的脸剧烈地抽搐了一下，眼里有泪花在阳光下反射着两粒白光。

伊田将指挥刀插入鞘内，向后挥了挥手。

机枪手都撤了下来，包围圈取消了。

人们四散而逃，有两块碎砖头不知从哪儿飞过来，一块砸在村长的脸上，另一块砸在村长的胸上。

伊田同情地拍了拍他的肩头，你的，带皇军去取药品，皇军的，重重地赏你。

村长走在队伍的前面，后面是荷枪实弹的鬼子。

村长走得很慢，边走边回头向村庄张望。伊田有些不耐烦了，接连推了他几把，你的，快快的……

从村里到关帝庙，也就二里路，村长却走了大约半个时辰。

村长带鬼子刚走到关帝庙前，从庙后的林子里飞出了一颗子弹，正击中村长的前额，村长一声不吭地倒了下去。

鬼子的军医赶紧跑过来，摸了摸村长的胸口，又探了探他的鼻息，冲伊田摇了摇头。

伊田恼怒地拔出指挥刀，向小树林一挥！

机枪、步枪、冲锋枪一起向小树林狂扫，树林里变成了一片火海。

伊田在小树林里一无所获，又带领鬼子们赶回村庄时，发现村子里已经空无一人。

伊田垂头丧气地收兵回城，半路上，却遭到了伏击，一百多个鬼子，全军覆没。

这次伏击是八路军鲁北支队的一个连和县大队联合干的，战斗结束后，县大队的张政委就命令调查一件事：谁开枪打死了村长？

事情很快查清楚了，是县大队有名的"神枪手"鲁怀山开的枪，当时，他带着几个游击队员就埋伏在村口，本是想伺机营救全村的乡亲的，却因人手少，一直没法下手，就一边差人找县大队汇报，一边继续监视鬼子。没想到，后来村长叛变，竟然带鬼子来关帝庙取药品，他就在暗处打了一枪。

张政委一拍大腿，嘿！这个鲁怀山，真是太莽撞了！那树林里根本就没有药品，药品在村长家的地窖里呢。

但组织上并没有追究鲁怀山，因为情况已经非常清楚，村长是想引开鬼子，让乡亲们免遭鬼子的杀害，等鬼子发现上了当，村长最终难逃一死。而鲁怀山以为村长已经叛变，在那种特殊情况下，实在没有办法也来不及向上级请示，在原则上讲也没有错误。

但是，鲁怀山最终还是知道了事情的真相，当天，他就用那条令鬼子闻风丧胆的"神枪"自杀了。人们在他那枪的枪柄上，发现了他刻下的一行歪歪扭扭的字：枪，是不可以随便开的。

张政委知道了后，半晌无言。

在张政委的主持下，县大队将村长和鲁怀山合葬在了一起，并在坟前立了一块石碑，上面刻着三个大字：兄弟墓。

埋葬了两人后，张政委才眼含热泪对同志们说：大家可能还不知道吧，村长是我的亲生父亲，而鲁怀山同志，是我父亲的结义兄弟呀！

百年魔咒

柳四爷一看这满桌子黄澄澄的金子，就知道自己的死期到了，不由得心里犯起了一阵悲凉：自己刚刚四十过五，怎么就摊上了这档子事呢？

柳四爷是今儿一大早被几个小匪从被窝里掳来的，说是给他们卧虎山大当家的干点儿活去。柳四爷心里虽然害怕，但知道也不至于送命。前年，卧虎山的压塞夫人生孩子，就是从柳四爷的村子里请的接生婆，听人说，那接生婆不但毫发未伤，临回，还是被轿子抬下山的，还带回了成匹的绫罗绸缎。

柳四爷是当地有名的金匠，他原以为，土匪让他上山，无非是给女人打个钗呀坠呀项链呀，或给匪崽子打个项圈金锁什么的，他做梦也想不到，摆到面前的，竟是这么一大堆的黄金。这些黄金全是成品，除了女人孩子佩戴的金首饰外，还有金佛、金香炉、金碗等等，五花八门，一看就不是正路上来的。

卧虎山大当家的绰号"下山虎"，黑脸，长一脸大胡子，虎背熊腰，说话声音不高，但掷地有声。他盯着柳四爷的眼睛说，柳四爷，今儿咱要辛苦你了，这些金货，要全溶了，打成一般大小的金条。

说着，将一根沉甸甸的金条扔在了柳四爷面前的石桌子上，金条发出一声脆响，然后剧烈抖动着，发出嗡嗡的鸣响，稍顷，才安静下来。随着那声响，柳四爷全身剧烈地颤抖起来。

柳四爷开始磨磨蹭蹭地支炉、起火，溶金。他明白，金条打完之日，就是自己离开人世之时。金匠行里，只要谁接了大活儿，在世的日子就要按天数了，活儿干完，人必死无疑。这是金匠行不成文的百年魔咒，已经被很多同行前辈验证过多次了，根本无一幸免。柳四爷的父亲，是给县衙门接走的，那一年，他的父亲已经年近六十。柳老爷子在县衙门待了七天后，就被送了回来。接走的是活生生的人，送回来的，却是一具僵硬的尸体，说是中毒身亡。当然，和尸体一同被送回来的，还有一份厚礼。柳四爷的师叔，是被县龙盛商行的朱老板派人接走的，在那里整整待了十天。后来，就有人回来报信，说是他忽然得了失心疯，自己跳崖摔死了，连尸体都没找到，估计是让野物儿给祸害了。最后，龙盛商行赔了一大笔钱，这件事也就了了。

"下山虎"每天都要来柳四爷干活儿的山洞里看几眼，见柳四爷干得很慢，也不催促，临走说一句，你尽管慢慢干，咱不急。

尽管柳四爷干得很慢，但到了十五天上，还是把金条全部打成了。几百根金光闪闪的条子整齐地码在石桌子上，煞是灿烂。

"下山虎"看了看这些金条，又看了看柳四爷，笑了，柳四爷，真是名不虚传哪！来人！

柳四爷的脸当即就白了。

却见一个小匪，手托着一个木头托盘呈了上来，托盘上面平展展地铺着一块红布，红布上面摞着高高的两摞子大洋，足有一百块。

柳四爷疑惑又胆怯地看了"下山虎"一眼，不知他葫芦里卖的什么药，没敢接。

"下山虎"亲自用红布把那大洋包了，递给柳四爷，并笑道，柳四爷活儿干得地道，咱这当土匪的也讲究讲究，一点儿小意思，请笑纳吧。

柳四爷迟疑地将大洋接了，仍然不敢相信这是真的，就颤颤地叫了一声，大当家，我……

"下山虎"忽然就明白了，哈哈大笑道，柳四爷是吓坏了吧，咱这里没那些丧良心的破烂规矩，山下的有钱人，无论官商，都有见不得人的鬼勾当，怕露馅儿，咱是他娘的土匪，咱连官兵都不怕，难道还怕有人听了信儿，上山来抢咱的金条不成！

言罢，仰天一阵狂笑。

柳四爷这才明白自己确确实实是捡了条命，当即谢过"下山虎"，就急匆匆地往山下奔去。

"过山虎"在后面喊，不用跑这么急，咱是大老爷们，说过了的话，不会反悔的。

柳四爷好像没有听见，仍然急匆匆地向山下跑，逃命般。

下了山，在进镇子的路口，正遇上赶脚的陈二狗。柳四爷说，陈二，快扶我上驴。

陈二狗一边将柳四爷扶上自己的毛驴，一边说，唉，柳四爷今儿怎么豁出去了，舍得雇驴了？

柳四爷说，少说没用的，快送我回家。说完，就双手捂胸上了驴背。

陈二狗见事儿不妙，以为他病了，就紧抽了几鞭子，小毛驴得得得地快跑起来，不消一刻，将柳四爷送到了家。

柳四爷进门一看，院子里正有人给一口棺材上漆，而他的女人孩子，都已经披麻戴孝了。

众人见了他，先是一惊，后都纷纷围上来问，四爷，你竟回来了！你怎么活着回来了……

柳四爷双手分开众人，进了屋，往炕上一躺就对女人说，快把人都赶走，关门落锁。

等屋子里就剩下自家人时，柳四爷黯然说，我以为这一去必死无疑了，谁知，那"下山虎"竟放了我。

女人和孩子们围在他面前，都一脸的惊喜。

柳四爷叹一口气，眼泪便下来了。他哽咽着说，可是，我还是没命活，我、我不该在最后的一天，吞了一大块黄金呀——

言罢，口中狂喷鲜血，气绝而亡。

屋门发出一声大响，闯进来四个短打扮、持短枪的小匪，为首一人走上前来，对女人说，奉大当家之命，一来吊唁，二来取回山上的东西。

言罢，那小匪持一把牛耳尖刀，在柳四爷的腹部插入，一旋，一挑，一块小孩拳头大、沾满鲜血的金块，就跳到他的手上。

女人和孩子们都吓傻了，一声都没吭，一动都没动。

那持刀的小匪一招手，几个人同时消失了。

战地情节

伤员的头颅沉下去的一瞬间，敏兰感觉到自己的心也沉下去了。她怀着一线希望，拼命摇晃着伤员的双肩，一直摇到自己的两臂发酸，才绝望地停下来。这时的日头只有半竿子高了，金黄色的余晖笼罩着战后的旷野，使战场上残存的硝烟和横七竖八的尸体罩上了一环暗褐色的光边，弥漫着一层神秘、恐惧的色彩。一面支离破碎的膏药旗斜插在尸体间隙里，在风中"扑啦啦"碎响，像一个人在低低地哭泣。敏兰的目光由远及近，在鬼子的尸体上游动着。面对那些身首异处、断臂少腿的尸体，敏兰的心底涌上一股股难以言传的痛苦。

不知过了多久，敏兰才觉出不对劲儿。怎么这么静？静得没有一点声息。敏兰环顾四周，才突然意识到整个旷野上只剩她一个活人了。敏兰感觉到一阵莫名的惊恐。

这儿刚刚结束了一场战斗，日军的一个中队全军覆没，我军的伤亡也很惨重，因战事吃紧，战斗结束后，部队匆匆打扫了一遍战场，就迅速转移了。作为卫生员的敏兰本来是走在队伍后面的，她无意中在死人堆里发现了一名重伤员，就停下来，解下药箱为他包扎，谁知刚包扎完毕，伤员却牺牲了。

敏兰登上一个高坡，极目远眺，看到正东方向有一个红点缓缓移动，她知道那是一面红旗。敏兰就跑下高坡，向正东方向奔去。

敏兰小心地在尸体之间跳跃着，鞋帮上沾满了鲜血染红的泥土。尸体姿势各异，血肉模糊，惨不忍睹。敏兰忽然害怕了，不敢再看身边的尸体，就眯起了双眼，只看路，让尸体在眼睛的余光中模模糊糊地一一闪过。忽然，敏兰一不留神踩在了一具软绵绵的尸体上，同时她听到一声凄厉的惨叫，脚下的"尸体"竟"刷"地坐了起来。敏兰全身剧烈地颤抖了一下，一股凉气从脊梁沟里蹿上来。敏兰想跑，可两条腿竟不听使唤。慌乱之间，敏兰看清楚了，坐起来的是一个满脸血迹的鬼子，头上、腿上都露着血乎乎的伤口。

"畜生！"敏兰骂了一声，迅速地扫视了一下周围，想找一件对付这个鬼子的东西。但刚才打扫战场时已将武器全部捡走了，地上只有血淋淋的尸体。不过，敏兰的运气总算不坏，她看到了一块人头大小的石头。她一步就蹿了过去，把石头高举过头，一步一步逼近那个鬼子。敏兰想这一下准能把鬼子的脑袋砸开花，想到这里，敏兰心里就激动起来，脸蛋儿憋得红红的，浑身是劲儿，这是她第一次一个人对付一个鬼子。鬼子拼命摇摆着两只脏手，嘴里叽里呱啦地乱叫。

敏兰稍稍顿了顿，才看清面前的鬼子是一张稚气未褪的娃娃脸，有十五六岁的样子。敏兰想鬼子虽小，但毕竟是鬼子，是鬼子就一定干过坏事，就咬了咬牙，奋力地将石头往高处举了举。但就在这时敏兰看到了小鬼子惊恐的眼神和两行清亮的泪水。敏兰的心就"忽"地一热，眼前一阵模糊，一瞬间，这张稚嫩的面孔与记忆中一张熟稔的面孔迅速重叠在一起，心灵深处那段刻骨铭心的往事又涌上心头……

两年前的一个夜晚，敏兰一家四口正吃晚饭，门外忽然传来零星的枪声，嘈杂的脚步声紧跟而至，接着门"咣啷"一声被踹开了，闯进来四五个端着枪的鬼子。鬼子们一进屋，目光就集中在敏兰优美的身段和漂亮的脸蛋上。呆了片刻，随着一声声嚎叫，几把刺刀各捅进敏兰爹娘、弟弟的前胸！可怜只有十五岁的弟弟在倒下前用惊恐的眼睛瞥了一眼敏兰，"刷"地淌下两行泪水。敏兰被这突如其来的灾难惊呆了，雕像般站在饭桌旁一动不动。直到几个鬼子恶狼般同时向她扑过来，她才猛然惊醒过来，急转身从后门跑了出去。几个鬼子随后追出来。敏兰的屋后是一大片藕湾，藕叶密密麻麻地遮住了水面。敏兰想也没想就一头扎进藕湾里，凭着从小练就的水性潜游到离岸七八十米远的地方，才探出水面。鬼子们不敢下水，就胡乱放了几枪离开了。敏兰就这样成了无依无靠的人，无依无靠的敏兰参加了八路，成了一名卫生员……

敏兰定了定神，又仔细看了看面前的小鬼子，心便抖起来，他多么像自己的弟弟，相仿的年龄，相仿的眼神，相仿的泪水……敏兰手中的石头砸不下去了，他还是个孩子！敏兰想，他一定也有爹娘，也许还有姐姐，他死了，他爹娘多心疼呵。他的姐姐也会像自己一样地伤心吗？那种撕心裂肺的痛苦又涌上敏兰的心头，敏兰面前的小鬼子不见了，敏兰看到的是自己的同胞弟弟，正可怜巴巴地望着她……

"嗵"地一声，敏兰将石头扔在了一边。敏兰甩了甩发酸的胳膊，长出了口气。小鬼子当然不明白敏兰在举石头时的诸多心思，仍然惊魂不定地望着她。敏兰就蹲下身子，问了一句连自己也感到莫名其妙的话："你有姐姐吗？"

小鬼子迷惑地摇了摇头，他听不懂敏兰的问话。

敏兰失望地叹了口气，自言自语道：你才这么小，为什么偏当鬼子呢？看看你弄的这些伤。敏兰的右手不自觉地摸了一下小鬼子头上的伤口。

小鬼子听懂了般，委屈地扁了扁嘴，"哇"地一声大哭起来，泪水断了线的珠子般滚下来。

他一定是想起爹娘和姐姐了。敏兰这样想着，眼睛就禁不住也潮湿起来。敏兰便摘下肩上的药箱，拿出药棉和绷带，给小鬼子包扎起来。小鬼子的头上、腰上、腿上都伤得不轻。敏兰每动一下，小鬼子便咧着嘴叫唤两声，刚止住的眼泪又不断涌出来。

这时候，太阳已经落山了。敏兰想得赶快离开这里了，可这个小鬼子怎么办呢？把他撇在这儿他也只有死路一条，他年纪这么小，不能让他死，他爹娘和姐姐还在盼着他回家呢。敏兰便奋力将他扶起来，搀着他走。但小鬼子每走一步，腰上的伤口就动一下，疼得小鬼子不敢迈步了。敏兰转过身，示意小鬼子趴在她的背上，可小鬼子坚决不肯，冲着敏兰"叽里呱啦"说了一通话，然后慢慢坐在地上，打手势叫敏兰自己走。

敏兰为难了。敏兰想我得想办法背他走，反正不能把他一个人撂到这里。就在这个时候，敏兰听到背后有响动，就警惕地转过身。敏兰看到一个身材高大的鬼子从地上爬了起来，正狞笑着向她逼近。

这个鬼子仅受了点轻伤，一看便知这是个靠装死蒙混过关的老兵油子。敏兰紧张地游目四顾，发现那块人头大小的石头正被这个鬼子踩在脚下，地上再无其他武器。敏兰便举起药箱，狠狠砸了过去！

　　药箱砸在鬼子的前胸上，鬼子晃了晃，便怪叫着疯狂地扑上来，只一下，就把敏兰压在了身子下。敏兰紧咬着牙，双手拼命抓住鬼子的衣领，奋力往一边推。但身上的鬼子狗熊般沉重，敏兰的反抗毫无作用。很快，鬼子就将敏兰的衣服撕扯下来，敏兰的心一下凉到了底：完了。

　　敏兰绝望地闭上了眼睛。闭上眼睛的敏兰忽觉身上一轻，睁眼看时，两个鬼子已滚作一团。高个鬼子只几下便把身受重伤的小鬼子翻到身下。小鬼子用双臂死死抱住高个鬼子的腰，任凭他怎样捶打，就是不松手。高个鬼子穷凶极恶地咬住了小鬼子的咽喉。

　　小鬼子的一声惨叫，才使敏兰醒悟般惊跳起来，她双手抓起那块人头大小的石头，狠狠地砸在高个鬼子的头顶上！

　　敏兰费力地将两个缠绞在一起的鬼子分开。小鬼子的喉咙已被咬断，伤口处正"汩汩"地冒着血泡，两只眼睛大睁着，仍然惊恐地望着敏兰，泪痕像两条蚯蚓似的正在他的腮上蠕动。

　　"虎子！"敏兰颤颤地叫了一声，泪如雨下。

　　"虎子"是敏兰弟弟的名字。

祖传规矩

禹城的秦家烧鸡是久负盛名的名吃，其烹制秘方为世代祖传，传到秦二这一代，已是第四代了。

秦家烧鸡铺除传下了烹制秘方外，还传下了一条铁规矩：每日只做十只，卖完就打烊。任是达官贵人还是豪绅富贾来买，只要是已经卖光，给多少钱也绝不再做。这个规矩传了一百多年，从未破过。

且说这一天，盘踞禹城南半天的土匪头子李连祥来城内办事，路过秦家烧鸡铺，恰逢烧鸡刚刚出锅，李连祥禁不住香味的诱惑，就掏钱买了一只。回来后，李连祥迫不及待地撕开那只鸡，烫上二两烧酒，独自享受起来。这一吃，他竟然吃上了瘾，一只二斤左右的烧鸡三下五除二就吃得只剩下骨头了。第二天，他就派一个小匪进城去给他买烧鸡，并点明只要秦家烧鸡铺的。

小匪去了整整一天，天黑时才空着手回来了，原因是人家已经卖光了。眼巴巴地等着吃烧鸡的李连祥一听，气得当即就给了那个小匪一脚。接下来的这顿晚饭，李连祥吃得味同嚼蜡。

第三天一大早，李连祥又派了一个得力小匪骑快马去城里秦家烧鸡铺买烧鸡。

还不到中午，这名得力的小匪就回来了，带回了一只斤把沉的秦家烧鸡。李连祥不悦地问："怎么才买了这么点蛋仔儿玩意？"小匪委屈地说："就这去晚了也捞不着了，人家有规矩，一天就做十只，多一只鸡爪也不做。"李连祥一听就火了，一掌将小匪手里的烧鸡打落到地上说："娘的！一个卖烧鸡的还有什么臭规矩，老子非破破他这个鸡巴规矩！"

当天晚上，李连祥就派出了十几个人，将秦二一家老小全部掳来了。

次日一早，李连祥就将秦二传进他自设的大堂。李连祥问："听说，你这个做烧鸡的还有个规矩？"秦二忙点了点头说："是的是的，这是小人祖上传下来的规矩，小人不敢违背。"李连祥"啪"地一拍桌子说："扯鸡巴蛋！你卖烧鸡只管卖就是了，还立这熊规矩干蛋用？"秦二吓得哆嗦了一下说："小人只知道这是祖上传下来的规矩，不能违背，却不知道祖上为什么立这种规矩。"李连祥说："老子不管你这蛋规矩，从今天开始，你就一天给老子做一百只烧鸡，少了小心你那个吃饭的家伙。"秦二吓得"扑通"一下跪在地上说："大老爷，您就饶了小人吧，小人给您做牛做马都行，这祖上的规矩可万万破不得啊。"李连祥一听，驴脾气当即就犯了，"当"地一脚将秦二踹翻在地上说："今天老子倒要看看是你祖上的什么蛋规矩厉害，还是老子的规矩厉害。来人！把这个不知好歹的婊子儿给我吊起来，狠狠地打！"几个小匪过来，麻利地将秦二吊在了梁头上。

李连祥冷笑道："小子，这回你祖上的规矩该破破了吧。"秦二低垂着头，一言不发。李连祥一挥手："给我打！"

"噼里啪啦"一阵皮鞭响。

李连祥托起秦二带血的下巴问："这回你祖上的规矩能破了吧？"

秦二有气无力地抬头看了李连祥一眼，很坚决地摇了摇头。李连祥重新打量了一下秦二说："哟嗬，真看不出你还是一个拧种哩，好，老子看你到底有多拧！来人！把他老婆孩子都给我吊起来，往死里打！"秦二猛地哆嗦了一下，连声说："不不！你，你让我再寻思寻思……"李连祥得意地笑笑说："小子，怎么不拧了？"秦二说："老爷，小人可以给你做，不过，你答应小人一个条件。"李连祥不耐烦地挥了挥手说："说吧说吧。"秦二小心翼翼地说："小人做生意讲究的是一个'信'字，现在很多老主顾都等着小人的烧鸡，所以，小人最多在这儿待三天，这三天您让我做多少都行，过了这三天，小人就得回家，您看行不行？"李连祥一听，本想发火，转念一想：这小子属于外软内硬的茬，真闹僵了这烧鸡就吃不成了，先吃三天再说吧，反正也跑不了他。就一口答应了下来。

早有小匪弄来了上百只肥嘟嘟的鸡，众小匪一齐动手褪鸡毛。晌午李连祥就吃上了香喷喷的秦家烧鸡，小匪们也跟着解了馋。

一连两天，李连祥上顿烧鸡下顿烧鸡，除烧鸡之外什么也没有吃。第三天早上，他吃着烧鸡不如以前的香，以为是秦二偷工减料了，就到厨房里将秦二狠狠地大骂了一顿。秦二唯唯诺诺地什么也说不清楚，只说自己一直是按祖传秘方做的，没有偷工减料。李连祥瞪了他一眼，嘴里不干不净地骂着娘，气哼哼地走了。到了中午，当小匪将两只香气扑鼻的烧鸡端上来时，李连祥只觉得胃里有一股酸水直冒上来，腻歪得想吐。他赶紧冲小匪摆了摆手说："快快，快拿得远点，老子不吃了！"

当天下午，李连祥就将秦二一家人放回了家。

秦二继续做烧鸡，仍然按照祖传的规矩，一天只做十只，多一只也不做。有人就劝秦二说："秦二，你这祖传的规矩反正叫李连祥给破了，不如就借这个理由开张，想做多少做多少，那样你也能多赚钱呀。"秦二笑着说："那是被逼无奈，不做数的。祖宗的规矩怎么可以随便破呢。"那人一阵尴尬，打着哈哈走了。其实，秦二有他自己的想法。以前他确实不明白祖上为什么会留下每天只做十只烧鸡的规矩，经过这次给李连祥做烧鸡，他才深刻理解了祖传规矩的奥妙。他暗下决心，一定要将这个祖传规矩继续延续下去。

英雄之死

小来刚刚学会打枪，他所在的连就接到一项命令，要星夜行军一百多里，去抢占一个无名高地，并要坚守到大部队的到来。

战斗打得异常残酷。敌人动用了一个团的兵力，在五门迫击炮的掩护下，疯狂地向无名高地扑上来！

连长很沉着地指挥着全连战士打退了敌人的十几次冲锋。敌人对无名高地势在必得，死一批上一批，丝毫不给我方喘息的机会。战斗一开始，小来很害怕，躲在掩体里不敢露头。后来连长过来照他腚上狠踹了一脚，他才战战兢兢地探出半个脑袋，手忙脚乱地向山下放起枪来。小来对连长又敬又怕，因为连长是他的救命恩人。小来的爹是一个小镇上的酒馆老板，不知怎么得罪了当地的土匪，土匪就绑了小来的"票"，正在山里"撕票"时，恰巧让带兵路过的连长遇上，救了小来，小来就当了兵。

小来想反正我这条命是连长救的，大不了再饶进去。小来就忘记了害怕，勇敢起来。

"轰"地一声，一颗炮弹在离小来不远的地方爆炸了，小来被震得昏了过去。

不知过了多久，小来才懵懵懂懂地醒过来。

小来睁开眼，看到的场面几乎使他再次昏过去。

连长已做了敌人的俘虏，双手被反剪着捆在一起。五个敌兵围着他坐成一圈，正在休息。小来定了定神环顾左右，见到处是血淋淋的尸体，活着的除自己外，竟只剩下连长和五个敌兵了。

此刻，小来所处的位置比连长和敌兵们所在的位置高两人还多，小来只要一个扫射打过去，幸存的几个敌人根本无处躲藏，只能等死。而敌人无论如何也打不着小来。可小来没有经验，他怕伤了连长，就很无奈地喊了声："连长！"

这一声喊，吓得五个敌兵"扑通扑通"全趴在了地上，可他们一弄清小来在他们头上的大岩石上，明白趴着也躲不过子弹，就一齐滚到连长身边。其中一个瘦猴模样的敌兵用枪刺捅了一下斜躺在地上的连长，尖着嗓子喊："妈的！快叫你的人缴枪投降，不然老子先挑了你！"

连长听到小来的声音后，猛地抬起沾满鲜血的头，黯淡的眸子里放出异彩，他大声喊："小来！快开枪！咱们马上就胜利了！"小来听连长的声音里仍充满威严，像刚才指挥战斗一样。小来便说："连长，我怕打着你呵！"连长便急："别管我！快开枪！"

这时，无名高地下响起了冲锋号。解放军的大部队已来到东面的山脚下，而国民党的大部队也已到了西面的山脚下。战势已很明显，双方的胜负系于一线，无论哪一方，只要有一个人守在阵地上，另一方的大部队必会受阻，守方的大部队就能捷足先登，占领无名高地。

小来虽才入伍不久，但也明白拼上这么多人抢这个秃山头，这个秃山头就一定很重要。可他想起连长的救命之恩，怎么也不忍心开枪。

双方僵持片刻，东西两面的军队已接近半山腰了。小来抱着枪干着急。

"小来！胜败在此一举！快开枪呵！"连长的喊声雷一般在山野间回荡。

小来本来是抱着机枪，左手扳在扳机上的，听了连长的呐喊后一激灵，"突突突……"子弹便射了出去。

连长的前胸被子弹打出一串血洞，当即就一动不动了，还有三名敌兵也同时被打死。另外两名敌兵站起来想跑，小来疯了般跳出掩体，一梭子子弹喷过去，两个敌兵同时跳了一下，仆倒在地上。

小来哭叫了声："连长！"然后将机枪对准了西面半山腰上的敌人，疯狂地扫射起来……

这次战斗胜利结束后，小来被破格提拔为连长，并被授予"全师战斗英雄"的称号。这个团的团长亲自召见了小来，拍着小来的肩膀说："后天师里召开表彰大会，你要在会上讲一讲你的英雄事迹。"

　　小来流着泪说："团长，连长才是真正的英雄，我们全连战士都是英雄，就我不是。"

　　团长严肃地说："这次战斗最终起重要作用的是你，你就是英雄，这是师里决定的。你准备一下，明天就跟我走！"

　　第二天一早，有人向团长报告：小来昨天晚上用刺刀自杀了。

宿　仇

阳光下，一片刀光剑影！

杀杀杀！

血肉横飞，尸陈遍野。

两个家族，几百年的血债与仇恨，将在今天了结。从此，一个家族将会永远消失，另一个家族就会在劫后余生的漫长岁月中逐渐恢复得更加强大。

双方势均力敌，拼杀进行了一天一夜，大多数人都倒下了，只剩下了两个人。梁姓家族剩下的是一个男人，我们叫他梁。郝姓家族剩下的，也是一个男人，我们叫他郝。

梁和郝旗鼓相当，两人的决斗从戈壁打到田野，从田野打到海边，又打到了泊在海边的一条大船上。

打斗进行到第三天，两人都累了，躺在甲板上大口地喘着粗气，像两条离了水的大鱼，手里兀自紧攥着刀。

天忽然暗了下来，狂风大作，大雨滂沱。两人想下船，船已被大风推离了海岸，向大海深处飘摇……

两人抱紧了船舷，谁也不敢妄动。

当风平浪静，日头重新焕发光彩时，船已停靠在一个不知名的荒岛上。船在靠近小岛的同时触了礁，正慢慢下沉。两人同时弃船上岛。

船沉了。两人对着一望无际的大海，都傻了。

两人都感到了饥饿。于是，分头上岛找东西吃。岛不大，却林深草密，林中遍布着野果树，还有兔子、野鸡、狐狸、蛇等小动物隐匿在草丛中。另外，他们还看到了几具人的尸骨。

两人吃饱了肚子后，仇恨又染红了双眼，新一轮的拼杀又开始了。

最终，梁打败了郝。

梁将郝绑在了一棵大树上。

梁在郝的胸口浅浅地划了一刀，鲜红的血蚯蚓般顺着肚皮蜿蜒而下。

梁说，我要你一天流一点儿血，直到你血快流尽的那一天，我再将你碎尸万段。

是男人，就让我死得痛快些！郝说。

梁狞笑，那样怎能解我心头之恨！

从此，梁每天都在郝的身上轻轻划一刀，想哪个部位就是哪个部位，胳膊、大腿、后背、肩膀，到处都被划开，流血，血凝，结痂。

郝破口大骂，想激怒梁，求速死。梁却充耳不闻。

闲下来，梁就到林子里采野果，用藤条做扣子，逮野味。他吃饱了，就喂郝。郝不吃，梁就把野果捣成汁，和了野味的血，用刀尖撬开郝的牙齿，硬灌。

郝大骂。

梁大笑。

一个月后，郝奄奄一息了。

明天，我就会把你肢解，剁成一块一块的，扔到海里喂鱼。

郝无语。

第二天一早，梁在石头上磨好了刀，走近郝。

郝的头耷拉着，梁托起他的下巴，见郝双目紧闭，面色如霜。

莫不是已经死了吧？梁探了探郝的鼻息，感觉不到一丝气息。

你死了。

你到底死了。

你怎么能死呢？

梁先是感到愤怒，后又感觉到一种巨大的孤独和恐惧像积满乌云的天空，黑压压地笼罩了他。

他死了……从此，这个孤岛上就只剩下我一个人了。我将独自面对潮涨潮落、日月星辰、花开花谢、四季轮回……这是多么恐怖……梁不敢往下想了。

不行！不能让他死！

梁把郝从树上解下来，放到一个舒适的地方。

灌汤、敷草药、拍打、呼叫……终于，郝又睁开了双眼。

你这个畜生，让我死吧，剁成一万块也行。

求求你，别死。

郝傲慢地闭上了眼睛。

你恨我是吧？恨我折磨了你这么长时间？

梁拿起了刀，哧——，在自己的胸上划了一道血淋淋的口子！

郝睁了睁眼，又闭上了。

梁又在自己的大腿上、胳膊上划了一道又一道的血口子，很快把自己划成了一个血人。

郝睁开眼睛，艰难地说，好了，我陪你活着。

从这一天起，两人开始静静地养伤。

岛上的时光缓慢而无聊。渐渐地，两人有了交谈的欲望。起初，只是简单的问候和关于天气很好之类的废话。日子久了，两人的话就稠了，甚至谈起了他们两个家族之间的仇杀。当谈到小时候对这种仇杀的恐惧时，两人竟找到了英雄所见略同的知己感。

他们在这个岛上相依为命了十年，成了亲如兄弟、无话不谈的挚友。

他们是幸运的。十年之后，一艘过路的商船将他们带回了故乡。

登陆之后，两人看到了久违的故土，看到了熟悉的田野和村舍，看到了熟悉的各色人等。

所有的记忆都被激活了，尤其是——仇恨。

两人在一个叉路口分手，要各奔东西了。

两人将背道而驰的刹那间，都抽出了刀，刺中了对方！

然而，两把刀都没能插进对方的身体。

两人同时看了看自己的刀。

十年的时光，早已把刀尖磨圆了。

说　剑

大雪纷飞，北风厉叫，天地间一片苍茫。

一行四人，在雪中缓缓而行。

行至一空旷平坦处，四个人都站住了。

走在最前面的是一个双目如电、太阳穴高高鼓起的青瘦汉子。他斜了另外三人一眼，探手拔出负在背后的长剑，冷冷地说："凌大侠，我们就在这里作个了断吧！"

被称作"凌大侠"的中年人左臂袖筒空空，只有一只右臂。他从腰间的剑鞘里缓缓抽出一把金黄色的短剑，喟叹了一声说："古天星，你几次三番非要和我见个高低，我请来少林派掌门人慧梦大师和武当派掌门人玄空道长来作个见证，旨在只分高低，不伤性命，至于胜负，我并不想分毫必争。"

古天星冷笑道："凌子逸，你就不要惺惺作态了。想这几十年来，你以一支短剑在武林中稳居第一，古某着实不服，十年前向你挑战失败后，就立志一定赢你，现在我已打败了天下所有的高手，再赢了你，这'天下第一'的称号就要非我莫属了。"

古天星一言未毕，忽然闪电般飘到凌子逸身前，同时，一道寒光直袭凌子逸咽喉！

这一剑事先毫无征兆，而且古天星的身法、剑法快捷无比，配合得更是天衣无缝。他不是飞身跃到凌子逸身边的，而是像一股轻烟般飘过去的，无声无息，如同鬼魂，地上积雪数尺，竟连一丝一毫的痕迹都没有。

他快，凌子逸比他更快！在场的三个人（包括古天星本人）未见凌子逸如何出手，只听"当"的一声脆响，古天星的长剑已被一股凌厉的剑气荡开，同时，凌子逸的短剑取捷径抵在了古天星的咽喉上！

这一荡一抵，一气呵成，巧得精妙绝伦，快得如同电光火石。

古天星呆了。没想到十年的苦练，不仅没能赢了凌子逸，而且连一招也未过完，就一败涂地了。

凌子逸收回短剑，放回鞘中，淡淡地说："承让了。"

慧梦大师和玄空道长也走过来，准备打个圆场，就此结束这场比斗。

谁都没有想到，就在这时，古天星忽然长叹一声，长剑闪电般向自己的脖颈刿去！

在慧梦、玄空的大叫声中，凌子逸出手如风，二指夹向古天星的剑刃，眼见就要夹住……

更令人意想不到的事情发生了。

古天星的长剑忽然逆转，"刷"地一剑削下了凌子逸的右腕。

一缕鲜血溅在雪地上，红白相映，异常凄美。

凌子逸平静地从衣衫上扯下一块布，草草包扎了一下右腕，又点了腕间的数处穴道，止住了血。

古天星"哈哈"大笑道："凌大侠，二十年前，你因一念之仁，左臂被同门师兄齐根剁去，今日又失右手，从此之后，这'天下第一'的称号，恐怕真要易主了。"

凌子逸淡然笑道："你是用诡计除了我而接替了'天下第一'的称号，并非打败了我而夺得'第一'，这种'第一'有什么意义呢？"

古天星狂叫道："现在你们三人联手，也接不下我百招，我杀了你们三人之后，今日之事，又有谁会知晓？还不是凭我古某人怎么说吗？"

凌子逸不怒反笑："古天星，你这样即使骗得了天下所有的人，又能骗得了你自己吗？更何况，长江后浪推前浪，武林之中英才辈出，等到有优秀的后辈打败了你，你这个'天下第一'可就彻底穿帮了！"

一句话击中古天星的要害，他一挥剑喝道："凌子逸，我不管你说什么，今日须先取了你的性命！"寒光一闪，长剑指向凌子逸的咽喉！

这一剑实在太快，慧梦和玄空想要援手，却哪里来得及。

一声惨叫！古天星手中的长剑和整条右臂同时滚落在雪地上！

凌子逸左边的空袖筒兀自颤动不止。

古天星顿时面如死灰，他喃喃地道："你……你……"

凌子逸笑道："你以为砍下我持剑的手，就能赢了我吗？你错了。剑术之道，讲求的是品艺双修，人剑合一，一旦抵达化境，人，才是真正意义上的剑。手中所持之剑，仅仅是一个道具。人是灵魂，而剑只是躯壳。一般的武林高手，随便折一枝树枝，即可成为无坚不摧的利刃。而抵达化境的顶尖高手，有剑无剑，则毫无分别。古大侠于剑术上已苦苦修为了三十年，但你修炼的仅仅是剑，照此下去，恐怕此生难达化境。"

言毕，踏雪而去。

背后，传来古天星自绝经脉而毙的惨叫声。

掌 门

甄必铎运剑如风，招招不离凌子逸的死穴，这种打法，显然已不是同门切磋，而是要制凌子逸于死地了。

观战的众崂山派弟子也看得分明：二师兄凌子逸招招都留有余地，而大师兄甄必铎却招招狠毒，丝毫不给凌子逸喘息的机会。众师弟都替二师兄捏着一把汗，但师父公冶志却始终稳坐在他的掌门宝座上，二目微阖，不动声色，所以弟子们也不好有所动作。

今天是崂山派比武选掌门的日子。武林各大门派的掌门人都应邀前来捧场。本来，崂山派历代掌门人都由大弟子接任。但数百年来，由于一代代的掌门大弟子并非个个都是师兄弟中的佼佼者，所以，致使崂山派在江湖上的地位每况愈下。所以，十一代掌门人公冶志决定打破陈规，让弟子们比武夺掌门。但崂山派虽然弟子众多，却良莠不齐，除大弟子、二弟子武功较强之外，其余弟子比两人相差很远，所以，这比武夺掌门，实际上就是甄必铎和凌子逸二人之争。

二人从早晨一直斗到黄昏，已斗了一千余招，仍不分上下。公冶志缓缓睁开了双眼，他想喝令两名弟子停手，明天再战。但就在这时，甄必铎求胜心切，忽走险招，剑走偏锋，直取凌子逸的咽喉，将前胸露出一个破绽。他原想仗着剑快，即使一击不中，也可回手自救，不料，凌子逸身形一变，逼上一步，既避开了对方刺向咽喉的一剑，左手也戳向甄必铎胸口的"膻中"穴。由于凌子逸已逼上一步，两人已近在咫尺，甄必铎想抽回剑已来不及，只好就势下压，削向凌子逸的左肩，这已是两败俱伤的打法。这时，如果双方都不撤招，凌子逸的左臂固然难保，但他戳向甄必铎胸口"膻中"穴的一指，轻则重伤，重则可致甄必铎死地；但双方如有一方撤招，则撤招的一方必输无疑；只有双方同时撤招，才可免除一难。

这一切变故只在电光火石之间，众人还未来得及惊呼，只听一声惨叫，凌子逸的左臂滚落在尘埃中，而甄必铎安好无恙，一脸得意地站在那里。

早有几个师弟围上去抢着给凌子逸包扎，其余的也都拥到凌子逸的身边。

公冶志长长地"嗯"了一声。弟子们迅速各就各位，站立两厢。

公冶志面无表情，但声音极为柔和："下面，我向在座的各位武林同道宣布，崂山派第十二代掌门人将由二弟子凌子逸接任。"

短暂的沉默之后，顿时暴发出一阵雷鸣般的欢呼声。

"师父！弟子不服！"甄必铎声嘶力竭的声音盖住了所有的欢呼声。

大厅里又恢复了寂静。

公冶志微微一笑："必铎，你有何不服？"

甄必铎忿忿地道："这场比武，明显是我赢了，师父为何把掌门之位传给二师弟？"

公冶志依然面带微笑："你是赢了吗？"

甄必铎脸一红，一时竟不知说什么好了。

公冶志不紧不慢地说："你和子逸的武功，本在伯仲之间。但作为一代掌门人，仅仅有一身超绝的武功是不够的，掌门人执掌一个门派的兴衰，必须有一个宽大的胸襟和高贵的品质。子逸在生死攸关的危急时刻，能够舍生取义，让你一招，他对待同门的这份情义，不是每一个人都能做到的，让他来执掌本派，本派才有望发扬光大。"

甄必铎急道："师父，可他已是个废人了。"

公冶志脸色一凛，厉声道："胡说！子逸虽然只有一只手臂，但他人格的力量强过十只手臂，像你这般好勇斗狠之徒，对待同门师弟尚且如此狠毒，若被你执掌了本派，岂不毁了本派数百年的声誉！"

甄必铎急怒攻心，一时间气血翻滚，竟口出鲜血，昏倒在地。

公冶志叹了口气道："作为一代掌门，必须心如止水，有处变不惊的定力，似这等利欲熏心之徒，一旦达不到目的，即心火上旺，岂可委以大任。"

在座的各派掌门人，都微微颔首，齐赞公冶志的决策非常高明。

杀手之王

冷血是中原一带顶尖的杀手。冷血极讲信誉，凡是他答应杀的人，历尽千难万险也要将人头送到雇主的手中。他自出道以来，从来没有失过手，人称"杀手之王"。

木秀于林，风必摧之。江湖上很多人都想除掉冷血。但冷血的一把"冷血剑"独步天下，纵横江湖几十年了，没人能接到十招以上。江洋大盗"黑旋风"曾想用西洋火枪对付他，但他刚拔出枪，胳膊还未抬起来，就被一股凌厉的剑气从头顶到胯下劈成了两片。有好事的人事后拿天秤估了估，两片人体竟毫两不差，剑法之精确，确已达到了炉火纯青、登峰造极的境界，要杀他，比登天还难。

在一个姹紫嫣红的春天，年届不惑的冷血独自在大运河畔踏青。这条大运河是当年乾隆皇帝下江南时开挖而成，名曰"京杭大运河"。此时是清嘉庆年间，大运河的漕运正值鼎盛时期，河道上百舸争流，千帆竞渡，十分繁荣。冷血面对这繁华的世相，在心底深深地叹了口气。在江湖之上，他是一个绝顶高手，在武学上，他堪称一代宗师，他走到哪里，都是一片掌声和赞誉声，他风光无限地度过了这么多年，被无数的人羡慕着，崇拜着。只有他自己明白，这种高处不胜寒的生活是多么落寞和孤独。

一只燕子，从一条路过的帆船上飞了过来，那种飞翔的姿势轻盈而娇美。冷血起初没有在意，但这只燕子快要飞到他的身上了，还没有停下来的趋势。拔剑已经来不及了，冷血闪电般击出一掌，然后借助掌力的反作用力，身形向后飘出十余丈远。那只燕子被掌风一震，"轰"地一声爆炸了，一团黄雾迅速扩散，周围的花草一瞬间全部枯萎了，足见这只"燕子"奇毒无比。冷血纵身而起，踏着碧波荡漾的水面，像一股风，刹那间飘上了帆船！

甲板上站着一个长冉老者，冲着冷血哈哈大笑！

冷血阴着脸说，展鹏老儿，你这个玩笑开得有点儿大了吧？

老者道，不这样，怎么能把冷大侠请上船呢？

那老者是人称"天下第一刀"的著名刀客展鹏，其八卦刀法为天下一绝。但展鹏这人信誉度很差，谁开的价高就倾向于谁，经常出尔反尔，再加上他好色成性，在江湖上声名狼藉。

早有人将一把座椅放到冷血身后。冷血却不坐，面无表情地说，有什么事，快说！

展鹏嘻笑道，冷大侠这个脾气，还是喜欢直来直去呀！

冷血不语。

展鹏不敢再说废话，他挥手示意闲杂人等到舱内回避，才压低嗓子说，有一笔买卖，冷大侠做不做？

冷血冷笑道，你我本是同道，有买卖你如何不自己做了？

展鹏道，这个买卖展某自己做不了，所以想请冷大侠来做。

冷血顿时来了兴致，问，多少酬金？

展鹏伸出一个手指：黄金万两。

冷血一愣，他还没有听说过杀一个人有这么多的酬金。

展鹏说，这人武功甚高，一般人杀不了他，所以，展某才会倾其所有，重金相请。

冷血果断地说，好！这笔生意我接了！

展鹏说，好！不愧是杀手之王，痛快！不过，你怎么不问问我让你杀的是什么人？

冷血傲慢地说，天下还有我冷某杀不了的人吗？

展鹏"哈哈"大笑，笑毕，才正色道，冷大侠这份笑傲江湖的气派，令在下万分佩服，今天在下一定敬您三酒！

下人在甲板上摆了酒菜，两人一边饮酒，一边立下了契约。按照行规，展鹏将五千两黄金的金票先付给了冷血，其余一半，事成后再付。

酒饭过后，冷血告辞，临下船时，才很随意地问，我要杀的那个人，他叫什么名字？

展鹏"哈哈"大笑，冷大侠，你还真的杀不了这个人。

冷血皱皱眉头说，说吧，杀谁？

展鹏说，这个人纵横江湖几十年了，一直没遇到过对手，人称"杀手之王"，天下没有他杀不了的人！

冷血一霎时脸色大变，什么？你要我杀的那个人就是我自己？

展鹏诡秘地笑了一下说，冷大侠不是刚刚说过，天下没有你杀不了的人吗？现在你明白了吧？你唯一杀不了的人，就是你自己！

冷血明白自己上了展鹏的大当，展鹏一直想除了自己，因武功不及，难以如愿。现在他想出这条毒计，冷血如不自杀，他肯定会在江湖之上到处散步流言，败坏他不守诺言，那他这"杀手之王"的名号就要拱手让人了。但如果自杀，正中了他的毒计。

冷血苦想了整整一夜，也没有想出逃脱这一灾难的良策，他的胡子、头发在一夜之间全白了。

冷血找了个山青水秀的地方，盘膝而坐，将那把"冷血剑"横在了自己的脖子下面。

忽然，一阵清脆的歌声传来，冷血只觉耳目一新：人生本来无烦恼/烦恼皆为名利扰/只要抛开名和利/天空海阔任逍遥……一个小沙弥挑着水桶边唱边往这边走来。

冷血一震：是谁把自己逼上了自杀的绝路？是展鹏吗？其实不是。是自己的名利观念逼自己横刀自刎。如果不是这样，天下有谁杀得了我冷血呢？

冷血退出了江湖，并承认自己不守承诺，不配再称"杀手之王"了。

展鹏成了第二个"杀手之王"。但他仅仅当了一个月的"杀手之王"，就被垂涎这个宝座的几个高手联手杀死了。

江湖豪杰们这才明白：只有冷血才是真正的"杀手之王"，别人挂上这个名号，只能招来杀身之祸。

从此，江湖上再也没有了"杀手之王"这个称号。直到许多年后……

高 手

高手年纪轻轻就出了名。

高手一出道时，正赶上武林大会，他凭着手中的一把短剑，击败了大江南北、长城内外的所有高手，自此之后，"高手"一称，就非他莫属了。

高手成名后，很多人不服气，找上门来挑战，全被高手在三招之内击败。久之，高手不胜其烦。但很多人都是千里迢迢慕名而来，不应战，则于心不忍。高手常为这些琐事烦心。

忽一日，一俊眉朗目的少年找上门来，见了高手，双膝一屈，跪下便拜，口中连喊"师父"。在此之前，也有很多人想拜高手为师，都被高手拒于千里之外。但今日，高手一见少年生得一表人才，先有了几分喜欢，心中便暗暗有了主意。于是，高手颔首微笑，收下了少年。

少年天资甚高，一经点拨，功夫突飞猛进。

一日，西域的一流高手欧阳春不远万里来找高手切磋武功。

接待他的是高手的弟子，那位俊秀少年。少年对欧阳春一揖到地，朗声说道，欧阳前辈，家师出外访友，数月后方归，您是在舍下等候，还是择日再来？

欧阳春一听，心已经凉了半截。数月的时间，他如何等得？想到此来中原竟无功而返，不由仰天长叹一声：老朽与高手无缘呵！

少年惶恐道，弟子代家师向欧阳前辈赔罪了。

欧阳春心念一动：这个少年倒是乖巧，如将他带回西域，不怕高手不去要人，那岂不省了我二次万里跋涉之苦？想至此，笑对少年说，贤侄可否与老朽同回西域做客？

少年道，未经家师恩准，弟子不敢擅离。

欧阳春大笑一声，十指如钩，闪电般抓向少年肩头。他不想伤人，所以只使了七成的功力，不料，一抓下去，竟抓了个空。再看少年，仍然惶恐地站在原地，似乎动都未动。欧阳春大惊，再次使出十成功力，雷鸣电闪般抓向少年！这一抓下去，不但没有碰到少年的一丝毫毛，连少年的影子也不见了。

欧阳春又惊又怕之间，猛听背后传来少年的声音，欧阳前辈，弟子失礼了。

欧阳春急转回身，见少年垂手站立，上身前倾，正惶恐地看着他，仍一脸的恭敬和谦卑。

欧阳春喟叹道，有徒如此，何必再见其师。遂失意而去。

高手微笑着漫步从后室走出，一脸得意色。

自此，凡来找高手挑战者，一律由少年代劳。初时，少年总是赢多输少。输了，便由高手亲自出手将对手打发回去。几年后，少年每战都稳操胜券，高手便再也不用亲自出手了。

寒来暑往，一晃十年过去了。

这一日，高手正独自端坐在客厅，悠然地品着一杯"铁观音"。

家丁进来禀报：老爷，门外有人求见。

高手皱了皱眉，他明白是来挑战的。但少年前几天请假回家探视双亲了，他又没收第二个弟子，看来，这次他又要亲自出手了。

来人是十年前败在少年手里的西域高手欧阳春。

欧阳春说，这十年来，老朽无时无刻不想着你们师徒，也无时无刻不在刻苦修炼，今天，老朽要雪十年之耻。

两人交了手。

欧阳春的武功比十年前大有进境。十年来，高手虽然没有放松过练习武功，但因已经多年没有亲自与人交手，一时竟有些不适，十招过后，微落下风。

高手使出看家的剑法，也难以扭转乾坤。高手暗道：难道我的一世英名就要付诸东流了吗？

恰这时，高手的弟子——少年赶回来了。

少年使了一招"横空出世"，就把两人分开了。少年对高手道：师父，还是由弟子代劳吧！

欧阳春大笑道，正好，今天让你师徒俩一块儿身败名裂。

少年对欧阳春一揖到地，声音平和地道，请欧阳前辈赐教。

欧阳春自恃武功今非昔比，自然不把少年放在眼里。他傲慢地道，小辈，还是你先赐招吧！

少年说了声"得罪"，手腕翻动，剑光闪烁之间，已猱身袭到！

欧阳春使了一招"移星换位"，变幻身形，避开少年的一击，然后双掌一错，亮了个"雄鹰展翅"的架式，蓄势以待。

少年却一揖到地，不卑不亢地说，欧阳前辈，承让了。

欧阳春定睛一看，自己的前襟已经布满了剑孔。

欧阳春汗如雨下，如果对方想伤自己，不知已经刺中了几十剑，纵有十条命也保不住了。他长叹一声，掷剑于地：老朽今生再也不会踏入中原半步了。

言毕，长啸一声，绝尘而去。

高手自言自语道，看来，我该退隐了。

少年道，师父，您只有三十几岁呀。

高手说，可是我已经难以保全自己的英名了，你已经成为了新的高手，黄河后浪推前浪，历来如此呀！

自此，高手退出了江湖。

令人费解的是，他的弟子，那位少年高手也和他一起退隐了，仍然伺候在他的左右。

只有少年心里明白，这十年来，他在高手这里所参悟到的，不仅仅是武功。

邢庆杰小小说的文学景观

杨晓敏　冯　辉

　　熟悉邢庆杰这个名字大约有五六年了，引起我们格外关注，是从《百花园》发表他的《玉米的馨香》开始的。从那以后，我们觉得邢庆杰的小小说"可以了"，在我们看来，他已成为当代小小说创作队伍中的"实力派"了。尽管如此，最近看到他第一本小小说集子的书稿，我们还是感到有点意外，从单篇作品到整体观感，这已经是位较为成熟的青年作家了。这几年同邢庆杰互动较少，邢庆杰参加"社会活动"（包括创作圈内的活动）也似乎不多，他也很少发表创作主张之类的文字。可知，邢庆杰的社会交往是低调的，不屑于以"面孔"或名字高频出入于文坛，不事张扬哗众，甚至还可以说像只"沉默的羔羊"，只是吃草、产奶、长毛。

　　可是，就这本作品选集而言，他确实又是"高调"的。作为一种精神产品，就是以文本说话，作为一种文学创作活动，也只能是靠文学品格、艺术品位和文字质地说话，其他相关的因素并无实质意义。

　　从邢庆杰大部分作品来看，他给人以成熟感。而所谓"成熟"，即已凸显出鲜明的、浑然统一谐和的、较为独特的风格。风格意味着一个作家的创作道路进入了一个高端阶段，在这个高端阶段，作者的创作思维和艺术创造进入"万变与不变"的统一，"一元"与杂多的统一，而"万变"也好，"杂多"也好，个性是逐渐清晰起来、相对不变的、整体性的，是可以通过理论分析寻找出其规律性的一个系统。一个作家不可能偶然地、单薄地形成什么风格，风格意味着一个作家生活道路、文化影响、审美趣味和写作追求的漫长过程（尽管一夜成名的少年作家不断"蹿红"），意味着对各种文学传统信息（文学营养）接受与扬弃的广度与厚度。因而，一个作家的创作风格就必然有一些特定的元素与构成。不同的作家会形成不同的风格，不同的艺术风格也就形成不同的文学景观。

我们说邢庆杰的创作已形成自己的风格，那么他的风格是由哪些文学的与艺术的元素来构成的呢？我们的看法有三点：

文化心理：现代文明为底蕴的抑恶扬善。抑恶扬善是中国传统的伦理观，作为五千年文明的大国，在中国社会历史的长河中，"抑恶扬善"这一大而化之的观念历经沧桑，善与恶的标准无时不在发生嬗变、否定与肯定、再否定与再肯定，不断地"与时俱进"；不同阶级或阶层对善与恶的叙述历来有不同，但是，作为一种整体的、抽象的终极价值选择，它从来没有被否定过，而且中外亦然。在中国文明与外域文明悠久的交融史上，人们对这种终级价值的认同越来越趋同化。作家的创作是精神活动，而精神活动的策源地在于作家的文化心理，文化心理支配或规定着作家的创作活动。有些作家不重视伦理判断对文化心理乃至创作心理的制约作用，忽视伦理判断和文化心理方面的修养，其创作活动只能停留在"文字游戏"的层面，而无法进入文化层面。在这方面，我们认为邢庆杰是自觉的、有为的。审视邢庆杰的文学创作，给人一种鲜明的印象，就是"抑恶扬善"的文化心理跃然纸上。需要特别说明的是，邢庆杰的"善"与"恶"的标准，绝不是停留在中国近古时代或中国古典主义（儒、佛、道）的观念，由他的创作折射出的"抑恶扬善"的文化心理是带有鲜明的当代生活色彩和执着的现代文明理想，以现代文明的伦理判断和文化理想，自觉地、有力地肩负着一种道义责任去投入文学创作活动之中的，这就使他的创作既能够反映出当代精神的进步性、当代生活的新颖鲜活性，同时又具备较大的典型意义和思想深度——即人们通常所说的丰厚的内含。这种较为稳定的文化心理使作者的创作达到了较高的思想认识高度和伦理判断水准，表征着作者文学观念的稳健与成熟。

在邢庆杰的创作中，他饱蘸深情地塑造了很多堪称社会的良心——真、善、美的人物。比如《玉米的馨香》中的三儿。三儿处在要么因抵制乡长而被"炒鱿鱼"，要么唯上是从强令农民毁掉即将丰收的玉米（农民一年的生计）这种艰难抉择中，但他最终的决定是写下一份"辞职书"。
这就是当代人的"真"与"善"。《默契》就更令人动容。马力在街边看
到一位卖报的老妪很像自己衰老的母亲，于是每天都买一份她的报纸，尽
管这份报纸对他完全是多余的。而那位老妪终于有一天因病重不能上街，
仍然嘱托老伴代为卖报，仅仅是为了那位唯一买她报纸的陌生的好人。这
篇小小说的情感氛围当然很沉重，然而我们感受到这是当代社会中特有的
一种沉重，人物也是在这种沉重的生活中很少见的高尚者、至真至善者。
从另一种更广的角度看，善（真、善、美）与恶的观念尽管今古有别，但
毕竟是一种千百年来社会所需要的传统。一种有生命力的传统不因历史久
远而衰退，其生命力的根源在于人与人之间对于伦理秩序不断变化与提升
的要求，以及这种传统的普适性、理想性。因而，人们对真、善、美的尊
崇与憧憬也将是永恒的、执着的，古代也好，当代也好，未来也好，这种
向往与弘扬不会停歇与消亡。《债钱》里的桩子，《要账》里的老柴等人
物，都是典型的"古道热肠"式的执信义近乎痴的人物。作者塑造此类人
物，绝不仅仅着意于彰扬其"近乎痴"的愚信性格，而重在提醒人们警惕
胡来、老马一类人物。善良的人们在生活中需要更多的智慧与警戒，在一
种更合理、更公正的秩序中才能有更高层面与境界的真、善、美。作者偏
重于写"纯美"的人物也不少，比如写十六岁女教师的《风雪记忆》，写
纯真、执着爱情的《晚点》等都十分动人。

　　作者长期生活在乡村和社会基层，对于社会上一些多行"坑蒙拐骗"
的形形色色"小人物"相当熟悉，就其生动性而言，作者对这类人物的塑
造和描写更具其锋芒、更显其才华。作者对这类人物的艺术把握往往很准
确。这类人物常常不是社会的"敌人"，其恶行、丑行通常可谓"小恶"、
"小丑"，是一些心灵有污垢、品质上有病灶的"中间人物"。在这本小小
说集子里，这类人物比比皆是。最为生动者，可举《窥视》中的小苟、
《抛车记》中的陈米、《体面》中的韩六子、《卖油翁新编》中的刘傻青、
《骗婚》中的小民、《天上掉下个大馅饼》中的麻七、《要账》中的老马等
等。作者在创作中很重视揭示这类人物产生和滋长的背景与土壤，在艺术
上对他们的性格把握很准，对他们的语言、行状的描写既到位又不失分

寸，很符合其心理逻辑，所以很有观赏价值。对这类"中间人物"之恶，作者的创作态度是"抑恶"，而不是谤恶、骂恶，如果那样的话，就不是在写小说、从事文学写作了。

表现突出而娴熟的戏剧性。在当代小小说实力派作家中，有以揭示人性弱点或病灶见长的，有以编演通俗故事见长的，有以优雅的散文性见长的，有以刻画微妙情感见长的，有以探求文体新变相标榜的……但还有一种，即以戏剧性艺术结构见长的。在这方面已达到"擅长"的程度的已经有一批人，邢庆杰应该算中间的一个。如果整体地看，我们觉得邢庆杰是在小小说艺术中追求戏剧性最自觉、用功最著而一以贯之的一个。

戏剧性，不独戏剧（包括戏曲）艺术所专有。"戏剧性"是一个艺术方法、艺术手段甚至艺术理想的概念。戏剧性的传统要义，可以说有三点：一、虚拟化，以与写实艺术相分野；二、叙事要素（人物、事件、时空）尽可能地单一化；三、矛盾的发展促成超常的局面。戏剧性的这三个特征，使其产生对观众（接受者）的独特艺术吸引力和感染功能而具有强大而恒久的艺术生命力。或许正因为这种吸引力和感染功能，其他文艺形式都不同程度地谋求与戏剧性的融合，或者引入戏剧性手法，以图扩大艺术表现空间与社会影响。比如诗与戏剧的嫁接产生诗剧、歌剧、戏曲、音乐剧……小说这一文体与戏剧的关系可以说最为暧昧。它们都属古已有之，它们的发展又可以说是在你中有我、我中有你的状态中前行的。在当代文艺中，戏剧与文学的一些审美要求实际上已经趋同起来。但是，在表现形式上和作品的生产方式上，文学（主要是小说）却有着极大的自由度与更多变化的可能性，部分的小说写作可能完全抛弃戏剧性，小说写作可以完全不受接受者的制约（比如可以号称"只为少数人写作"或"为下一个世纪的人写作"）。在这种情况下，作家的艺术选择完全是自由的。一些作家不以戏剧性为倚仗，而以其他文化信息、艺术方式和感染手段赢得读者，而另一些作家则因提供不出为读者所需要的、更新的文化信息，缺乏新颖的或富于感染力的叙述手段而少有读者问津。这就是一部分小说（包括小小说）写作者逐渐不被读者所接受，日渐泡沫化的重要原因。

为什么不能够像邢庆杰这样十分重视，甚至虚心地借鉴戏剧性的结构方式和艺术手法呢？

　　具体而言，邢庆杰所擅长的戏剧化叙事风格、结构方式主要是喜剧化的风格和结构方式。喜剧的本质是戏剧性的幽默，而不是滑稽剧那样的插科打诨，不是无聊的噱头。这里的幽默是与特定情景、与人物同环境的冲突有关，与人物的命运有关，真正的喜剧（幽默）与文学性的要求是一致的，即对生活本相的高度概括性、对人生奥义的深度揭示。我们可以看看《抛车记》的幽默。《抛车记》抓住陈米与社会的"冲突"来展开叙事，陈米的目的是通过"欺骗"保险公司而得到巨额赔付，荒唐的动机必然产生喜剧情节。第一次抛车，不过是有一人因事急而暂时借用一下，因而不成功；第二次抛在公路上，却被负责的警察追究而告败；第三次终于抛车成功，但报案索赔后又被警察破案而获罪，陈米得到的只有悲剧性的"苦笑"。情节环环紧扣，幽默有趣，并发人深省。现在的喜剧常见的毛病是人物性格的直露化、过度夸张，鲜有表现人物性格复杂者，但《需要》却写出一个很有城府的人物袁化。袁化被提拔前，非常喜欢同事古力，因为古力处处恭维自己，而另一个同事卞弟则常常对自己挑刺，袁化当然讨厌卞弟。袁化升任局长后，在提拔谁充任原职务的事情上，他表现出一种清醒：考虑到卞弟喜欢找毛病，这对推动工作和出"政绩"更有意义，乃决定提拔卞弟。出人意料（戏剧性）的是，在提拔了卞弟的当晚，卞就提两只大甲鱼来"孝敬"，且一再声言对袁局长崇拜已久，令袁局长不能不晕了过去，哭笑不得。真可谓生活的大讽刺：阿谀风气，已渗透进人的灵魂深处，因而生活中怎会避免这样的"幽默"层出不穷？这里的幽默感藉由人的灵魂深处的荒诞而衍生，感到触目惊心的绝不限于"袁局长"们。

　　在邢庆杰的小小说中，为数不少、艺术品位也更高的是那种带有悲剧色彩与悲剧底蕴、揭示了某种悲剧原因的悲喜剧。一般而言，悲剧艺术与接受者的心理距离、生活距离更为接近，其表现内容更为理性化、更合乎生活逻辑，因而其感染力就更为强大。在这方面，《窥视》很有代表性。故事的开始是具有喜剧色彩的窥视：小苟看王莹洗澡。但情节越进展，氛围便越深沉起来：青春女性的曼妙胴体深深地打动了小苟，使小苟欲罢不能；小苟的窥视又引来了小宋，小宋则引来更多的窥视者。这就构成了一个悲剧：因悔过而欲补上窥视孔的小苟被王莹发现，导致王莹的自杀。悲剧的感染力就是如此之大：这里没有凶恶的杀人犯，没有任何有形的威胁与危机，可以说无声无息，但普通人心理上的那点儿污垢和阴暗的私欲，在某种条件下足以摧残一个花季女孩。悲剧的底蕴被作者挖掘得如此深厚，如此透彻，足见作者的创作思维已进至理性思辩与艺术感性互为结合、相得益彰的那种境界。像这样的优秀篇什还有《要账》《骗婚》等。

典雅的寓言风格。邢庆杰的大部分作品，都可以当作寓言来品味。从表现内容来看，大多展示当代人的生活；从艺术特征来看，大多是典型的寓言式的创意、寓言式的结构、寓言式的文笔。可以感觉出，邢庆杰对小小说文体的理解与探索是较早就同寓言进行了结合，从而有效地增加了邢庆杰创作的文学性成分、提高了艺术的表现力。中国古典文学中"文以载道"的传统十分强大，寓言与小说都产生于史传文学、诸子散文和民间传说之后，其中寓言文体并不独立，而多是诸子散文中的附属物，即其中可以作为寓言的故事完全是为了图解某一道理、某一理性认识。不独寓言如此，宋元明清的小说也莫不如此。由于"五四"之后的新文化运动，受西方文学浸染的白话文学成为新文学的主流，中国新文学渐次地融汇于世界文学发展进程之中。这种发展使小说、寓言、散文、新诗、戏剧等实现了文体的解放与自觉，而"文以载道"的意涵也在逐渐发生衍变，对"道"的理解与主张也变得"多元"起来。我们这里所说的寓言，指的就是现代新寓言。邢庆杰小小说的寓言化风格与现代寓言的主要特征恰相吻合。一、明确的伦理判断。前面议论过，伦理判断是一个作家对社会问题，对人与人之间关系，对人的道德状态进行积极、深入地观察、思考的可贵努力。作家要透视社会上各色人等的心灵世界，展示人与人关系中的非道德、非公正乃至非人道的丑行与恶行，并揭示出那些给别人造成悲剧的人，也终将使自己走向悲剧的必然性。像《剃头店》《骗婚》《存折》都是这方面的出色作品。二、极具典型意义的生动故事。所谓典型意义，既意味着某种存在的必然性、普遍性、代表性，也意味着这种存在的荒诞性、不合理性和必然被否定、被消亡的内在规律。马克思曾指出过：恶，也是推动历史前进的一种动力。邢庆杰的《体面》，堪称揭示人物心灵剧变轨迹的典范之作。想致富的韩六子因开了羊杂汤摊子而发财——这本很合乎社会需要，他的暴发源于他的勇气、美味的羊杂汤和他对顾客殷勤而谦恭的服务。然而丰厚的财源却诱发出韩六子内心世界里惰性的、丑陋的那一面——他以挥金如土为"体面"，以声色犬马为极乐。韩六子扔掉了羊杂汤，扔掉了谦恭的笑脸，也就意味着他偏离了走向高尚人生的正途，而走向灾难深渊的必然趋势。然而，当他又成为一文不名的穷光蛋之后，他才领悟到人生的某种真谛，于是优良的羊杂汤又恢复了，"谦恭的笑脸"又出现在顾客面前。那么，这样的故事，是不是又在宣扬"善有善报、恶有恶报"的"因果报应"呢？"因果报应"在极"左"时期曾被批为封建思想、唯心主义的"轮回论"。我们觉得对此应有认真的文化分析。在社会发展过程中，既有后浪推前浪式的否定规律，又有螺旋式、轮回式的否定之否定规律。一时被否定掉的，到一定时期人们会再将其加以恢复和弘扬，以适应历史的新要求。在文化观念方面、在伦理价值和道德观念方面更是如此。比如关于正义、公正、平等、人道、人权、自由这些价值观，历经千百年社会动荡和文化冲突的洗礼，曾被各种社会力量攻击和践踏，但在今天却日益成为全人类的适世价值而得到维护与捍卫，这种古老而又现代的价值观的"复生"可否也算是一种"因果报应"？"因果报应"观念源远流长，几乎渗透进民族文化心理的无意识层面，几成心理定势。以今观之，"因果报应"说作为一种思维模式，当代作家与古代寓言家们所遵循的认识基础已大为不同，道德观念和伦理判断不同，因而其寓言的思想内容就会不同，"因果报应"在当代背景中的认识结果就不相同。当代寓言思维中的"因果报应"模式是一种理性的思维方法，它重在揭示事物运动中的内在逻辑性（即"因"与"果"之间运动的必然性），因而它有生命力。而所谓"报应"，只是作家的一种艺术直觉和感性形式，是艺术概括的方式，其中就包括着文学性、戏剧性。三、简练的文体与典雅的文字。可以说，小小说特定的文体格局与寓言有着天然的同一性。上世纪八十年代以来，当代小小说的篇幅由起步阶段的二千五百字以下，到今天基本稳定在一千五百字以下，现在已很少小小说作品超出二千字。这个篇幅的演变从另一种角度也标志着小小说文体的成熟。邢庆杰的小小说在型制上非常稳定，几乎都在一千五百字左右，以千字左右居多。字数情况仅仅是一种外部形态，小小说的内部结构是外部格局的决定因素。邢庆杰小小说的内部结构令人赞叹，它表现出作家对这一文体的操练已进至驾轻就熟的自信与娴熟，表现出作家敏锐的文学敏感与较强的结构能力。我们相信，达到这一水平意味着邢庆杰所付出的长期默默、艰苦的努力。他肯定也经历过一些"无效"的劳动、失败的沮丧和"突围"的困难，但是他不屈不挠的跋涉毕竟达到了今天这个里程；我们相信，正是在那些"无效"劳动、失败和"困兽犹斗"的劳作中，渐渐练就了他对社会与人的认识能力，练就了他在小小说这一文学形式中塑造人物、设计故事与情节、安排矛盾冲突与纠葛、表现人物命运沉浮的功夫——也即在"螺蛳壳里作道场"的功夫。简练的文体型制必然要求生动而凝练的文学语言。我们可以看出，邢庆杰在语言方面的用心、致力结出了丰硕而诱人的果实。凭印象，《默契》中对卖报老妪的描写和对马力心理意识细节的捕捉，《玉米的馨香》中叙述语言的节制和精练的句式，《债钱》《要账》《剃头店》《祖传规矩》等众多篇幅里人物语言的个性化，还有《敲诈》《逃命》里对未出场人物的间接叙述，都标志着邢庆杰文学语言的典雅特征和成熟的风格化。

综上三点，我们觉得已能依稀看清邢庆杰小小说创作中展现出的文学图景：从他的文化心理到他的文学理念，从创作中的艺术元素到文体意识的自觉。举凡一个成熟的作家应该能够经得起别人对这些方面的审视甚至苛求。

前面尽管说了很多，也未必能概括出邢庆杰小小说创作的全部成就和艺术特色。而特别议论到的上述三点，应该说又是考虑到当前小小说创作的整体背景而有感而发的。在当代小小说整体繁荣、青年小小说作家成批涌现，新面孔、新风格、新的文体面貌令人目不暇接的情势下，也确有作家渐露疲软之势、思维停滞之嫌和重复落伍之态。其中的原因固然因人而异、多种多样，但我们认为，如果我们能够更多地像邢庆杰这样不以凑热闹、"拼名气"为能事，在思维方式的调整方面——比如不断地反思和调整自己的文化心理、价值选择和提高伦理判断能力，能够与当代社会、当代生活和当代精神保持息息相通的联系；能够像邢庆杰这样稳健地形成自己的艺术长处，深化自己的文学修养，善于借鉴别类艺术形式的表现优长、表现技巧以强化自己的艺术表现力，并融入自己的文学元素，总之使自己的创作资源、艺术创新的能动性激活起来，创作青春焕发起来……当可挽颓势为勃发，转衰落为兴旺。

借邢庆杰作品集出版的机缘，让我们又一次领略庆杰君小小说艺术的魅力，观察与思考庆杰君创作中的艺术经验，并引发出一些关于小小说创作的议论，这些都是随感而发，也有"凑热闹"之嫌，谨以兹表达对庆杰君的衷心祝贺！

岂止是玉米的馨香

凌鼎年

《玉米的馨香》是篇好作品，好就好在真实，写出了原汁原味的农村生活，写出了不掺水不掺假的秋收一幕。好就好在有正气，写出了乡政府报道员三儿的正直与不唯上，好就好在不回避矛盾，写出了行政命令、形式主义在农村中的存在。

据我知道本文作者邢庆杰先生是从农村走向城市的，他家曾是山东禹城乡下非常贫穷的一户，因此，他熟悉农村，了解农村，与农村有着血缘的联系，有着感情的联系。他热爱那些至今汗摔八瓣劳作于农田的家乡父老，他同情那些老实巴交，只知道与土疙瘩打交道的庄稼人。因此，作者人到了城市，心还挂念着生他养他的热土，关注着那片土地上的一草一木，那片土地上父老乡亲们的生存状态。邢庆杰很清楚，庄户人以种粮食为本，丰产丰收才有盼头，如果丰产了不能丰收，那比灾年歉收更让人难以接受呵，作者巧妙地抓住了这个角度切入进去。本来，作者可以开门见山一上来就把矛盾抖出来，但他偏来个描摩外景，把秋收的田野描写得很诗意，很温馨，很辉煌，很神圣。但千万别以为这是单纯的为写景而写景，作者是在制造一种落差。当接下来写乡长关照把丰收在望的玉米强制搞掉时，这形成了多大的反差呵，美好的东西行将被行政命令践踏。这就是古人说的，"以哀景写乐，以乐景写哀，倍增其哀乐"的艺术效果。

当然，小说主要不是讲故事，而是塑造人物。我以为三儿的形象很感人。尽管，他只是个小人物，一个微不足道，无法影响大局，无权参与决策的底层人物，但三儿是个真正心里有农民有庄稼的农民的后代，处事有他自己的尺度与原则。是的，他很珍惜自己这来之不易的乡聘用报道员身份，但要叫他违心地去做形式主义的传声筒与帮凶时，他最后选择了辞职，这无奈的辞职背后，是一种可贵的良知呵。

庆幸的是三儿的结局带有几分戏剧色彩，此时此刻，乡长的表扬简直就是黑色幽默。

文章虽短，在勾勒三儿形象时，也鞭挞讽刺了乡长的形式主义与见风使舵。

虽然，作品弥漫着一种淡淡的愁怅，但毕竟还是主旋律的。应该说作者在正邪的把握上极有分寸。实际上这也是一种写作技巧。

《玉米的馨香》鉴赏

顾建新

中国历史上吃"瞎指挥"的亏有很多次，可惜后人并未从中吸取教训，还有人不断重蹈覆辙。这篇小说就是含蓄地批评这种社会现象。但它的写法很有特点：不是从正面进行揭露，而是从抗拒"瞎指挥"的角度来写。这种方式，既弘扬了正气，又塑造了鲜明的人物形象。

在设计主人公三儿的身份上，作者下了一番工夫：有意把他写成是一个从农村招聘来的乡政府的报道员。这说明他的地位在乡干部里是最低微的；同时，不是国家正式工作人员，随时都可能被解聘。作者还写了一笔他被招聘后，在村里忽然受到人们的尊重，他对自己得来不易的这份工作是很满意、很珍惜的细节。这些，都为他后来敢于"抗上"做了极充分的铺垫，有意增加了处理事务的难度，使人物形象更加突出。

在接到乡长要求迅速除掉即将收获的玉米的命令后，三儿不是毫不犹豫地马上执行，而是先找到玉米地的主人进行调查。在了解了这位农民老汉的疾苦后，同是农民出身的三儿便有了心灵的沟通。接下来，顺理成章地应写三儿如何抵抗乡长的命令，但作者此处又有意制造行文的曲折。他在乡长面前不是理直气壮地表明自己的态度，而是进行敷衍。这一笔，便写出了一个真人，而绝不是按照主观意图创造的观念性的人物。这个人物有他自己的情感，有他的意志、思想，但也有他的现实问题。他面临的是复杂的矛盾，这有关他个人的前途，而对一个年轻人来说又是举足轻重的。在良知与个人前途的激烈冲突面前，他出现了片刻的动摇，更显示出人物的真实性。乡长的一句话"你是不会拿自己的饭碗当儿戏的"，具有千钧的压力，重重砸在三儿的心上，也使读者为人物的命运担忧，更与小说的结局形成了极为鲜明的对比。

在解决了矛盾，乡长正要表扬三儿时，我们又意外地看到了他的"辞职书"，最终完成了他的形象刻画。小说真是千回百转、跌宕起伏，在复杂的矛盾里，在灵魂的搏斗中，作者成功地塑造了一个外柔内刚的有思想、有良知、有品德的当代青年人的形象。

邢庆杰和他的小说作品

张书森

　　认识邢庆杰还是近几年的事，当然是因为都好写的缘故了。可我的好写是无法和邢庆杰比的。他年轻，才三十几岁，而"产品"颇丰。他个子不高，而说话办事干净利落，连走路的样子，也透着刚毅和豪爽，眉宇间显示着他的睿智。邢庆杰是没有文凭的青年作家，他不是大中专生，他只上过初中。他从小是个顽皮不太爱听老师话的孩子，但他从小就执着地喜欢着文学，甚至于对文学如痴如醉。他是地地道道的老农民的儿子——年轻的农民，他是靠自己多年来夜以继日地读书，没黑没白地写作，在一次次退稿、一次次失败中走向今天的成功的。邢庆杰是目前中国作家协会较为年轻的会员，他已出版了十本小说集，全国各级报刊杂志发表了数百篇作品看到他的作品，看到他今天的成功，不熟悉邢庆杰的人一定把他看成是一个奇才，其实邢庆杰的成功，完全是靠自己坚强的意志和历经艰辛磨练出来的。

　　邢庆杰的作品是以短篇小说和小小说见长。他的短篇小说的主题和内容大都是透着农村的乡土气息。他写农村体裁的小说，真是得心应手，信手拈来，因为他太熟悉农村那片土地了，太熟悉长年累月生活在那片土地上的农民了。他编织的一个个在乡村里、炕头上、高粱地里发生的故事，是那么真实，活灵活现。他塑造的一个个农民的形象，长相是那么粗糙，透着汗臭和牛粪味；性格是那么显明，是那么淳朴善良，自然得是那么原生态。

　　《玉米的馨香》之所以获奖并被许多报刊杂志转载，不仅是语言的简练而带有鲁西北方言的风格，更重要是因为他构思的巧妙：三儿不听乡长的指示，没把那片玉米放倒，反而得到了县领导的表扬，三儿的不辞而别，使得"乡长吸吸鼻子，眼泪湿润了"。更重要的是，这篇不到两千字的小说，却有一个反对搞形式主义，搞一刀切的大主题。《晚点》和《表白或者证明》两篇小说被译为加拿大大学教材。加拿大的科学、经济、文化，在世界上也算数得着的。加拿大人也绝不是不识货的主儿，把我们邢庆杰的小说拿过去当作他们大学的教材，这就充分显示了邢庆杰的小说是达到了一定的高度，已经形成了自己独特的风格。

《晚点》中的小火车站："小站很小，仅有一排四五间平房，墙体上刷的油漆大部分脱落了，脱落了的地方露出水泥底子，像一幅抽象派的油画。"这样的小火车站现在是很少见了，可邢庆杰小时候的家乡就有。故事就是发生在这样一个破败的，小得不能再小的火车站上。男女主人公年轻时恋爱受阻，想私奔，因火车晚点而不成。年老了，他们各自的老伴也相继去世了，他们旧情之火复燃，想到个清静地方过几天恩爱夫妻的日子，又因火车晚点而落空。两次晚点惊人地相似。第一次因受家长的阻碍，"让咱们晚了半辈子呀"。第二次因受子女的阻碍，彻底地让主人公"晚了我一辈子呀"。这样的构思是平淡中有惊奇，真实中有虚构，是意料之外，情理之中的事，这大概就是庆杰风格吧！《表白或者证明》又含透着现代气息。主人公乔字争当副科长不成，恋人又随人而去，忌恨和嫉妒交加在一起，乔字不甘失败，他忌恨和嫉妒的心理化为仇恨和报复。然而，乔字的报复成功了，也没有人看得起他，于是他只有表白一下证明一下。现代机关科室里的职员们，你能不相信这样的故事吗？争官、吃醋、喝酒、搓麻，庆杰他虚构得真实，夸张得合乎情理。

邢庆杰的小说在语言表达上也别具一格，透着乡土气息，带着鲁西北方言的味道。他的小说《证据》中，是这样描述鲁西北秋天玉米地的："早晨起来的草上，玉米叶子上，都是一层清凉的露水，草根湿漉漉的，不费劲就能拔下来。更重要的是，这时候的玉米叶子也柔软可人，碰一下，凉湿湿的还会有水顺着叶子的脉络流下来，滴到胳膊上，滴到腿上，滴到脚上，都是一种挺舒服的感觉。早晨大多有风，风从玉米地里一吹，一股植物的馨香沁人肺腑，更是凉爽怡人。若是到了中午，那情形可就是不妙了，那时的玉米地里已经成了蒸笼，闷热闷热的一下就能让人冒一身的白毛子汗，这时的玉米叶子也变得硬挺了。若被它"咬"一下，那才叫受罪呢。虽然伤得并不深，也不大，但是汗水一渗入到伤口，就杀得生痛……"这样的描写，是多么真切呀，不熟悉鲁西北农村的人，没有体验过这种场景的人，是绝对描写不出这样的情景的。邢庆杰的语言风格极朴实，真切，使得一些在鲁西北生活的人读后，不能不产生强烈的共鸣。

邢庆杰在塑造鲁西北农民的性格形象上也有独到之处。《债钱》中的桩子，是一个典型地道的鲁西北农民形象。桩子朴实而纯洁，只要交给他十元钱定金，他养的猪，就是再能多卖几十、几百块钱，他也不卖了。桩子讲诚信都有点儿犯傻了，但鲁西北的农民就是这样的，自古以来就这样。桩子当然不会坏了祖上传下来的规矩了。

邢庆杰的创作在山东乃至全国有了一定的影响，他是我们德州人的骄傲。有人说，他有些作品有点"黄"，其实，他写的那些情爱和有违伦理的情爱故事，都是农村原汁原味的，原生态的，人们都知道但又很少有人说出来的真实的故事，只不过是邢庆杰说出来写出来了。从这个角度来说，我们更应该佩服邢庆杰的胆识和才气。我们盼望邢庆杰创作出更多更好的作品。我们愿邢庆杰在文学创作的道路上越走越远！

扎实的姿态和超越的努力

——邢庆杰小小说创作简论

高 军

邢庆杰对文学创作非常痴情，多年来坚持小小说和中短篇小说同时操练，并且都取得了不俗的成绩。特别是他的小小说创作，数量多，质量高，"已凸显出鲜明的、浑然统一谐和的、较为独特的风格"（见杨晓敏、冯辉为《心灵的碎片》所写序言），使他进入了一流的小小说作家的行列。本文拟结合小小说创作中的几个问题，来重点分析一下他的小小说创作。

坚持向故事以外突围。小小说注重营造一个精彩的故事，使文本呈现出矛盾尖锐、扣人心弦的艺术吸引力，是完全可以的题中应有之义。毫无疑义，小说必须有故事，只是故事有平淡和激烈之分；小说无法摆脱故事，只是有的作家擅长写作曲折动人的故事，有的作家擅长写作平缓朴素的故事而已。小说把故事作为基本面，但是又绝对不能止于故事。它必须不同于故事，超越于故事。优秀的小说不去贬低和拒绝故事性，而是以高度的审美意识重新解释故事和故事的意义。邢庆杰小小说突出的特点就是非常重视故事的营构。阅读中，我感到邢庆杰的小小说中有两个明显的层面：一个层面是靠近故事的，采取的是从故事里直接借用的方式来结构小小说的。如《抛车记》写的是金点子广告创意公司经理陈米骗保不成身败名裂的故事，他第一次抛车，是被一有急事的人借用了一下落空的，第二次把车抛在路上，因阻碍交通被警察拖走，第三次是他交给小偷的，所以因协助盗窃犯作案被追究了。故事奇特，冲突激烈，情节紧凑完整。三个事件顺时序发生，作家结合自己的创作心理给这个故事增添了信息，具有了惩恶扬善的意义。但是，不可否认的是，这篇小小说中的人物是平面的，陈米这个人物性格是单一而缺少变化的。邢庆杰小小说的另一个层面是超越故事的。小说仅满足于故事的层面是不够的，小说必须坚持小说的美学原则，有意识地去改变故事。通过小说修辞，作家努力使自己的创作景致呈现出来，使自己的美学追求在小说的字里行间鲜明地流露出来。《玉米的馨香》就体现出了作者突围的努力和超越的成果。小说出现了鲜明的现代性因素，把故事在时间上进行了改写，在结构上进行了调整。小说先是黄昏，三儿站在"秋种指挥部"前，凝望着一片葱郁的玉米；接着回到当天早晨，乡长安排搞掉这片还未成熟的玉米迎接县里的秋收进度检查，三儿去做玉米主人的工作，并透露出自己很珍惜当前的工作职位；中午回到指挥部时，乡长催问并提醒不要拿自己的饭碗当儿戏；下面与小说开头接上，三儿伫望到了天黑，后来在风儿吹来的玉米的馨香里睡熟了；第二天检查时，乡长发现三儿已经辞职，乡长在"秋种指挥部"门前也闻到了玉米的馨香，眼睛也湿润了。小小说切断流动的时间，使读者的注意力在停滞的时间中转向空间，小说容量加大了。小说表面上写的是三儿与乡长的冲突，更深的一层冲突其实是三儿自己内心的冲突，还有乡长内心的冲突。由于作者在时间上进行了精心的处理，看似随心所欲实则处心积虑，文本突破了故事的层面，进入了小说的层面。故事并不曲折，但作者对这个平凡的故事有了深刻领悟，并大胆进行了改写，平庸的故事变成了精彩的小说。

坚持叙述立场的准确把握。小说是叙事者对一种想象性经验的艺术整合。邢庆杰有着丰厚的生活经验，他的小说创作既立足于这一点，又不仅仅拘泥于个体的生命体验，而是充分运用丰富活跃的民间经验和地域文化，调动丰富的想象力，把流传于民间生活和文化中的鲜活语言和朴素的审美结合起来，使小说充满原生态的温暖、幽默、生鲜，同时又带有一定的传奇性，可读性强，给人以震撼和深思。我们发现，邢庆杰小说最佳效果的获得，是借助于与之契合的准确叙述完成的。一是细节的准确。细节处理的功夫最能考验写作者的才情，细节准确与否有时甚至关乎小说叙述的成败。作家对小说的细节组织要精确处理，使每一个细节的设置都要精准，同时做到细节准确与想象力的发挥有机结合起来。《才女刘玫》中："开会的时候，刘玫每次都把她的那本子稿纸翻来翻去地摆。有一次会后，她极严肃地把她的那本稿纸递给我说，你数一数吧，这本稿纸差两张。"这一细节，开始让我们感到刘玫好似为人小气、斤斤计较，但里面也透出她倔强、不屈不挠的性格，随着小说的展现，我们更加体会到了这一细节的妙用其实体现的是人物的认真和执着，正是这一细节的设置，后面刘玫的同不正之风勇于斗争才真实可信，叙事的伦理才生动扎实感人，细节的精到让读者有了一种身临其境、面对人物的感觉。我想，凡是读过这篇小说的，都会对这一准确的细节留下深刻的印象。二是腔调的准确。邢庆杰的叙述腔调以书面语为主，简洁准确传神，同时兼具弹性和张力。《杀手之王》一开始进入，就呈现出一种朴实而又密实严谨的叙事氛围，随着小说情节的发展，恩怨纠缠和人物命运纠葛被真实准确地展现出来。《飘飞的汇款单》开始的叙述腔调是凝重的，村子穷，光棍多，四顺子的三个儿子一个也还没有说上媳妇。但是小说从四顺子的大儿子进了城开始，叙述腔调逐渐变得轻松起来，月月都有汇款单飞来，不出两年三个儿子轮流进城挣钱后都娶了媳妇。那汇款单其实是假的，但四顺子带着全家人搞养殖，都盖上了新房子却是真的。小说由凝重到轻松幽默，作者拿捏得非常准确。他的大多数作品都善于用最恰切的腔调激活叙事进入状态，具有很浓的历史现场感。准确，在他的小说叙述中起着关键作用。

邢庆杰的小小说写作的题材十分丰富，展示的生活面也非常广阔，笔触在古代和现代、农村和城市之间任意纵横，已经进入一种成熟状态，为读者提供了丰富的文学图景。但稍不注意，有时一些不和谐的音符就跳出来。比如《剃头店》为了让隋驼子发现镇长与自己老婆的偷情，安排他到镇里理发时找不到围裙再回家去拿，这就有些勉强了，人为的痕迹太明显，艺术的真实就打了折扣。再如《怀孕风格》写村妇女主任弄虚作假装怀孕，目的是从娘家的远房嫂子的双胞胎中抱养一个，作者是带着欣赏的腔调展开故事的，抱养的程序是不合法律的，和干部的身份是不切合的，故事的真实性是让人怀疑的，体现出作家的言说思路是不够准确的，缺乏精神深度的，更是缺乏一种小说家对故事表象的超越精神的。

永 不 放 弃 心 中 的 梦 想

——我 的 作 家 梦

邢 庆 杰

永不放弃，你就拿到了成功的钥匙。

——作者题记

一、梦的起源

我一生最大的梦想，是当一名能被读者喜爱的作家。

我的写作生涯可以追溯到小学二年级。那时，我在我老家那个叫后邢的村小学读书。村里没有校舍，租了村民的两间土坯房子做了教室。那两间房子是通着的，同时盛着二年级和五年级共四十多个学生。虽然只有一个老师，但他很有办法，他经常是给一个年级上课的同时，让另一个年级做作业或到村外的树林里朗读。那时候二年级没有作文课，现在的小学好像也是到了三年级才有作文课。也许我对写作有种与生俱来的爱好吧，上二年级的我经常偷听五年级的作文课。老师给五年级布置的作文，我回到家也偷偷地写，不会写的字就注拼音。那时的我，竟然有一种毫无根据的自信，相信自己不会比五年级的同学写得差。有一次，我冒着挨揍的危险（那时候老师揍学生真是小菜一碟）把自己的一篇作文交给了老师，竟得到了老师的高度赞扬。这也许是我真正爱上写作的第一个动力。

我的作家梦的形成来源于中学时期。那时，我的作文已经备受语文老师的青睐，几乎每一篇都是作文课上的范文，为此，我特别喜欢上作文课，也特别喜欢用课余时间写作点小东西。我写的那些所谓的诗歌、小说经常在同学们之间传阅，使我的虚荣心得到了极大的满足。为此，我的同桌给我起了个外号："小文豪"。我一边暗暗喜欢着这个外号，一边悄悄地做起了作家梦。我幻想着有一天我写的文章能变成铅字发表在报刊上，能自己出书……但很快，我的梦想就被无情的现实所击碎。

我五岁的时候，父亲就因病过早地离开了人世。那时，我的大哥只有十二岁，二哥十岁，小我两岁的妹妹才蹒跚着学习走路。我母亲一个人背负着抚养我们兄妹四人的重任，还要偿还父亲生病时欠下的债务，这在一个工分只值一角钱的农村，是极端困难的。那是 1986 年夏天，我将要初中毕业了。这时，大哥已经结婚了，二哥也将要结婚，而我们家的房子还是那种低矮的土坯房。面对着在全村来说最为贫穷的家，我心里时时刻刻像塞了点儿什么似的，有一种说不出来的压抑感和自卑感。这一年我已经十六岁了，已经懂得了替家庭分担忧愁。我想，我不应该再读书了，应该为这个家出点儿力了。于是，我暗暗放弃了继续读书深造，将来当作家的梦想，回家当了一名地地道道的农民，家里人对此没有表现出多大的支持或反对。那时，我们村里还从未出过一个因读书而"出息"的人，人们对读书还不十分重视，况且，村里初中未毕业就辍学的大有人在。所以，在周围的人看来，我的辍学是十分平常的一件事。但对我个人来讲，却充满了苍凉的悲剧色彩。从我扛起锄头的那一刻起，我的"作家梦"就搁浅了。

二、追赶梦想

重新做起"作家梦"，是因为夭折的初恋。

十八岁那年（1988 年），我认识并喜欢上了县城里的一个女孩子，而且喜欢得那么投入、那么执著、那么刻骨铭心。我十分倾心于她的美和她的善良，把全身心都投了进去，甚至把她当作了自己生命的全部。事情的最终结局就像很多爱情小说描述的那样，在她的父母强烈反对下，她变了心，绝情地与我分手了。她父母反对的原因世俗而又实际，因为我家里穷，也因为我不是城里人。失恋之后，"做一个城里人"的愿望时时折磨着我。但是，我没有一个可以提携我的亲友，甚至我连一个城里人都不认识，"做一个城里人"的想法在我心目中只能是一个永远也无法实现的、遥远的梦幻。那两年多的时间，我一直陷在失恋的阴影里不能自拔，整日垂头丧气，干什么都提不起精神来。后来，我的一位年长的朋友劝我说，你这样下去什么问题也解决不了，人家不但不会跟你，而且还会更加瞧不起你，你应该好好干一番事业，只要事业有成，她才有可能回到你的身边，到那时，即使她错过了，好姑娘有的是，还愁找不到意中人吗？反过来讲，你家里这样穷，再这样下去，没有哪一个姑娘会跟你搞对象。朋友的一番话，对我的震动很大，是呵，我这么年轻，就这样窝窝囊囊地过完这一辈子吗？不行！我一定要干一番事业，一定要干个样子让她瞧瞧（当然，这是那时很幼稚的想法，有些偏激，但却给我的命运带来了决定性的转机）！

立下了雄心壮志，但干什么呢？这时，我大哥、二哥已经分家单过，家里只剩下了母亲和妹妹，我穷得家徒四壁，做生意根本没有本钱，村里的地又少，人均只有八分地，也无法做文章，出去干临时工吧，却苦于没有门路（那时很少有单位招临时工，没有门路干临时工也很难），再说，那样也不会有多大的出息。在走投无路的境况下，我已搁浅的"作家梦"又重新驶入理想的港湾，我想，写作这个行业不用走"后门"，只要把稿子写好就行。于是，我开始卧薪尝胆，重新做起了"作家梦"。

为了提起自己的写作兴趣，我的第一篇小说写的就是我的初恋。我用了一个多月的晚上时间，写成了三万多字的一个中篇，题目叫《巷情》。小说写成后，我请很多朋友提过意见后，数易其稿，直到达到自己满意，才用了整整四个晚上的时间工工整整地誊写清楚，满怀信心地寄到了省城的一家杂志社。两个多月过去了，稿子如石沉大海。在漫长的等待中，我又对这篇小说进行了反复的修改，并不断誊写、寄出，誊写、寄出，共寄了十四家杂志社，那是我当时知道的所有杂志社。一年多的时间，我都在修改、完善那篇小说，并无数次在梦中梦见那篇小说发表了，无数次在梦中狂喜而醒。但一年多的时间过去了，却没有得到任何杂志社的一点儿消息。终于，我对这篇小说彻底失望了。但我丝毫没有放弃自己心中的梦想，我想：只要坚持，一定能成。

我开始不断地读、不断地写。每天晚饭后，我准时趴在我作为书桌的那张老式八仙桌上，苦心营构自己的梦想。我读的大多数是从县城里买来的杂志，很少接触名著，因为我没有足够的钱去买价格不菲的书籍。我写的很杂，小说、散文、诗歌都涉猎过，但主要还是写小说。也许我天生爱幻想的缘故吧，我从不为营构故事和寻找素材苦费心思，反而总觉得有说不完的话，讲不完的故事。那几年的时间，我把所有的精力都投入到了写作上，打扑克、下象棋等一切娱乐我都抛弃了，尽管我玩得很漂亮。以前，我最喜欢看电影，本村来了电影队当然是不必说了，相邻十多里路外的村里放电影，我只要得到消息，都会拉帮结伙去看。但那几年里，即使是本村来了电影我也无暇去看了，有时，电影车支在离我家仅几十米的村街上，那种诱人的声音不断传到我耳朵里，我也强忍着趴在自己的书桌上。夏天，蚊子在我身边转转来转去，咬得我浑身起满了红疙瘩，我也照常趴在书桌上一动不动。有时，脚被咬得实在受不了，就弄一盆凉水放在桌子下面，将两只脚放进去，常常将两只脚泡得泛白。冬天，我一熬就是一个通宵，早晨浑身冰凉，站都站不起来了。就这样，我四年写了五六十万字，往外投了二百多次稿，却一篇也没能变成铅字。

我明白自己的水平太差，但却不明白究竟差在哪里。我开始怀揣自己的作品，到省城的杂志社去拜访编辑。说出来可能难以令人置信，我那时连最廉价的车票都得东拼西凑。听说省城的编辑架子很大，我不敢空手去，又没有钱买贵重的礼品，我只好从自己的家里打主意。那年春天，我家的几棵香椿树刚刚冒芽，才像小孩的手指头那样长，我爬到树上，将它们一朵一朵地摘下来，整整摘了一个下午，终于摘下了树上所有的香椿芽。我细心地将它们捆扎整齐，放在一只黑人造革提包里，居然有整整一包。第二天一早，我就骑自行车来到县城，先到菜市场卖上两捆，算算已经够了往返路费，就搭车来到了省城济南。在路上，我反复编织着见到编辑老师后所应该说的话，甚至想好了每一句话的语气和表情，但这丝毫没有缓解我的紧张心情。我第一次进的那家杂志社，是我投稿次数最多的杂志，并且始终没有得到过一封哪怕只有一个字的回信。当我几经周折，终于找到那家杂志社，走进写着"编辑部"字样的小门时，心里紧张得不亚于初次上战场的战士。那天只有一位老编辑在值班，这使我紧张的心情稍稍放松了一些。我结结巴巴地还未将提前想好的话说完，那位老编辑就从位子上站起来，示意我坐在对面，然后问，稿子呢？拿来看看。那一天，那位编辑老师把我带去的几篇稿子看完后，说了很多，有些很深奥，我听不懂，但我记住了主要的部分，即我的小说不但语言上不过关，而且我想表达的主题也太幼稚，因此每篇作品都不成熟，离发表的距离还有很远……我失魂落魄地走出了编辑部，心灰意冷到了极点。那位老编辑从背后追上来，将我的黑色人造革提包递给我。我这才想起里面的香椿，就将它们一捆一捆地拿出来，放在老编辑的怀里。老编辑没有推辞，他腾出一只手来，拍了拍我的头说，小伙子，你要吃这行饭，还有很远的路要走，重要的是挺住，明白吗？我茫然地看着他关爱的目光，然后坚定地点了点头。

我的小说一篇也没有发表，流言却在周围传开了，说我癞蛤蟆想吃天鹅肉的有，说我白日做梦的也有，更有认为我神经不正常的。有的人甚至当着我的面说："有些人不知天高地厚，初中毕业竟然想当作家，死了这条心吧！"对此，我只有沉默，我知道，我目前没有发言权，我只有用加倍的努力去抚平这些流言带给我的创伤。这一年，我已经二十四岁了，在农村，这已经算是大龄"光棍儿"了。同龄的人都已经结婚生子，没结婚的也已经心有所属，而我，几年来仅有一次不成功的相亲。因为在很多人的眼里，我根本就不是一个正常的人，甚至不是一个正经人，在农村搞写作的人，经常被视为不务正业的二流子。唯一的那次相亲，仅用了十分钟就走完了全部过程。见面地点是在二哥一个朋友（也是他做的媒）的家里，当我和那位十分漂亮的姑娘被单独安排在一间屋里面对面时，我就感觉到今天注定要失败而归。那位姑娘无限崇敬地望着我问，听说，您会写小说？我不知道媒人是怎么给她说的，只好不置可否地点了点头。姑娘的双眼立即大放光彩，追问道，真的？发表过吗？我沮丧地摇了摇头。姑娘的目光黯淡了一下，随即安慰我说，不要灰心，听说你很聪明的，只要不灰心，总有一天会发表的。我感激地望着她说，谢谢你。我以为遇到了知己,以为自己刚才的预感是错误的了。又抻了大约半分钟的时间,姑娘才迟疑着问,如果你的小说发表了,能、能挣很多稿费吧?我顿时心灰意冷,淡淡地说,这只是一种爱好和追求,挣不到很多钱的。姑娘听后,忽然间对我丧失了任何兴趣,匆匆打了声招呼就逃出了屋子。这件事使我全家人都对我丧失了信心,都劝我说该干点"正经事"了。面对捉襟见肘的贫困家庭,我觉得也应该出去挣点钱维持生活了,因为我毕竟是这个家里的主要劳动力。

我在一位院中哥哥的帮助下,到一家乡建筑公司当了一名搬砖、和泥的小工,每天挣五块钱。建筑队上的活相当累,尤其是小工,累得我回到家就想躺在床上。但我没有,每天收工回家后,无论有多累,我都仍然坐在自己的书桌前,继续编织我的小说,延续着我的"作家梦"。面对着流言的打击和一封封的退稿信,我不但没有放弃自己的梦想,而且渴望成功的欲望越来越强。我想,我不但是要实现自己的梦想,而且还要改变人们对事物的一贯看法,有些事情是可以超出常规、可以出现奇迹的。就是在一边做着小工一边写小说的那段日子,我对写作痴迷到了无以复加的地步。我的习惯是每天上工带着书,中午抽时间看;晚饭后必须准时坐在书桌前,否则,我将心神不安。假如我因其他原因有一个晚上没有写作,第二天,我就有一种空落落的失落感,像丢失了什么珍贵的东西。为了不再有这种感觉,我就尽量做到惜时如金。

有一次,我应一位同事的邀请,晚上下班后到他家吃饭。没想到,刚吃完饭,就下起了大雨。朋友就劝我住下,明天一块儿上班。我看着外面的倾盆大雨,想着离家还有七八里路的土道,知道走是不现实的了,就答应了。但仅仅过了十几分钟,我忽然感到烦燥不安,对朋友的谈话也丧失了兴趣。我知道自己的"写作瘾"又发作了,就对朋友说,你给我几张纸,我想写点东西。朋友虽然不理解,但也照办了。我将纸铺在朋友家崭新的桌面上,脑子里却空空如也。在这陌生的环境中,在朋友的虎视眈眈下,我怎么能写得下去呢?我明白我必须得回家了,否则,今天晚上我注定失眠。朋友一家人的极力劝阻也丝毫没有起到半点作用,我推上自行车就冲进了雨中。

雨水很密，淋得我睁不开眼睛，看不见路，我只好推着自行车慢慢往前摸索。路全是黄泥路，没走多远，挡泥圈里就塞满了泥，车子推不动了。我找了根细木棍，将塞到里面的泥捅下来，然后再往前走。就这样走走停停，一个多小时的时间过去了，我还没有走一半的路。这时我已经浑身湿透，风一刮，冻得"瑟瑟"发抖。我索性将自行车扔在路旁的玉米地里，在大雨中奔跑着向家的方向扑去。等我跑到家时，雨却停了，我换下沾满泥水的衣服，端坐在我那张书桌前，心情才逐渐平静下来。那一晚，我通宵未睡，写了五千多字。因为下雨，明天不用去工地干活了。

三、梦想成真

有心栽花花不开，无意插柳柳成荫。在我初中毕业后五年多的时间里，我为之呕心沥血的文学创作没有给过我一丝的希望和安慰，而我赖以生存的建筑业却为我开启了成功之门。由于我干活比别人认真，经常得到"工长"（俗称"掌线的"）的表扬，从事建筑业不久，我就由一名小工转为技工，又因能看懂图纸（这得益于我的好学）成为了领导十几个人的小头目。这一年的年底，这家建筑公司莫明其妙地解散了，到了第二年春天，我当小头目时的几个哥们儿找到我，鼓动我成立建筑队，在农村承包民房工程，并表示愿意跟着我干，我不忍拂他们的好意，答应了。就这样，我在无意之中成了一个包工头。

每承包一家民房，我都要东家给找一张桌子，一把椅子，每天上工后，先安排完工作，然后就趴在桌子上读写。东家几乎没有一个不纳闷的，问我，你究竟是干什么的？我无言以对。很多人劝我别写那叫做"小说"的玩艺儿了，一心一意干包工头吧，准能发大财。对此，我只能一笑了之。

1990 年 5 月，这在我的创作史上是一个值得纪念的日子。我的第一篇小小说《爱的准绳》在《杜鹃》上发表了。当时，用"欣喜若狂"来形容我的心情和表情是最恰当不过了。我捧着那本样刊，翻到有我作品的那一页，看了又看，爱不释手，甚至怀疑这仍是南柯一梦。五年的苦苦耕耘终于换来了最初的收获，那一天的晚上，我自己喝了一斤白酒，喝得酩酊大醉。

在这之后的几年间，我的作品发表得出奇的顺利，从发表第一篇作品到1993年年底这段时间里，我陆续在各级报刊发表小小说五十多篇。这在一个县级市来说，是十分少有的事情，因此，我很快就有了一点小小的名气，同时有几家单位想聘用我做文秘工作。经过选择，1994年初，我应禹城市运输公司的聘请担任了该企业的办公室秘书。上班之前，很多人劝我说还是干包工头合算，几年下来准能成大款。但我权衡良久，还是走进了运输公司的办公室。事实证明我是正确的，由于工作、生活环境的改变，开阔了我的视野，增长了我多方面的知识。而且，我在办公室接触、阅读了大量的报刊和名著，充实了自己的大脑。

1999年，我离开了自己已供职五年的禹城市运输公司，应聘来到了山东省德州市有线电视台工作，担任编辑部主任。工作环境的再次改变和优化，使我的创作激情更加高涨，创作成绩也是突飞猛进。为了离文学更近一些，也为了有更多自己可以支配的时间进行创作，我辞去了电视台的工作，一边和几位志同道合的编辑着一份名为《读写指南》的写作辅导杂志，一边继续在文学之路上艰难跋涉。多年的学习和磨砺，使我对文学的理解有了很大的提高，对语言、人物、立意、故事的把握日臻成熟，从最初的懵懂而逐步树立了自信。

自1994年参加工作到2009年的十六年间，我陆续在《人民文学》《北京文学》《时代文学》《山东文学》《西北军事文学》《飞天》《滇池》《朔方》等全国二百多家报刊发表中短篇小说一百余篇、小小说四百余篇，计两百多万字，另有散文、诗歌六十多篇（首）见诸报刊。短篇小说《像风一样消失》被选入《2008中国短篇小说经典》，另有一百多篇作品先后被《读者》《小说选刊》《作家文摘》《青年文摘》等选刊类杂志转载，一百多篇作品被选入各种年度权威选本。小小说《玉米的馨香》获首届全国微型小说年度评选一等奖和"春笋杯"全国散文诗歌暨小小说大奖赛一等奖，并入选《中国新文学大系》等二十多个选本，还有数篇作品被译成英文、土耳其文出版，还被选入加拿大多伦多大学教材。同时，十多年来，还先后出版了《流火季节》《玉米的馨香》《心灵的碎片》《复仇记》《谁为你在雨中哭泣》《三月桃花开》《寻找心跳或者激动》《邂逅良家女子》等十部小说集。目前，还有两部小说集即将出版。小说集《电话里的歌声》获"2008年度冰心儿童图书奖"、《母爱的震撼》获"2009年度冰心儿童图书奖"。2009年11月，由本人根据自己创作的短篇小说《证据》改编的同名电影被国家广电总局电影局批准立项，预计2010年秋天开机拍摄。

在各级领导、业内老师的关心下，1996年，我加入了山东省作家协会；2005年，加入了中国作家协会；2008年当选为德州市作家协会副主席；2009年8月，在"山东省第六届作家代表大会"上当选为山东省作家协会全委会委员。2009年7月起，我开始担任德州市文联《鲁北文学》执行主编和《德州视点》总编，一边坚持创作一边为作家和文学爱好者服务。

时至今日，"作家"这个头衔已经失掉了以前所具有的神秘光环，不再被人崇拜和敬重了。但十多年的心血终于使梦想成真，因此我无怨无悔。每当接到一份样刊或杂志社的邀稿信，我仍然十分高兴和欣慰。我想，我之所以在毫无背景的情况下，以一个农村初中生的基础走到今天，唯一依靠的就是永不放弃的恒心和毅力。虽然我前方的路还有很远，但回首往事，我经常感叹，以我当时初涉文学创作时的水平和今天的水平相比较，其间的距离是多么的遥远啊！但我仍然一分一分地将这段距离征服了。所以，我把自己的经历写下来，希望能对世上所有尚在不断努力的有志者有所启迪。

创作年表

（主要作品）

1990 年

在辽宁丹东的内部刊物《杜鹃》上发表了处女作小小说《爱的准绳》，掀开了发表作品的第一页，在个人创作史上是重要的一年。

1991 年

在《齐鲁晚报》"青未了"文学副刊发表诗歌《感觉在八月》，这是第一次在正式报刊上发表作品，有着里程碑式的意义。

1992 年

第一部短篇小说《阴亲》在《鲁北文学》发表了，这是第一次发表短篇小说。

1993 年

在《鲁北文学》发表了组诗《蓝色的心绪》，这是第一次发表组诗。

1994 年

在《山东文学》第 12 期发表了短篇小说《绝症》，这是在正式刊物上发表的第一部短篇小说。

1995 年

小小说作品第一次被《微型小说选刊》转载。

1996 年

加入了山东省作家协会。自本年度起，发表的作品日益增多。在小小说权威杂志《百花园》发表了第一篇作品《战地情节》。

1997 年

第一次在《当代小说》发表短篇小说《寻找心跳或者激动》；短篇小说《流火季节》在《太阳河》发了头题。

1998 年

短篇小说《我要做一个诚实的人》在《天池》发了个头题，这是第一次在正式刊物发头题。

1999 年

这一年有较大的突破，首先是在《春风》连续发了两个中篇；其次是发的杂文较多，仅在人民日报的《讽刺与幽默》就发了六篇，《杂文选刊》转载一篇。

本年度主要作品：

《我只占用你一个星期》（中篇小说）发表于《春风》1999 年第 6 期。

《谁为你在雨中哭泣》（中篇小说）发表于《春风》1999 年第 9 期。

《村女爱莲》发表于《当代小说》1999 年第 2 期。

《小说三题》发表于《热风》1999 年第 11 期。

《流火季节》发表于（短篇小说）《天池》1999 年第 2 期。

2000 年

小小说《玉米的馨香》在"春笋杯"全国散文诗歌暨小小说大奖赛中获得一等奖；第一部中短篇小说集《流火季节》由中国戏剧出版社出版。

本年度主要作品：

《闹丧》（中篇小说）发表于《章回小说》2000 年第 10 期。

《殴斗理由》（短篇小说）发表于《岁月》2000 年 8 期。

《男女同浴》（短篇小说）发表于《热风》2000 年 9 期。

《逃命》发表于《时代文学》2000 年 1 期。

《玉米的馨香》发表于《百花园》2000 年 5 期。

《少年小木》发表于《百花园》2000 年 5 期。

2001 年

今年发表的作品创历年来最高，在全国五十多家报纸副刊发表了二百多篇作品，其中，有一百多篇是重复发表的；出版了第一部小小说集《玉米的馨香》。

本年度主要作品：

《来电显示》发表于《时代文学》2001 年 5 期。

《蒙饭》发表于《四川文学》2001 年 8 期。

《意想不到的温柔》发表于《广西文学》2001 年 12 期。

《老毕》发表于《青海湖》2001 年 11 期。

2002 年

小小说《玉米的馨香》在全国首届微型小说年度评选中获得一等奖。这次获奖，在圈内产生了重大影响，奠定了在全国小小说领域的位置。从这一年起，开始频频接到报刊杂志的邀稿信和邀稿电话，作品开始被选入各种选本；作品《说剑》获全国小小说大奖赛三等奖，《玉米的馨香》获首届郑州小小说学会优秀作品奖。

本年度主要作品：

《厕所的故事》发表于《四川文学》2002 年 4 期。

《杀人理由》发表于《广西文学》2002 年 5 期。

《表白或证明》发表于《广西文学》2002 年 5 期。

《在城市爬行的人》发表于《春风》2002 年 2 期。

《找感觉》发表于《红豆》2002 年 3 期。

《窥视》发表于《芒种》2002 年 12 期。

《不合时宜的诚实》（短篇小说）发表于《延安文学》2002 年第 5 期。

《断臂》（短篇小说）发表于《短篇小说》2002 年 3 期。

《同浴》（短篇小说）发表于《阳光》2002 年 10 期。

入选的权威选本：

《玉米的馨香》选入《中国微型小说年度（2001）排行榜》（作家出版社 2002 年出版）。

《玉米的馨香》选入《世界华文微型小说双年选》（上海文艺出版社 2002 年 4 月出版）。

《玉米的馨香》选入《2001 中国年度最佳小小说》（漓江出版社 2002 年 7 月出版）。

《新逼婚记》选入《2001 中国微型小说精选》（长江文艺出版社 2002 年 1 月出版）。

2003 年

小小说《晚点》获第二届全国微型小说年度评选二等奖；《玉米的馨香》获小小说选刊 2001—2002 年度小小说优秀作品奖；被《读者》《作家文摘》《小小说选刊》《微型小说选刊》等刊转载作品 11 篇。

本年度主要作品：

《邂逅良家女子》发表于《山西文学》2003 年 11 期。

《害怕》发表于《四川文学》2003 年 1 期。

《卧底》发表于《四川文学》2003 年 4 期。

《小小说二题》发表于《四川文学》2003 年 12 期。

《情托》发表于《芒种》2003 年 6 期。

入选的权威选本：

在城市爬行的人《2002 中国微型小说精选》（长江文艺出版社 2003 年 1 月出版）。

晚点《中国微型小说年度（2002）排行榜》（作家出版社 2003 年出版）。

2004 年

出版了中短篇小说集《复仇记》；被《今古传奇·文摘版》《鄂尔多斯.小说精选》《小小说选刊》等刊转载作品十篇。

本年度主要作品：

《挂号邮件》（短篇小说）发表于《时代文学》2004 年第 5 期。

《复仇记》（短篇小说）发表于《飞天》2004 年第 8 期。

《证据》（短篇小说）发表于《当代小说》2004 年 11 期。

《手机二题》发表于《四川文学》2004 年第 6 期。

《小小说二题》发表于《四川文学》2004 年 10 期。

《悔恨的泪》发表于《黄河文学》2004 年第 4 期。

入选的权威选本：

《晚点》收入《2003 中国微型小说精选》（长江文艺出版社 2004 年 1 月出版）。

《玉米的馨香》收入《中国新时期微型小说经典》（长江文艺出版社 2004 年 3 月出版）。

《存折》收入《普通人的 N 种生活方式》（郑州大学出版社 2004 年 5 月出版）。

《送你一枝爱情鸟》收入《微型小说佳作赏析》（百花洲文艺出版社 2004 年 4 月出版）。

2005 年

加入中国作家协会。除了发表小小说之外，还发了一部中篇小说，八部短篇小说，是从写小小说转向中短篇写作以来最成功的一年。6 月份，小说作品《剃头店》获第三届全国微型小说年度评选三等奖；小说作品《晚点》获第二届郑州小小说学会优秀作品奖；出版了小小说集《心灵的碎片》。《晚点》《表白或者证明》被译成英文收入加拿大大学教材，由中国外文出版社出版；被《新世纪文学选刊》《读者·乡村版》等刊转载作品七篇。

本年度主要作品：

《真爱无敌》（中篇小说）发表于《西北军事文学》2005 年第 3 期。

《梦中的山村》（短篇小说）发表于《北京文学》2005 年第 7 期。

《小说二题》（短篇小说）发表于《西北军事文学》2005 年第 1 期。

《古城旧事二题》（短篇小说）发表于《飞天》2005 年第 12 期。

《私仇》（短篇小说）发表于《朔方》2005 年第 5 期。

《随风而逝》（短篇小说）发表于《青年作家》2005 年第 4 期。

入选的权威选本：

《剃头店》发表于《第三届全国微型小说〈小小说〉年度评选作品集》作家出版社 2005 年 10 月出版。

《天上掉下大馅饼》发表于《2004 中国年度小小说》（杨晓敏等选编，漓江出版社 2005 年 1 月出版）。

《真假皮夹克》发表于《2004 中国年度小小说》（杨晓敏等选编，漓江出版社 2005 年 1 月出版）。

《飘飞的汇款单》发表于《2005 年中国微型小说精选》（中国作协创研部选编，长江文艺出版社出版）。

《考验》发表于《2005 年中国微型小说精选》（中国作协创研部选编，长江文艺出版社出版）。

2006 年

出版中篇小说集《谁为你在雨中哭泣》；被《传记·传奇文学选刊》《特别关注》等刊转载作品七篇。

本年度主要作品：

《秘方》（短篇小说）发表于《西北军事文学》2006 年第 1 期。

《暮色苍茫》（短篇小说）发表于《西北军事文学》2006年第5期。

《魂归天籁》（短篇小说）发表于《时代文学》2006年第3期。

《刀客传》（短篇小说）发表于《滇池》2006年第7期。

《灯光大亮》（短篇小说）发表于《当代小说》2006年第6期。

《老温的胡琴》（短篇小说）发表于《厦门文学》2006年8期。

《竹香》发表于《青海湖》2006年1期。

《牡丹卡》发表于《厦门文学》2006年7期。

入选的权威选本：

《飘飞的汇款单》发表于《2005中国年度小小说》（杨晓敏等选编，漓江出版社2006年1月出版）。

《短暂的网友》发表于《2006年中国微型小说精选》（中国作协创研部选编，长江文艺出版社出版）。

《铺邻》发表于《2006年中国微型小说精选》（中国作协创研部选编，长江文艺出版社出版）。

《存折》《爱情圈套》《把柄》发表于《小小说金榜》（杨晓敏主编，北京十月文艺出版社2006年4月出版）。

2007 年

第一次在《人民文学》发表作品；小说《周旋》获江苏省首届吴承恩文学艺术奖；《铺邻》等三篇作品获中国小小说金麻雀奖入围奖；《铺邻》获第五届全国微型小说年度评选一等奖；发了四部中篇小说；《送你一枝"爱情鸟"》被收入《世界华文微型小说精选》（英汉对照版，上海外语教育出版社2007年11月出版）；被《意林》《读者俱乐部》等刊转载作品八篇。

本年度主要作品：

《透明的琴声》（短篇小说）发表于《人民文学》2007年第7期。

《盛宴》（中篇小说）发表于《文学港》2007年第6期。

《鬼子进村》（中篇小说）发表于《章回小说》2007年第3期。

《河流如血》（中篇小说）发表于《鹿鸣》2007年第10期。

《江湖情殇》（中篇小说）发表于《新农民》2007年第7期开始连载。

《家仇》（短篇小说）发表于《西北军事文学》2007年第3期。

《三月桃花开》（短篇小说）发表于《当代小说》2007年第4期。

《田园梦》（短篇小说）发表于《当代小说》2007年第11期。

《送你一枝"爱情鸟"》发表于《青春》2007年第10期。

入选的权威选本：

《铺邻》发表于《2006中国年度小小说》（杨晓敏等选编，漓江出版社2007年1月出版）。

《体面》发表于《2006中国年度微型小说》（冰峰等选编，漓江出版社2007年1月出版）。

《生命的消失》发表于《2007中国微型小说年选》（中国小说学会编，花城出版社出版）。

2008 年

小小说第一次被《小说选刊》转载；发表短篇小说十五篇；小说作品《生命的消失》获第六届全国微型小说年度评选三等奖；小小说集《电话里的歌声》获"2008年度冰心儿童图书奖"；出版了小小说集《电话里的歌声》、短篇小说集《三月桃花开》；《匿名者》《善良的回报》《生命的消失》被译成土耳其文入选《中国微型小说选》，在土耳其出版；被《小说选刊》《小小说选刊》等刊转载作品十篇。

本年度主要作品：

《油菜花香香两岸》（中篇小说）发表于《柴达木》2008年创刊号。

《贫民英雄》（短篇小说）发表于《西北军事文学》2008年第1期。

《无辜之罪》（短篇小说）发表于《时代文学》2008年第7期上。

《像风一样消失》（短篇小说）发表于《飞天》2008年第8期。

《桃红披肩》（短篇小说）发表于《都市小说》2008年第7期。

《乡村故事（三题）》（短篇小说）发表于《长江文艺》2008年第3期。

《赝品》（短篇小说）发表于《长江文艺》2008年第7期。

《鲁北人物三题》（短篇小说）发表于《长江文艺》2008年第11期。

《在暗夜里疗伤》（短篇小说）发表于《意林文汇》2008 年第 5、6 期合刊。

《宿仇》发表于《山东文学》2008 年第 4 期。

《恻隐之心》发表于《青春》2008 年第 6 期。

入选的权威选本：

《像风一样消失》发表于《2008 年中国短篇小说经典》吴义勤主编，山东文艺出版社出版。

《玉米的馨香》发表于《中国新文学大系》第五辑，上海文艺出版社出版。

《回报》发表于《2007 中国年度小小说》（杨晓敏主编，漓江出版社 2008 年 1 月出版）。

《玉米的馨香》发表于《金奖小小说》（漓江出版社 2008 年 4 月出版）。

2009 年

短篇小说《像风一样消失》入选《2008 年中国短篇小说经典》；另有二十七篇小说入选《中国当代小小说大系》《新中国六十年文学大系·小小说精选》等选本；小说集《母爱的震撼》获"2009 年度冰心儿童图书奖"；小说《恻隐之心》在第七届全国微型小说（小小说）年度评选中，荣获二等奖。出版了小小说集《母爱的震撼》；被《读者》《青年文摘》等刊转载作品十三篇。

本年度主要作品：

《家宴》（短篇小说）发表于《当代小说》第 1 期。

《徒步走进城市的乡村男孩》（短篇小说）发表于《少年文艺》第 2 期。

《失衡》发表于《当代小说》4 月上。

《电话里的歌声》发表于《光明日报》2 月 21 日。

《兄弟墓》发表于《百花园·中外读点》第 1 期。